U0903279

何事同来不同归

——才子佳人的爱恨情缘

慕容莲生　著

译林出版社

图书在版编目（CIP）数据

何事同来不同归 ：才子佳人的爱恨情缘 / 慕容莲生著.
—南京：译林出版社，2016.7
ISBN 978-7-5447-6279-3

Ⅰ.①何… Ⅱ.①慕… Ⅲ.①传记文学－作品集－中国－当代
Ⅳ.①I25

中国版本图书馆CIP数据核字（2016）第071359号

书　　名	**何事同来不同归 ：才子佳人的爱恨情缘**
作　　者	慕容莲生
责任编辑	陆元昶
特约编辑	苑浩泰　周正朗
出版发行	凤凰出版传媒股份有限公司 译林出版社
出版社地址	南京市湖南路1号A楼，邮编：210009
电子信箱	yilin@yilin.com
出版社网址	http://www.yilin.com
印　　刷	三河市祥达印刷包装有限公司
开　　本	640×960毫米　1/16
印　　张	15.25
字　　数	160千字
版　　次	2016年7月第1版　2016年7月第1次印刷
书　　号	ISBN 978-7-5447-6279-3
定　　价	26.80元

译林版图书若有印装错误可向承印厂调换

目　录

代序

乱世修情

林东林

三年前的那个夏天，我从桂林转道上海，又和上海电视台的陈黛曦小姐前往南京，拜会胡兰成的幼子胡纪元先生，尽管一路跋山涉水，炎日当空，我们还是觉得这一趟值得。

都说胡兰成永结无情契，他也承认自己有一种天地不仁的毒辣，但是在跟胡纪元先生的谈话中，以及后来和朱天文、朱天心姐妹的聊天中，还有与胡兰成侄女胡晓文女士的往来书信中，我更加了解到一个多情的、有义的、外人不知的胡兰成。他对女人，并不像世人所说的始乱终弃，起码不能用简单的道德评价还原解读当时当地烽火离乱下的言辞和行为。

慕容兄的这本书，当然不只是写了胡兰成和张爱玲，还有郁达夫和王映霞、徐志摩和张幼仪、沈从文和张兆和、徐悲鸿和蒋碧薇、萧军和萧红，他要用这六对夫妻描绘出民国情感的盛放与惆怅。慕容的文字有着大男人没有的细腻温润，也有着小女人没有的开阔深远。在他笔下，这六对民国恋人有幸能复活归来，以他们的真身度得我们自见人性起伏跌宕。

这六对民国男女、才子佳人，狗血的爱情加江山的破碎，早已被无数人写滥了，再写又能写出什么心意？我觉得还有，还没被挖掘透，大多数人写他们，只是掘井取水，不见泉涌却已丢锄，只留下一排排深可见底的俗常井眼，让自以为得了奥妙的才子才女们坐井说天阔。

在慕容写这本书的那几个月，他经常与我交流，每写完一篇即与我赏读。我一再告诉他，一定要写出自己的东西，把自己当男人，也当女人，骨子里要成为胡兰成、郁达夫和徐悲鸿，也要成为张爱玲、王映霞和蒋碧薇，用己心而生他人意。宏阔处宏阔，逼仄处逼仄，人性中的金玉和败絮都不遮不避，这样才能投石击水，用别人的故事荡起自己的涟漪。

慕容兄果然有方外灵犀，用七八十年后的这管鹅毛笔，蘸着那些氤氲透了民国的灵秀和惆怅的笔墨，在今天飘忽、媚俗、清浅的书写中，书写道破了他用自己的网格筛尽浮花浪蕊之后无分时代、无分男女的人心人性，而且完全可以通达今天的尘世男女。

书中的这些女人，有才气，但是才气不掩怨气；有深情，但是多情不盖无情。同样是山河破碎的时代底色，同样是“夫妻本是同林鸟，大难临头各自飞”的人性本常，为什么蒋碧薇跌足在前，晚年却在回忆录里对徐悲鸿言辞啧啧？为什么张爱玲不食烟火，却至死不能释然胡兰成曾喘息群芳？而不能像《乱世佳人》中的郝思嘉，临了把自我一生烛照眼前？

于女人，郝思嘉的人格是一种典型人格，但却不是每一个女人都像她那般，虚荣是真，利欲是真，自责是真，五味临头也是真，终能在离乱奔波的尘世中脱解自悟。

世间万物皆可成佛，而且成佛之径不止一条，黄卷青灯可以修佛，至情至性可以修佛，建功立业可以修佛，经商躬耕可以修佛，乱世用情也可以修佛。尽管一生多情、用情、错情、乱情、无情的郝思嘉，最后生活中的一切光亮都消失殆尽了，她疲惫至极、自言自语：“ After all，tomorrow is another day.”但我相信她一定成佛了，不是today就是tomorrow。

书中这些女人，唯王映霞近于郝思嘉，这个一生两次大婚的“杭州第一美人”晚年说：“如果没有前一个他，也许没有人知道我的名字，没有人会对我的生活感兴趣；如果没有后一个他，我的后半生也许仍漂泊不定。历史长河的流逝，淌平了我心头的爱和恨，留下的只是深深的怀念。”人之将老，其境也高，慈悲到通透无碍。

我这么说，在很多人眼中似乎有苛责女人的嫌疑，更有为无情无良男人开脱的无耻，但是言语道断，也不是我所能顾的了。郁达夫、徐悲鸿、胡兰成、徐志摩们的问题，当然不是没有，但我觉得其因有自，他们的多情与薄情、有知和无耻，当是因了江山离乱下的愁肠百结，于个人出路和国家前程都有一种苦闷、一种惆怅。我不是说在这种大的时代悲欢之下，儿女私情可以不管不顾，而是相信，他们连自己的去路都不明，焉能安顿计算好另一半？

他们于女人，与其说是爱，毋宁说是知，知可以解脱人事沧桑与生离死别，就像胡兰成说的：“情有迁异，缘有尽时，而相知则可如新……爱惜之心不改。”他对张爱玲是这样，对其他女人也是。流亡之人，说不出来“执子之手，与子偕老”那样的话，即使说也是“愿现世安稳，岁月静好”，抓不住时空亘古和白头霜雪，那就抓住一城一地的短暂欢爱吧。

所以胡兰成出奔荆楚、避匿雁荡，他自己也觉得生死未知的事，又岂会对张爱玲有所相托？在身边的人被炮弹炸死的惊骇下，万中有幸苟全性命的他，当然会在另一个暂时的温软胸怀中寻得片刻的安宁和自足，在这样的雷霆之劫下，后世的道德指责显得异常无力。

而在曾经沧海之后，张爱玲最应该做到的，即是要懂得悠然过去、慈悲故人。我没有最喜欢她的原因，就是她到老也不肯开阔，爱之弥深，恨之愈切，那一胸几十年前的怨气让她在隔着几千里山河之外，依然宁愿用一个不爱的赖雅去填补和证明，也不愿释怀前情旧账，这是她的悭吝和不圆满。因此她说“因为懂得，所以慈悲”固然动人，而于我是有所怀疑的。

张爱玲的小说写得那么好，怕也只是她巧为工匠，建了一个为世间男女遮风挡雨的文字城堡，而于她自己到底不能置身其中柴米油盐。她用文字修炼得似乎已如老僧入定，只觉天地唯我、万物渺渺，但明白人一眼即可看出这唯是文字之悟，并不落染人世，在日常的、情感的、生活的爱恨嗔痴里她依然如众生一样，过河湿鞋，穿叶沾身，并不曾到达彼岸。

如果时光能够重来一回，我倒宁愿张爱玲不成为一个名满天下的才女，而只是寻常闾巷间与贩夫走卒讨价还价的人间匹妇，或者河畔溪桥边浣洗丈夫粗布衣服的浣纱女。虽然她们粗于才情，不懂得楼下马车铃响时叮叮当当的惆怅，也不会拿卖剧本的30万元救情人于平阳，然而她们知道人世的通达与婉转，能通过物性证得人性的沧桑，如此也就够了。

道在器中，人在世中，民国女子们独痴迷于自筑的铜雀春深，世间女子当以为戒！

2012年11月21日

于北京

热闹的热闹，苍凉的苍凉

——张爱玲和胡兰成

这对人儿个个都是了不得。

胡兰成，你知道他吧？不曾读过《山河岁月》，《禅是一枝花》想必翻过，要么，《今生今世》呢？至少，你会知道，他曾是张爱玲的丈夫。总有一个你或知道。胡兰成后来开课教书，又影响了中国台湾才女姐妹花朱天文、朱天心。据说，胡兰成女弟子众多，那些女弟子居然还分成两派，为争宠而斗。争什么宠？一群女子围着一个男人，你说争的是何宠？朱氏姐妹最爱围着胡兰成，背诵张爱玲小说中的名句，以女作家林慧娥为首的另一派，在一旁看不过去，暧昧不明地呛声道："分明是想被收编进《今生今世》的'群芳谱'里嘛！"没错，在《今生今世》中，胡兰成记载了和他曾有关系的8个女人，俨然就是一部"群芳谱"。

张爱玲，更不要说了，她有部小说集取名《传奇》，用"传奇"二字形容她的一生，最恰当不过了。试想，若是旁的女子取名"爱玲"，你说俗也不俗，浑似见着了乡间田野遍地的小花小草。她用了，谁都觉得好，"爱玲"二字竟变出另一番情味。有的人，就是有这本事，生来是为酿造传奇的。凡她说过的话，做过的事，便皆成为好。

见多了世间男女，一对人儿相遇，有幸结为情侣，成就佳话，双双皆名声大噪。其实无非两种状况：不是女人随着男人水涨船高，便是那男人依着女人百尺竿头，更进一步。

是以有人说，若无张爱玲进入了他的生活，怎有后来的胡兰成？此话倒也有理，细一琢磨，就觉出沦于偏颇了。自家若无金刚钻，他人送你千万件瓷器活，你可揽得了？你有利器，又逢着机遇，是以谋得好事。胡兰成是有金刚钻的。

单说这胡兰成，他一生做的最为人津津乐道的事，是他曾娶妻名叫张爱玲；他一生做的最错的，便是国难当头不思救国，偏要摇尾乞怜、卖身求荣，行了许多龌龊事。

没谁天生是孬种。举个例子来说，金庸先生《射雕英雄传》中忠良之后杨铁心，他有一个儿子杨康。杨康天生贪慕荣华富贵吗？怎么可能！他生在大金王爷完颜洪烈府中，锦衣玉食、绫罗绸缎中成长，受尽万千宠爱。知晓生身父亲是杨铁心后，亦曾和完颜洪烈反目成仇，欲杀之而后快。偏偏脱身完颜王府后，人人都给他难堪，辱他骂他嫁祸于他，逼他进死胡同。那些为难他的人，恰是他放下一切来投奔的大宋的同胞。他倒也没气节，为求生活，为成人上人享万千跪拜，索性重回完颜洪烈身边，落得认贼作父名，为君子侠士不齿。

胡兰成呢？他岂是天生不良？并非想为他正名，他的名也是不可正的。中国人向来讲究贫贱不能移，威武不能屈，此之谓大丈夫。失了这气节，纵使可怜亦不能博得同情。但若分析胡兰成一生败笔之成因，无非是他受不了贫贱，想做人上人，饥不择食，寒不择衣，取了一条走着走着便到深渊的路。

时针倒转，再倒转，1906 年 2 月 28 日，浙江省嵊县下北乡胡村，胡兰成出生了。兄弟七人，他排行第六。又不是大户人家，如此多的孩子，难免生活窘迫。料是胡兰成幼年就尝了人情冷暖，流了不少辛酸泪。

莫说此话听着矫情，更不可认为幼童只知玩耍不谙世事。尘世所有孩童最天真又最敏感。孩子什么都可以不知道，亦能什么都知晓。生活的洪流，冲刷所有成人，也磨洗所有孩子。对于贫困，孩子所体味的悲哀，或比成人更深刻。每一点印象，都会影响孩子后来成长。三岁看大，七岁看老。每一个人，终生都逃不脱幼年雕刻的或快乐或悲痛的影子。

1925年，胡兰成娶唐玉凤为妻。这之后，他做过教书先生，在邮局做过邮务生，还在燕京大学副校长室抄写文书一年，因种种原因失了业，再寻职，无果。

游手好闲这碗饭，不是谁人都可吃的。于多数男子来说，最尴尬的莫过于无所事事，倘若竟又有一些不甘平凡的念想，更是觉得尴尬且无助了。譬如手中握有筷子又擎着杯子，偏偏吃不了酒菜，呆呆地看着周围人饕餮盛宴，落寞，茫然。

1928年，无事可做的胡兰成去了浙江一个叫斯颂德的同学家中，住了一年。真是一粒多情种，自己早已成家，迟迟未能立业，寄人檐下，竟还有许多情思和人家的女儿暧昧不清。斯家长辈觉得这后生委实不敢恭维，将他请出斯家。

1932年，胡兰成的妻子唐玉凤因病去世。人死了，自是要安葬。胡兰成家境贫寒，葬不起。四处借债无门，好不容易在干妈家借得60元钱，不知受了干妈多少奚落和嘲讽。妻子去世，本是一记重创，再受人冷言冷语、白眼鄙视，真是雪上加霜。许多年后，对于这段生活，胡兰成悲怆地说："我对于怎样天崩地裂的灾难，与人世的割恩断爱，要我流一滴眼泪，总也不能了。我是幼年时的啼哭，都已经还给了母亲；成年的号泣，都已还给了玉凤。此心已回到了如天地之不仁。"

要有多绝望，心才能"回到了如天地之不仁"？

也许是从那时起，胡兰成的人格、尊严、道德，这些价值观念换了心肠。他要从生活底层爬出，爬得高高的，高高在上。只要可以获利，只要可以看见他想要的光亮，他就不计较那路子是直是弯、是对是错。

1933年，在广西南宁、百色等地辗转教书的胡兰成，再婚，娶妻全慧文。

忽然觉得，那年月，男子娶妻真容易，娶了又娶，浑似女子们蒙好了红盖头排好了队，只等男子前来，掀起红盖头，吉时良辰，洞房花烛。譬如胡兰成，贫寒，功未成名未就，不过草根一枚，倘落在现世，算得上是无房无车无存款的三无人员，又曾有过婚娶，想要再婚谈何容易?

或许，即使在那年月人们亦是看重身世家底的，不过，胡兰成有的是赢取女子芳心的本钱，相貌不错，才学也有，又惯会甜言蜜语，所以情缘结得轻巧。看来，男人想有女人，草根出身无所谓，只要哄女人开心的本事够足，就有女人肯不顾一切以身相许。谁叫女人那么单纯呢！男人情话说得动听，喂饱了她们的耳朵，她们的心亦是满足了，男人千山万水行走，她们万水千山跟随。

1936年，胡兰成在《柳州日报》上发表文章，说："发动对日抗战，必须与民间起兵开创新朝的气运结合，不可被利用为地方军人对中央相争相妥协的手段。"这话惹怒了地方当局，受到军法审判，监禁33天。后来，他曾自嘲说："我对于政治的事亦像桃花运一样糊涂。"

的确够糊涂，不过，汪精卫却就看上了胡兰成的糊涂，1937年，汪精卫委任他为上海《中华日报》的主笔。这《中华日报》是汪精卫的舆论阵地，如此一掺和，胡兰成一生的命运换了走向。

其实，胡兰成投身汪伪政权，是很自觉的选择。在他看来，当时蒋介石和汪精卫只不过"一个是正册，一个是副册"，各自占了胜利的一半可能，故而相信胜败也无非"桃花开了荷花开，我们去了新人来，亦不是我们有何做得不对”。想得多简单。世间哪有那么简单的事！这个乡间跑出来的聪明人，出人头地、光宗耀祖的愿望太强烈了，他算定如若跟随蒋介石，要脱颖而出尚需漫长等待，他等不及；而跟随汪精卫南征北战，大展身手，倘若事成，俨然也可充一位“开国”元老。往更细了说，他其实急于谋得一份有“钱途”的事业，让他轻轻松松又风风光光地养活一家老小。恰恰汪精卫出现在他面前。

一个人的命运，看似受了多个突然插进生活的人的引领或影响，于是浮浮沉沉。其实，引领或影响自己命运走向的，是自己的心。你有怎样的心肠，便会遇见和你有同样心肠的人，恰好那人又可提携你，命运就出现了转折。譬如胡兰成，若他不是那般急功近利，生活再艰难都不去行有违正道的投机事，怎会和汪精卫扯上关系？

上海沦陷后，胡兰成被调到香港任《南华日报》的主笔。《南华日报》亦为汪精卫派系的舆论阵地。汪精卫的妻子陈璧君到了香港后，很大方地把胡兰成的月薪一下子增加了好几倍，另外还有不菲的机密费。

胡兰成有生以来何时曾这样阔绰过？他应是认为汪氏于他有知遇之恩吧。从此，他彻底投靠汪精卫。也是借着《南华日报》，他写了一系列社论，为汪精卫集团进行新闻宣传和舆论造势，自己也赢得声名鹊起。好名声，歹名声，在他看来并无大区别，他要的仅是名声，在时人眼中有一席举足轻重之地。

1940 年 3 月，汪伪国民政府在南京成立。胡兰成任宣传部政务次长，兼任《中华日报》总主笔，后又接手《国民新闻》，也算得是风光一时。

可惜，他究竟只是一个地道的文人，感性而没有坚固的思想，自以为举重若轻，实则于复杂的政治斗争中缺少精明。他爱做官的那种感觉，“我不抢官做，但我喜爱官人的贵气”，却并无做官的智慧。在汪精卫集团内部，他属于汪精卫的公馆派，和周佛海派不和，但在公馆派内部，他亦不属于重量级人物，兼之张扬的个性，也只敬服汪精卫一人而已。

不久，胡兰成因发表在《国民新闻》上的一篇社论，开罪了汪伪政权里的实力派周佛海，被免去宣传部政务次长一职。后来，虽又被调任为“全国经济委员会特派委员”，但也接近于免职。

也就是在几近赋闲的状态下，胡兰成和继任宣传部政务次长的郭秀峰去参加日本大使馆每周六的恳谈会，从此开始了和日本人的“亲密接触”。他结识了日本驻南京大使馆负责文化事务的书记官池田笃纪，亦为自己招来一次牢狱之灾。与池田相识之后，他写的一篇一万多字的政论文章，“无意中”被池田看到。池田翻译成日文，给当时的日本大使过目，最后又传到了汪精卫那里。“那是我有感于太平天国败亡时忠王李秀成的供状，我将来逃走，也要留这么一篇文字在世上，文中历叙和平运动事与愿违，结论日本帝国主义必败，而南京政府亦覆没，要挽救除非日本昭和维新，断然从中国撤兵，而中国则召开国民会议，如孙先生当年。”胡兰成后来这样解释自己写这篇文章的初衷和想表达的意图。

因文招祸，胡兰成入狱了。逮捕令由汪精卫亲自下达。想当初一个化身伯乐，一个俨然千里马，这会儿，翻脸如翻书，成也汪精卫，毁也汪精卫。这是 1943 年 12 月 7 日。

再回头来说同年的 10 月，与张爱玲齐名的海派女作家代表人物苏青，寄了一本自己编辑的《天地》杂志给胡兰成。在这本杂志上，胡兰成看到了张爱玲的短篇小说《封锁》。才看一两节，躺在藤椅上晒太阳读书的胡兰成，不觉身体坐直起来，细细地把《封锁》读完一遍又读一遍，连连赞好。

胡兰成迫不及待地去信问苏青，张爱玲是何人？

苏青回信，是女子。苏青自是知道胡兰成的底细、政治倾向以及风流之性。她是不想张爱玲和胡兰成扯上关系的吧。回答他一句“是女子”，给他一个硬钉子碰。这是1943年11月中下旬发生的事。

第二期的《天地》又有张爱玲的文章，胡兰成坐不住了：“我只觉世上但凡有一句话，一件事，是关于张爱玲的，便皆成为好。”

一个男人，他若觉得某女子千般万般好，自是要千般万般想法子去亲近。

张爱玲可以盛装登场了。

1920年9月30日，上海，张爱玲出生。她的祖父是清末名臣张佩纶，祖母是朝廷重臣李鸿章的长女，可谓家世显赫，贵族之后。这些都不是张爱玲喜欢炫耀的，倒是胡兰成，后来撰文多次提及张爱玲的贵族身份。

贪慕虚荣的人，最爱和达官显贵攀关系，但凡有一丝可拉扯的线，必要紧紧攥于手中，紧紧攀扯。动辄就炫耀他是某某某的亲戚，某某某的朋友，亲戚家产如何丰厚，朋友月薪如何不菲。他乐此不疲地对人炫耀，仿佛人家的家产丰厚、月薪不菲也有他一份，他能随之荣华富贵得道升天。偏偏忘了，人家的千好万好只是人家的，妄想从中分杯羹，没门儿。活要活得过瘾，但捧着人家的贵气招摇过市，傻里傻气地兴奋，不问问与自己何干，未免太过可笑又可怜。

对世态人情洞若观火的张爱玲，怎会不知祖上的荣耀仅属于祖上？她当有她自己的天地，流自己的汗，吃自己的饭，自己的荣耀自己赚。

1943年1月，张爱玲的《中国人的生活与时装》在英文月刊《二十世纪》发表，其以独到的视角、清丽的笔调颇受沪上读者好评。《二十世纪》稿酬优越，张爱玲乐于接受该刊约稿，相继又发表了《妻子、荡妇和孩童》《中国的家庭教育》《到底是上海人》等多篇文章。

同年 5 月，张爱玲的小说《沉香屑》在周瘦鹃主编的《紫罗兰》上发表，备受周瘦鹃青睐。这甚是鼓舞了张爱玲的创作激情，她是一汪海洋，她驱使她的潮水轰然漫向人间，一篇篇小说灿然问世，倾城皆喜。

张爱玲的时代从此开启。

这一年，上海文坛几乎所有重要期刊每期都有张爱玲的作品。《紫罗兰》代表了鸳鸯蝴蝶派的趣味，《古今》承袭了周作人、林语堂的“闲适”格调，而《万象》坚持着新文学现实主义传统，《杂志》则走纯文艺的路线……文坛的方方面面，代表不同文学趣味的各个圈子，竟一致对张爱玲嘉许和推崇。在新文学史上，这种情况是极为少见的。

或可毫不夸张地说，1943 年，是文坛上的张爱玲年。

此时的张爱玲声名赫赫，如日中天。

张爱玲是苏青的作者。苏青曾说：“女作家的作品我从来不大看，只看张爱玲的文章。”张爱玲则说，女作家中“踏实地把握住生活的情趣的，苏青是第一人”。两人如此惺惺相惜，自然会成为朋友。

胡兰成向苏青打探张爱玲的事，苏青怎会不和张爱玲说？那时的胡兰成，好歹也是有些名头的，张爱玲听了他的盛赞，又知他费心打探，她心中如何想？无从得知了。

倒是有一事颇为蹊跷，1943 年胡兰成入狱后，张爱玲陪同苏青去周佛海家为胡说情。

苏青前去说情，因为胡兰成是她想要拉拢的作者，他们又同为浙江人。再则，苏青和周佛海的关系本非寻常，周佛海的妻子杨淑慧是苏青的干娘，苏青的《天地》创刊时，杨淑慧送了两万元作为贺礼。苏青到周家为胡兰成说情，原属正常。

只是张爱玲，她生性孤傲，不大同外界往来，怎肯愿意陪着苏青为一个不曾谋面的男人说情？莫非她感激胡兰成对她的不吝赞誉？不太可能。张爱玲曾说："我是但凡人家说我好，说得不对我亦高兴。"倘若谁劝告她，责难她的不对，她会感到很诧异。就是说，有人赞美，她认为理所当然，谁若说她不是，她会惊讶对方有眼不识慧珠。这样一个人，怎会因了几句赞词，就放下身段去奔走说情？

胡兰成后来回忆说："她听闻我在南京下狱，竟也动了怜才之念，和苏青去过一次周家，想有什么法子可以救我。"动了怜才之念？胡先生的确足够自信，他认为张爱玲是爱惜他的才华。

依我说，张爱玲不肯却苏青的情面是其一，她对胡兰成动了怜才之念也姑且认为是其一，最主要的是：冥冥中有一双无形的大手，操控了一个庞大的旋涡，将两个原本背道而驰的人逼向合拢，直到他们站在一起。也许有几分偶然，更有几分不可思议。谁的一生中不曾做几件连自己都觉得莫名其妙却又身不由己的事？那就是有一双手在摆弄了。世间许多情缘，岂不正是拜那双大手所赐！芸芸众生皆是棋子，听凭那双手捻棋落子。相逢的人会相逢，相爱的人会相爱。

这番说法，也许有人会笑太过唯心。其实世间许多事，唯心或唯物去看，都必不能尽兴。不妨来个五五开，这厢说不通的，去那厢琢磨一回。尤其陌生男女转山转水奇妙相遇，这情缘来得突然，由不得人不信冥冥中自有一双手精心撮合。

1944 年 1 月 24 日，胡兰成被释出狱。同年 2 月，胡兰成从南京到上海，一下火车就去找苏青。后来，他在回忆录里说，苏青见了他很高兴。苏青高兴，原因或许有二：一是经她说情，朋友终获平安；二是他一到上海就去看她，为他奔波到底是没白费心神，她当然喜悦。

二人一起上街吃饭，说笑叙旧。饭毕，回苏青寓所，胡兰成终于道出最想说的话，他要见张爱玲，请苏青告知地址。

“张爱玲不见人的。”苏青直言正告。

苏青没说瞎话。张爱玲向来不热衷与人交往，她觉得自己待人接物这一面有着“惊人的愚笨”，还有，“在没有人与人交接的场合”,她方是“充满了生命的欢悦”。而她的读者,是她最不愿意见的。知道鸡蛋鲜美可口就够了，何必要见下蛋的鸡?

张爱玲想必曾嘱咐过苏青，莫对读者泄露她的住址。所以，胡兰成来索要地址，苏青迟疑了一会儿才写给他。又或许，对胡兰成颇为了解的苏青，不想这个风流浪子去招惹单纯干净的张爱玲。

可是，苏青到底为张爱玲和胡兰成牵了一根红线。若不是她的《天地》，胡兰成怎会那么快就发现张爱玲的好？若非她给地址，胡兰成哪能见得到深居简出的张爱玲?

要了地址，第二天，胡兰成便去造访张爱玲了。谁能知道一路上胡兰成在琢磨什么？他会不会暗自揣测，这文笔惊艳的女子是否人如其文一般惊艳？二月的上海街头，沿街的树都隐约透绿了吧，胡兰成莫非亦是春心荡漾？或许不会，他应也没料到此后会和这个叫张爱玲的女子，有一番不长不短但足够轰动世人的情感纠缠。他更没料到，张爱玲会真的给他吃闭门羹。

来到张爱玲住的地方，敲门，女仆应声询问是哪位，但不开门。胡兰成一番自我介绍，无用，张爱玲不见。他只好摸出纸笔，写了自己的拜访原因、名字和电话号码,从门洞里递进去。门内接过纸条，再没了声息。

据和张爱玲同时期的一个叫潘柳黛的女作家回忆，若和张爱玲约好什么时间见面,去得早了或晚了,张爱玲就不会见。约定好了的，都未必可见到，何况不速之客！

中国有句老话说，本事大的人脾气大。大本事，大脾气，实属寻常，人家有的是要性情的底气。没本事，没脾气，也算有自知。最怕的是本事不大脾气不小，愚钝且不自知。

胡兰成有脾气没？有脾气又能怎样？张爱玲不想见就不见。

他一定以为，此事就此告一段落。不料，第二天，张爱玲突然来了电话，说要来他家看他。

姑娘家的心，海底针，又似五六月的天，说变就变。真够峰回路转的。想见之时，见不着，刚想按下不提，对方竟登门来访了。

这时的张爱玲和她姑姑张茂渊同住。熟悉张爱玲作品的人都知道，张茂渊清高智慧，连张爱玲在她面前都自感愚钝。张茂渊或许有劝过张爱玲，和汪精卫曾过从甚密的胡兰成，是有些背景的，此番蓦地叩门来访，不知有何心思，不见不妥。为人处世，不必趋炎附势，却也不必冷了脸子待人家，若因此招致麻烦，不值得。张爱玲未必不认为有道理。所以，她才致电说要回访的吧。

两个人一见面，各自有些呆了。

胡兰成俊朗儒雅，这一点，今人去看胡兰成的旧照片就可明白，他眉目确实耐看。张爱玲那一年不过24岁，虽写过不少缠绵悱恻的爱情小说，但她真的不曾恋爱过。乍一见了这个儒雅的男人，自是呆住了。

胡兰成呢？这个自以为很懂得什么叫“惊艳”的多情男子，遇到张爱玲，觉得跟自己所想的完全不符，“艳亦不是那种艳法，惊亦不是那种惊法”。他甚至觉得张爱玲“人太大”、“顶天立地”，坐在他的客厅里，连客厅都变得不合适了。

没错，这就是气场。

气场是一种说不清、道不明的谜一样的东西，它是每个人身上的无形的精神符号。每个人都有自己的气场，那是独一无二的精神名片。有些人以为，吆三喝四，搞些锣鼓喧天的场面，就是有气场。错，那只是造出来的气势，譬如吹饱了气的气球，看似庞大，随便针尖麦芒什么的一戳，也就破了。一个气场强大的人，不需多么壮大的出场气势，不需卖弄自己来引起注意，甚至不需要说话，只安安静静地坐在那里，每个人都能清清楚楚地看见他。

张爱玲初见胡兰成那天，原本极讲究衣着的她，穿得并不妥帖，胡兰成觉得她的“身体与衣裳彼此叛逆”，但她气场强大，胡兰成坐不稳了。他不停地说话，“要和爱玲斗”，向她批评当时文坛的流行作品，又评说张爱玲的文章好在哪里，似乎只有这样他才感到自己的存在。

胡兰成滔滔不绝地讲，张爱玲只管笑着听，一坐五个小时。他真有几把刷子，倘若言语无趣，张爱玲怎会忍受他絮叨那么久！

那一天，张爱玲坐在胡兰成的客厅里，望着眼前这个侃侃而谈的男子，她心里想什么？有没有那么一些瞬间，涌上心头的，满满的都是炽热的快乐？快乐的声音是什么样的，仿佛春草萌芽，又宛似清风拂动花骨朵？沉睡的爱情醒来，伸伸懒腰，是不是也是这种声音？

人说，言多必失。胡兰成不停地说，应也会有不太妥当之处吧。但，正是因为有这样那样的破绽，才显得更为真实吧。一个真实的男人，正坐在一个真实的姑娘面前，他说，她听，窗外风悠缓地踱来踱去，这样的下午，静好，安稳。

天很快就黑了。张爱玲起身告别，胡兰成出门送她。两个人并肩走。他突然说：“你的身材这样高，这怎么可以？”

明摆着的，这是调情。

胡兰成后来回忆说，“只这一声就把两人说得这样近”。这个男人，他端的是情场翻滚多年成了精，他总知道什么时候该怎样说一些暧昧的话语，不动声色地拉近距离。

“张爱玲很诧异，几乎要起反感了”，但她什么都没有说，或许红了脸低了头。胡兰成说，这感觉“真的非常好”。

他怎会不觉得好？他当然觉得好。

趁热打铁，第二天，胡兰成又去了张爱玲家。

这一次，张爱玲没将他拒之门外。

这一次，他坐在她的客厅里。他也是个见过大场面的，但她房间里竟是华贵到使他不安。出身寒微的人往往如此，一遇华贵气象，就不自觉地露怯。

通常，一个人越缺少什么他就越要趋附什么，浑似溺水之人，见了船只，拼尽力气也要爬上去，再不肯下来。

这一天的张爱玲，穿宝蓝绸袄裤，戴了嫩黄边框的眼镜，越显得脸儿像月亮。胡兰成欢喜吗？他本意只为和才女谈谈文学，不料，误打误撞，却遇着一个才貌双全的，又系名门之后，“欢喜”二字不足以形容他的心情吧。

可是，前一天，为何向来极讲究衣着的张爱玲却要穿得一副“幼稚可怜相”，使得他以为“她生活贫寒”，又“心里想战时文化人原来苦”，使他不当她是个名扬四海的大作家？莫非张爱玲只为试探？看看那人是否以貌取人，若是，一拍两散，从此再不见，各无损失。若那人不是，再动用本色和他往来亦不为迟。只是张爱玲忘了，她强大明艳的气场，并非粗衣布衫可遮挡得了的。

这一天，胡兰成在张爱玲的房里一坐坐了很久。他一会儿谈文学理论，一会儿说张爱玲的祖父张佩纶与李鸿章的女儿的婚姻是有名的佳话，更不忘讲述他自己的生平经历。

上了情场，年轻男子和上了些年纪有点阅历的男人哪个更容易博取姑娘芳心?

上了些年纪有点阅历的男人比不得年轻男子，那么多的青春可供挥霍，还可以拼了命地玩浪漫。但年轻男子也比不得上了些年纪有点阅历的男人，有那么多的沧桑经历，随便扯出一桩湿漉漉、沉甸甸的故事，用了云淡风轻的姿态娓娓道来，姑娘听得心酸，天生的母性情怀汹涌而出，忍不住要怜惜，讲的人还在微笑，她竟落了泪。落泪正好，泪水越多心越柔软，一柔软一感动，爱意如绿草滋生，茫茫草原辽阔。

女人就这点最可贵，她认为她是慈悲的圣母，可以于水火之中挽救落魄浪子，将他带上岸，从此春暖花开，过上明媚生活。然而，女人最可贵之处，往往亦是女人的软肋，情场老手轻易就能擒住，女人再也动弹不得。

胡兰成怎会不知道，说一万句甜言蜜语，兴许因为太过肉麻，就像糖吃多了，腻了，落得适得其反。不如装着很随意地说说沧桑往事，动情处搭配几声轻轻叹息，任是再冷漠的女子都不会无动于衷，即使不落泪却也早是柔肠百转。

果然，张爱玲忍不住道出，她曾和苏青一起前往周佛海家，希望有什么法子可以救他。胡兰成听得诧异，他认为诧异比感激更好。一个从未谋面的女子，竟费心要搭救他，他又诧异又感动。

这天回到家，他辗转反侧难以入眠，给张爱玲写了第一封信。这封信写得像五四时代的新诗，幼稚，可笑，又直率无比，使得他后来每每想起就要觉得难为情。张爱玲回信：因为懂得，所以慈悲。

郎有情，妹有意，皆大欢喜。

从此，胡兰成每隔一天必去看张爱玲。才去看了她三四回，她忽然很烦恼，而且凄凉。胡兰成深懂女人心，他说：“女子一爱了人，是会有这种委屈的。”所以，纵使张爱玲送来字条，要他莫再去找她，他偏收到字条的当日仍又去看她。她见了他，无限欢喜。

初恋的女孩儿哪个不是这般，爱也烦恼，不爱也烦恼，但得对面而坐、执手相看，又欢欣不已了。

有一天，胡兰成不经意地说起，喜欢张爱玲刊登在《天地》上的一张相片。张爱玲取出送他，相片背后还写有字："见了他，她变得很低很低，低到尘埃里，但她心里是欢喜的，从尘埃里开出花来。"

低到尘埃里，又还能在尘埃里欢喜地开出花，这是张爱玲吗？是她，这是恋爱中的张爱玲。一个人爱上了另一个人，是肯放低自己的，不计较自己是否完整，很在乎自己是否付出很多。

至此，张爱玲彻底做了胡兰成的爱情俘虏。

有生以来，她纯洁的情愫开出第一朵花，为他。她认为自他那儿，得到了理解和信任，更得到了宠爱。是啊，他喜欢她的文字，竟又为着这喜欢来见她，又说了那么多知情着意的话。那张照片刊登在杂志上，或许许多人看过也就忘了，他没有，还问她要。她认为这就是爱了。这爱，是她一直都渴望得到的。幼年父母失和，终致离婚，她的童年以及少年都不甚快乐，生命于她，不过就是一袭貌似华丽的袍，上面爬满虱子。现在，他出现了，她认为他可为她捕捉虱子，怎能忍着不爱？

可是，她不知道，她的相片给了胡兰成，他只是安然地接受，没有神魂颠倒。当然有可能，那张相片，他只是随口谈及，她却当了真。

人生许许多多事，难得当真，亦最怕当真。

胡兰成一生做得最轰轰烈烈又最无聊的事，是他拿着拈花惹草的一颗心，去招惹爱便深爱的张爱玲。

要知道，彼时，他家中有妻全慧文，还有一个叫应英娣的歌女。全慧文为他生儿育女，现在，他嫌弃她有“神经病”。嫁给他时，她好端端的，怎么现在有了神经病？其间有着怎样的故事？

胡兰成的侄女胡青芸说，全慧文的神经病是在香港得上的。胡兰成一度在香港工作，每每出门，总有邻家妖冶妇人过来招呼，一边问好一边贴在胡兰成身上，全慧文从窗口看见了，心里很不舒服。去质问胡兰成，他说香港女人都这样。几次吵闹后，胡兰成索性跟别人说全慧文有神经病，不许自己出门。

纵使全慧文真有病，他也不应嫌弃。所谓夫妻，夫和妻，无论贫穷富有、健康疾病都应相亲相爱。只可同甘，不可共苦，算什么夫妻？

不怕男人多情，怕的是男人多情之后又无情。招惹她，又轻易辜负她，此等男人要人如何不轻看？

胡青芸回忆说，胡兰成回上海后，恋上了歌女应英娣，寻了家旅馆做露水鸳鸯。胡青芸找上门去，问他，你在这个地方，家里不管了？

胡兰成说，哪能啊。

胡青芸退一步说，你准备怎么办？

他倒也坦承，他和应英娣已经成家了。

你成家了？胡青芸吃了一惊，成家了还住旅馆，旅馆花费多贵，家里还要开销呢。

胡兰成辩解，在屋里写字写不好，神经病要吵的。

“神经病”就是全慧文。

没办法，胡青芸要胡兰成离开旅馆，带应英娣回去一起住，好节省点钱。

胡青芸怎就能管得了她的六叔胡兰成？先看这句话，胡兰成带应英娣回家，胡青芸说：“带回去就说是我说的。”真是掷地有声的一句话。看得出，在胡家，全慧文早已不当家，做主的是胡青芸。

胡青芸早年与她的六叔胡兰成相依为命，后来胡兰成出门闯世界，她就在家帮他照顾他的孩子。胡兰成到上海后，把胡青芸从乡下接到上海，操持家事。多年后，胡兰成逃离大陆流亡天涯，他的孩子仍是侄女胡青芸抚养，那年头，一个弱女子拖着几个孩子，不可谓不辛苦。若无胡青芸，胡兰成哪来的清闲风流浪荡？不过，胡青芸倒也无怨言，她是为了她六叔。

闲话暂莫多说。只谈胡兰成招惹张爱玲。

有人说，张爱玲爱上大她 14 岁的胡兰成，因她有着很深的恋父情结。

张爱玲小的时候，母亲离家出走。每一个离家出走的女人背后，都有一个不堪的男人。张父吸毒、嫖妓，又颓废堕落，不理财，不养家，少担当。母亲离开，张爱玲不想念，多的是怨恨，她认为母亲抛弃了她。

和父亲相依为命的张爱玲，父亲成为她爱的所有寄托，是她生命中的一个大支柱。后来，继母来了，一切发生了变化。继母不爱她，她认为父亲随着继母亦是不爱她的了。有一次，她和继母争吵，父亲为此还狠狠地打了她。

父亲越是不好，她越怀念父亲先前的好。所有曾拥有又突然失去的，不会招人怨恨，只会愈发显得美好珍贵。她渴望能一直都受父亲宠爱，得不到，自然会是心中的一个结。

但是，翻看张爱玲的作品，很容易就发现，她笔下的父亲形象，大多都是身为家长却毫无家长的尊严和责任感，终生持着荒唐、淫靡的生活态度，有钱的时候在外面生孩子，没钱的时候在家生孩子。这是她对父亲的指责了，或者说是审视。有句话说，爱之深，责之切。所有的审视或指责，其实都不过是她希望有一个理想中的完美父亲。

在张爱玲笔下，还有一种男人，那就是情场浪子。他们善于和女性打交道，而且颇有情趣，唯独缺少责任感和廉耻心。他们了解女人，却又不肯放弃放荡不羁的生活去承担一个家庭的责任。他们崇尚漂泊，不喜欢落地生根。他们的处世哲学是彼此心甘情愿付出，而游戏之后又各自生活。他们最爱对女人说："我是不预备结婚的，即使我有结婚的能力，我也不配。""我不能答应你结婚，也不能答应你爱，我只能答应你快乐。"

这是张爱玲对男人的认识。或许她认为，普天下男子，都这般样子。所以，当她遇见胡兰成，也就自然不为他的风流浪荡而惊讶。

胡兰成年长，又有情趣，知道什么时候说什么样的话女人最爱听。女人需要父爱，他给父爱；需要兄长，他就做出兄长的样子；当然，做情郎他更拿手，耳鬓厮磨，挑逗撩拨，他能轻易就使女人心花怒放。

比如 1944 年 6 月，那时他正和张爱玲热恋。他清楚张爱玲最喜人家说她好，哪怕说得不对她也高兴，他就挥笔写下一篇长文《评张爱玲》来讨张爱玲欢心。

这篇评论，满纸华丽的赞美之词，极尽所能地拍马屁，但是拍得很精彩，简直可以当情书读了。不得不承认，不是每个人都有这本事，就像人人都知道打蛇打七寸，却并非每个人一出手就能正中七寸要害。胡兰成有这本事。

世人多爱斥责花心男人，其实许多男人都生着一颗花花公子的心。未做成花花公子的，并非是他对男女之事多有操守，兴许只是因为他有一堆花花肠子但不能猜到女人心思，索性不自找难堪，退下阵来，做个人人赞誉的老实男。

张爱玲读了胡兰成的《评张爱玲》，即使心底觉得他矫情得要命，想必也还是喜欢的。他点评到位之处，她认为是他懂她；说得失了分寸的，没关系，爱令智昏，难免失言。翻来覆去，左右前后，胡兰成是恰到好处地点中了她的欢喜穴。

就是这样一个男人，又儒雅又轻浮，又沧桑又浪漫，又多情又薄情，又诚实又世故，遇见他，爱上他，张爱玲逃无可逃。

那么，好吧，除了热恋，别无他途。

胡兰成和张爱玲你侬我侬，情多如火，这火都快烧红了整个天。不是张爱玲不愿意包住火，是胡兰成恨不得全天下都知道，他得到一个品位高、出身好的女人：李鸿章的曾外孙女，张佩纶的孙女，更兼学贯中西，才华横溢，通身上下时髦得紧。他终于觉得他也是个上流人物了，他再也不是那个困居浙江乡间连老婆都葬不起的穷汉子了，若他不上流，高高在上的张爱玲怎会看得上他？

他要把他的快乐张扬得全世界都知道。他说：对于有一等乡下人与城市文化人，我只可说爱玲的英文好得了不得，西洋文学的书她读起来像剖瓜切菜一般，他们就惊服；又有一等官宦人家的太太小姐，她们看人看出身，我就与她们说爱玲的家世显赫，母亲曾西洋留学，她小时候就学钢琴，她们听了当即吃瘪；爱玲有张照片，珠光宝气，胜过任何淑女，爱玲自己很不喜欢，我却拿给一位当军长的朋友看，让他也羡慕。

没辙，清贫多年乍得富贵的人往往这样，好不容易以为自己从底层爬了上来，怎会舍得不大声吆喝，要所有人得见他的风光？

火都烧成这样了，应英娣怎会不知不觉？她不是瞎子也不是聋子，她是个厉害角色。一个歌女，闯荡江湖，风里来雨里去，当然会翻滚成厉害角色。她的男人胡兰成在外胡来，要她去学全慧文隐忍不发，她做不到。应英娣跑到张爱玲的住处大闹了一通，“醋海风波，满城风雨”。后来，应英娣主动提出离婚，不，称不上离婚，因为她和胡兰成并未结婚，只能说从此他们再也不同居过炊烟生活了。胡兰成给了应英娣一笔钱，不能不给，否则应英娣不会放过他。

这场大闹，无论是胡兰成还是张爱玲，都避而不谈。忘记了吗？人们多是乐意涂改记忆，就像修剪花木，剪下斜逸的旁枝，抹去有碍观瞻的，使往事更流畅圆润，更美好欢喜。

没了应英娣，胡兰成抓张爱玲抓得更紧了。鱼和熊掌不可兼得，最要紧的是，跑了鱼，万万不可再弄丢了熊掌。他向张爱玲求婚。不过，许多年后回忆往事时他却说："我们两人都少曾想到要结婚。但英娣竟与我离异，我们才亦结婚了。"说得多委屈。听这话，应英娣不弃他而去，他断然不会娶张爱玲。他还是最迷恋来亦来去亦去，只调情不结婚的快感。用了他的话说，就是与其有根，不如图一个漫天飞舞。

二人结婚应是在 1944 年的八九月间。

胡兰成有提到，这年七月间，"日本宇恒君来上海"，他对这个"宇恒君"说起张爱玲。怎么说？多半是炫耀。宇恒君一听他们关系如此亲密，就想请他牵线，见见大名鼎鼎的张爱玲。胡兰成尴尬了，他说这不太可能，要见面他须得先征求张爱玲的意见。之前有个叫熊剑东的几次说要宴请张爱玲，张爱玲并没给胡兰成面子，拒绝了。

胡兰成的那些朋友，张爱玲只去见了日本驻南京大使馆负责文化事务的书记官池田笃纪，胡兰成在一旁陪着，"如承大事"。试想，若是此时胡、张二人已婚，依着胡兰成的大男子脾性，张爱玲愿不愿见人他都要自拿主张的。要知道，婚后，即使流离失所四处逃亡，好不容易见张爱玲一面，他劈头盖脸就絮絮叨叨地指责张爱玲日常待人接物的种种不妥。

大多数男人婚前和婚后全然两副嘴脸。婚前，男人一天到晚围着女人转，百般讨好，说不尽的情话，献不完的殷勤，女人若说要天上星，男人恨不得连月亮也一同摘下来。不得不说，恋爱中的女人个个都是女王，大可随意对男人发号施令，甘愿做仆的男人毫无半点违抗之心。婚后就不一样了，男人是翻身奴隶把歌唱，要多威武有多威武，先前的女王从云端重重跌下，面目全非，还不得不赔着笑脸对男人嘘寒问暖唯恐不周。

这婚姻来得简单而潦草。两人写了一纸婚书，文曰：胡兰成、张爱玲签订终身，结为夫妇，愿使岁月静好，现世安稳。

“胡兰成、张爱玲签订终身，结为夫妇”，这是张爱玲写的。看，签订终身，结为夫妇。多郑重，还透着遮不住的欢喜。由此也可猜测，胡兰成所说“我们两人都少曾想到要结婚”为假话。哪个女人恋爱了却不想结婚呢？即使真不想结婚，也无非两种情况：男人不愿娶，或女人觉得男人不值得嫁。

张爱玲会认为胡兰成不值得嫁吗？她这样的女子，不屑于游戏感情，她向来简单直接，要么看都不看，要么深深爱。胡兰成说她不曾想到结婚，或许只因孤傲的张爱玲看穿了胡兰成贪图“漫天飞舞”的逍遥，他不说娶，她也就任性地不谈嫁。

“愿使岁月静好，现世安稳”，这是胡兰成承诺张爱玲的。承诺可靠吗？世间承诺多似炎炎夏日的无根风，风来的时候惬意无比，但吹过了就吹过了，再去寻，毫无踪影，只剩下人在炎日里炙烤得拼命喘息。

证婚人是张爱玲的闺蜜炎樱。

没有锣鼓喧天、欢天喜地的结婚仪式。胡兰成说，他只是“为顾到日后时局变动不致连累她”，所以“没有举行仪式，只写婚书为定”。说得倒是情深意重，似乎全心为张爱玲着想。他莫非真的不知，一对男女有了婚书，便是名正言顺的夫妻，一方动荡，另一方怎会不受连累？倘想不致连累，不如只谈情不结婚，或者情都不谈，因为爱她所以远离她，不因自己走了错路付出代价而连同爱人亦变而为不幸。既然婚书都写了，为何不同时给场隆重的婚礼？分明无心，还为自己百般开脱。

成婚那天，据说除了炎樱，胡青芸是唯一的宾客。不过，胡兰成并不曾邀请他的侄女。胡青芸回忆说，那天清晨她的六叔胡兰成出门时表现反常，穿着新衣在镜子面前左转右转，照了又照。胡青芸觉得好奇，便一路悄然跟踪，跟到了张爱玲家。去后方知，她六叔又要结婚了。

结婚之后，胡兰成说："我们虽结了婚，亦仍像是没有结过婚。我不肯使她的生活有一点因我之故而改变。两人怎样亦做不像夫妻的样子，却依然一个是金童，一个是玉女。"一个是金童，一个是玉女，胡兰成端的会说话，不动声色已把自己贴了金身。

虽结了婚，仍像是没有结婚。胡兰成在南京任职，张爱玲身居上海，是以胡兰成一会儿人在南京，一会儿落脚上海。这样的日子，胡兰成如此描述："我与爱玲却是桐花万里路，连朝语不息。……随又我去南京，让她亦有工夫好写文章。"

如此欢度岁月，也算得是静好安稳的吧。胡兰成更落得逍遥，兴致来了，往上海和佳人耳鬓厮磨，然后，他一撩长袍起身返回南京。好不快活！

冥冥中有双大手，能将一对原本一个在南一个在北的男女，凑到一起，欢喜热恋，又成夫妻。这双手只负责撮合情缘，并不管有缘之人如何相处，随便他们磨合生活。

生活的智慧说白了只是如何同人相处的智慧。两个人在一起，远看诸般皆好，磨合一番后，未必没有腹诽或埋怨，毕竟各有各的脾气，各有各的禀性。

胡兰成说："爱玲种种使我不习惯。她从来不悲天悯人，不同情谁，慈悲布施她全无，她的世界里是没有一个夸张的，亦没有一个委屈的。她非常自私，临事心狠手辣。”

看，他抱怨张爱玲“非常自私，临事心狠手辣”。甭管怀了多深的柔情蜜意去说，但“心狠手辣”这词岂是能随便用的？况且，这词条是贴在自己的妻子身上。

张爱玲怎会不自私？她虽出身名门，但生活的确很不快乐。母亲远走，父亲是唯一的精神支柱，偏偏父亲又不是个称职的父亲；她和继母处不来，彼此不睦到竟可相互厮打。如此这般，她若想活得更好一些，必得凡事为自己多加思虑，方可不受更多磨难。要她如何不自私？哪里是自私，只是惯于自爱自怜罢了。若说自私，普天之下谁不自私？有些人竟可自私到为着自家利益行尽伤害他人之事，比起那些人，张爱玲是好的，她不受人恩惠亦不施人恩惠，只是关上房门过自己的日子。

张爱玲的好，胡兰成也不得不承认：“她对世人有不胜其多的抱歉，时时觉得做错了似的，后悔不迭，她的悔是如同对着大地春阳，燕子的软语商量不定。”这样一个女子，他怎么可以轻易就送出“临事心狠手辣”六字？

胡兰成一会儿南京，一会儿上海，如此多离别，他应是对张爱玲有怨言了，说张爱玲情浅心硬不知离愁。要不然，张爱玲怎会给他写信：“你说没有离愁，我想我也是的，可是上回你去南京，我竟要感伤了！”

这个男人真够多愁善感，并且黏人，他需要人时刻对他说“你别走，没你在我不习惯”，“我很想你，你怎么还不回来”诸如此类的话给他听。

不过，这倒也可见甜言蜜语并非只有女人热爱，男人同样迷恋。女人喜欢男人时时表明爱的存在，男人也喜欢。所以，婚恋生活中女人不妨也做个甜嘴儿，爱，就说出来。多说一些“我想你”、“我爱你”的话，要男人意识到，他是重要的，不可或缺，没有他，女人就活不下去。这算不得虚情讨好，只是经营感情的一种智慧。

张爱玲学不来迎合取悦。她的不迎合不取悦，还有另一些，胡兰成很是不满：“我因听别人常说学生时代最幸福，也问问爱玲，爱玲却很不喜欢学校生活。我又以为童年必要怀恋，她亦不怀恋。在我认定是应当的感情，在她都没有这样的应当。……她不喜她的父母，她一人住在外面，她有一个弟弟偶来看她，她亦一概无情。这与我的做人大反对。”

可叹张爱玲写爱情小说是能手，没几人可比得上，但真刀实枪地谈情说爱她是生手。她不知道，女人若是和自己的男人唱反调，男人会很不高兴。男人嘛，说大度也大度，说小气那是真小气，逢着逆耳的话，不想听，若说逆耳话语的是他的女人，他更感到自尊心大伤。若爱某个男人，女人请一定要学着附和，男人夸什么女人跟着送赞美，男人谈篮球女人也聊上几句关于《灌篮高手》的事。至少，女人不能在男人认为应当的事上和男人大唱反调。

其实，张爱玲不是没有学着附和胡兰成。“她对我这样百依百顺，亦不因我的缘故改变她的主意。我时常发过一阵议论，随又想想不对，与她说：‘照你自己的样子就好，请不要受我的影响。’她笑道：‘你放心，我不依的还是不依，虽然不依，但我还是爱听。’”

是的，张爱玲的附和很独特，纵使胡兰成是错的，她倒也不计较，只是听着，听听而已，他说他的，她做她的。果然很有主张的一个女子。女子有主张，是好事，不容易吃亏。可惜她遇上的是胡兰成。这么一个大男子主义的男人，对着一个那么有主见的女人，真是针锋相对，胡兰成一定很有挫败感。

婚姻是一门学问。这门学问或可说是“心中有佛，所见皆佛”的学问。无论男人或女人，都要有一颗欢喜心。若揣着横挑鼻子竖挑眼的心，爱人必浑身缺点，看哪儿都不顺眼。怎么可以以自己的标准去要求爱人呢？夫妻过日子，炊烟生活，是要合二为一，拧成一股绳，共谋幸福。真的合二为一不可能，到底是两个人，各有各的思想。这就得彼此欢喜包容，万万不能试图抹掉另一方的个性，建个一言堂。

胡兰成真不大度，即使后来洋洋洒洒写了那么多关于张爱玲的文章，看似在忆往事不胜美好，其实不过是炫耀自己有魅力占得一个绝代才女，又弯弯绕绕地尽说人家的不是。一个男人，若连自己的女人都不肯包容，女人跟着他也真够委屈。

也幸亏胡兰成是个斤斤计较的人，将他和张爱玲生活中的一地鸡毛一片一片捡起来，不厌其详地记录下来，不然后人怎知他到底是怎样的一个人，张爱玲又是怎样的人！

胡兰成说："我自己以为能平视王侯，但仍有太多的感激，爱玲则一次亦没有这样，即使对方是日神，她亦能在小地方把他看得清清楚楚。"既然平视王侯了，为何又要生出太多的感激？莫非对王侯心有怯畏，怕一个不慎招来莫须有罪名？张爱玲勇敢，随他是谁，她皆坦然从容、袖手旁观，用了慧眼将对方看个透彻。这个世界，万事万物，她从来都是静静地望着，口中不置一词。她只求自身干净。

他人若是看她诸般不顺眼，没关系，她不需要谁看她顺眼。这一点，胡兰成识得很清："张爱玲是使人初看她诸般不顺眼，她决不迎合你，你要迎合她更休想。"

好一句"她决不迎合你，你要迎合她更休想"！没办法不说，胡兰成深知张爱玲，他到底不全辜负张爱玲送他一句"因为懂得，所以慈悲"。

这二人，在一起的日子里，说到底还是欢悦多一些，那些彼此横挑鼻子竖挑眼的事不过是华丽袍子上的虱子，难免。张爱玲再怎么冷漠，仍不过是一个女子，热爱中的女子会有的心思她亦是有，亦是可爱。

她会偷看书房独坐的胡兰成，当她偷偷望他，她心中满满的应都是喜悦，那些瞬间，她是尝到了“岁月静好，现世安稳”的滋味吧。

她也会和他相对而坐，只管看着他，喜不自胜，用手指着他的眉毛，说：“你的眉毛。”抚到眼睛，说：“你的眼睛。”抚到嘴上，说：“你的嘴。你嘴角这里的窝儿我喜欢。”喜欢极了，她唤他：“兰成。”

多可爱。多恩爱。多沉醉。

在静安寺庙会买了一双绣花鞋子，鞋头连鞋帮绣有龙凤，穿在她脚上，线条非常柔和。她知他爱看她穿这双鞋子，每次他从南京回来，在房间里她总穿这双鞋。是的，只在房间里，只穿给他一人看。

他要她找句话形容他们的缠绵，她亦会调皮地说：“你像一只小鹿在溪里吃水。”这句话，若非胡兰成惯于炫耀，谁能料到冷艳的张爱玲竟也可说出这温柔的情话来。

她的书销路多稿费高，自是不用靠他养，但他给她一点钱，她就拿着去做了一件皮袄。穿在身上，她心里欢喜，因为世人都是丈夫给妻子钱用，她也要。是啊，她再好强，在她的男人面前，亦是温香软玉，要疼爱，要呵护。

有次去戏院看戏，回来时下起了大雨，他们就叫了一辆黄包车。放下雨篷，她就坐在了他腿上。所有女子会撒的娇，她亦会。虽然她生得高大，又穿着雨衣，但她就是要撒娇。他觉得诸般不宜，却也承认，那“真是难忘的实感”。

一天傍晚，他们在阳台上眺望上海。他行走了那么长时间的歪路，或许已是自知到了要付出代价的时候，他担心时局可能要变，来日大难，在劫难逃，两人恐怕真的要“大难来时各自飞”了。她很震动，心疼地说：“我恨不得把你包包起，像个香袋儿，密密的针线缝缝好。”

每个人都要为自己所为之事负责，纵使他人有心想包着掖着藏着，亦是无用。

他又说：“如果那一天来临，我必能逃得过，唯头两年里要改名换姓，将来与你虽隔了银河也必定找得见。”

她说：“那时你变姓名，可叫张牵，又或叫张招，天涯海角有我在牵你招你。”

她是爱他的，深深爱。自嫁给他，因为他的腌臜身份，社会上便生出各种流言。她不管。她不是一个关心政治的人，她只关心自己，还有她爱的人，她的爱情。是啊，她爱的是他这个人，至于他的政治立场，她不管。

女人，不爱则已，爱了，则如俗语所云，嫁鸡随鸡，嫁狗随狗。鸡走什么道，狗行什么道，随便吧，眼里心里有那鸡有那狗，就够了。

胡兰成之于女人，如同贾宝玉之于女人一样。一样懂得，一样爱惜，一样会成为女人命中的魔星。

胡兰成不认为自己是贾宝玉，给张爱玲的一封信中，他这样写：“我本自视聪明，恃才傲物惯了的，在你面前，我只是感到自己……像一头又大又笨的俗物，一堆贾宝玉所说的污泥。”这是应英娣离开他后，他写给张爱玲的求婚信。

说来也巧，张爱玲为他情愿低到尘埃里，他说在张爱玲面前他是“一堆贾宝玉所说的污泥”。

其实，对着张爱玲，胡兰成一直都是自卑的，各自的身世撇下不说，只说才识。“在爱玲面前，我想说些什么都像生手拉胡琴，辛苦吃力，仍道不着正字眼。”他又说，“我使尽武器，还不及她的只是素手”。

当然，胡兰成断不肯承认自己自卑，他说张爱玲偏爱他这种辛苦吃力仍道不着正字眼的刺激。

男人多半都会竭力往自己脸上贴金。譬如，有的男人明明就是不怎么样，硬要直着脖子，大言不惭，夸口自己何等勇猛，说多少多少女人为他意乱情迷。

擅长夸口也罢，真的自卑也好，见多了女强男弱的家庭，男人处处落于女人下风，这厢丢了自尊，便去那厢找一个弱于自己的女人，以证明自己的强悍。

胡兰成需要这样的证明吗？或许需要，或者不。从他的文字中来看，在张爱玲面前，他是乐于自我贬抑的。可能，这对他来说，是另一种说不出的快感：看，是这样卑微浅陋的我，得到如此高高在上的你。你万般聪慧又能怎样？人们万般崇仰你又怎样？你不还是为我甘愿低到尘埃里！反差越大，他的快感越强烈。

倘若的确如此，那么，只能说，在和张爱玲结婚后，胡兰成又去招惹别的女人，是他风流心性使然。他就是一只爱偷腥的猫，只要有鱼可叼，逮着机会就大吃大嚼。

1945 年春天，胡兰成去汉阳发表演讲，生了一场病，病得很春意盎然，因为在汉阳医院他认识了一个叫周训德的小护士。

周训德当时只有 17 岁，胡兰成 39 岁，年龄在他们那儿当真不是问题，更何况小护士涉世不深，胡兰成又是情场老手，说好就好上了。难得的是，胡兰成竟然还能分开心神琢磨“对爱玲是否不应该”。琢磨也是白琢磨，如同嚷着要减肥的人，明知减肥需要节食，见了美食仍忍不住任情饕餮，满足口腹之欲后，开始懊悔不已，发誓再不放纵。可是，再见到美味，先前的反省全然忘却了。

胡兰成待女人有个优点，诚实。和每个女人纠缠时，他都会明白告诉人家他真实的情感生活。胡兰成有对周训德提起张爱玲，他问她，你可妒忌？问得颇是有趣。周训德对答得也颇耐人寻思："张小姐妒忌我是应该的，我妒忌她不应该。"这姑娘的嘴够刁。可是，听在胡兰成耳里，他忍不住赞叹了："她说的只是这样平正，而且谦逊。"

真要命，这样的男人，这样的姑娘，让人不禁慨然长叹：端的是什么人遇见什么人。

同年 3 月，胡兰成回到上海，在张爱玲那儿住了一个多月。胡兰成诚实地将他和小护士周训德的事说给了张爱玲。有时候，诚实甚招人恨。张爱玲是个奇人，她不恨。胡兰成曾写道："每有好花开出墙外，我不曾想到要避嫌，爱玲这样小气，亦糊涂得不知道妒忌。"

张爱玲糊涂吗？哪个妻子不希望自己的丈夫一心只爱自己？只是，张爱玲太过清醒，她知道，自古以来，"忠贞"只刻在女人心底，男人从来不用忠贞。她的父亲不就是浪荡多情一生吗！她只认为，天下男子尽如她父亲那般，胡兰成即是明证。逢着这么一人，有什么办法？若是他真爱了别人，那就像树上长了一个枝干，还能把它给砍掉吗？先前张爱玲就对胡兰成说："我想过，你将来就只是我这里来来去去亦可以。"所以，对于周训德，张爱玲不吃醋亦不打探，浑似没事人一样。

这份清醒，真真是令观者不知所措，对她哭也不是笑也不是，为她哀也不是怒也不是。还可怎样？只得说，她有怎样的性格，亦决定了她有怎样的命运。胡兰成负她，只因她先负了自己，怪不得他人。

却也又想，假若张爱玲是个世俗女子，丈夫到处留情，她披头散发大闹一场，结果如何？胡兰成兴许要怯了，甚有可能。偏偏张爱玲做不来母老虎，不闻不问，公老虎落得逍遥。胡兰成曾沾沾自喜地说："再或我有许多女友，乃至挟妓游玩，她亦不会吃醋。她倒是愿意世上的女子都喜欢我。"

或许，可退一步想，张爱玲只是不屑吧，她不屑谁和她比，更不屑和谁争，和谁争她都觉得失了自家体面。

体面，是要的，只是有时，倘想求得一世体面，不妨豁出去先舍了一时体面。就像身上隐秘处生了一个疮，难道仅为要个体面就遮着藏着不给医生看？不，要勇敢地解开衣裳，让医生诊断，下点狠力，忍着痛，去了疮。健康了，此后自是不必再解衣衫，要多体面有多体面。

同年5月，胡兰成重返武汉。在武汉，他自然和周训德住在一起。不知是有结婚的瘾，还是想用婚姻形式将每一个他招惹的女人都结结实实地拴在他的后花园里，他和周训德谈起结婚之事。结婚要行结婚仪式啊，胡兰成又想："我因为与爱玲亦且尚未举行仪式，与小周不可越先，且亦顾虑时局变动，不可牵累小周。"他想告诉世人什么？要人人知道他是一个懂规矩重礼仪的人？

或许什么都不是，唯一"顾虑时局变动"，他内心惴惴然惶惶然。

这年的8月15日，日本宣布无条件投降，从所有战场退出，缩回他们的岛国。胡兰成真切地感觉到大祸临头了，他又不想坐以待毙。

胡兰成开始了逃亡之路。

周训德怎么办？胡兰成自身已是难保，哪还能顾得上她！

胡兰成9月初先是逃往南京，几经周折又到了上海。9月下旬，他偷偷地溜进张爱玲处住了一宿。这一夜，两个人会谈些什么？想必当是无语话凄凉。真个应了他们先前曾谈过的一句乐府诗：来日大难，口燥舌干。

张爱玲有后悔她爱上了这个男人吗？胡兰成会不会为他行错了路而忏悔？

人生就是一个抉择紧连着另一个抉择，每一次抉择都为后来的路埋下喜或悲的种子。若不想吃苦果，抉择时良知为第一位，不能为自私自利之心而放纵自己的欲望。

当然，男女爱情是例外，爱了就爱了，容不得多想。君子爱上恶妇，淑女爱上浑蛋，爱来的瞬间，人的头脑容易发昏，辨不清黑白。当苦果酿成，君子莫悲，淑女莫怨，一切尽是自家的选择，谁叫你识人走了眼呢？受了吧。倘有再度选择爱的时候，前车之辙后车之鉴，再莫犯傻。

谁不是一边受伤一边学会坚强？怕的是，伤痕累累了，生活还是一笔糊涂账，一次又一次重蹈覆辙，如此这般，受苦活该。

1945 年 9 月底，胡兰成逃往浙江诸暨。诸暨有他的老同学斯颂德。多年之前，他闲居在斯家，曾和斯颂德的妹妹眉来眼去，招人厌。现今，无路可走的他，又去了斯家。

他虽做过不光彩的事，但他后来一直和斯家有往来，还曾于斯家贫难时出钱资助。如今他落难而来，斯家收留了他。

12 月初，清查汉奸的风声越来越紧，诸暨也待不下去了。一番商计，斯家决定送胡兰成去温州，去范秀美的娘家避难，在乡下或许要安全一些。就由范秀美相送。

范秀美是谁？她是胡兰成的同学斯颂德的庶娘，也就是斯颂德父亲的姨太太。

这一送，送出了一桩事来。

斯家老爷早就去世，范秀美寡居多年，亦是怨女久旷吧，又碰上胡兰成浪子多情，两个人干柴烈火，一拍即合。还没到温州，胡、范二人就行了夫妻之实。胡兰成是这样说的："十二月八日到了丽水，我们遂结为夫妻之好。这在我是因感激，男女感激，至终是唯有以身相许。"

"男女感激，至终是唯有以身相许。"一感激就以身相许，这理由倘能站得住脚，天下男女岂不大乱！

斯颂德有胡兰成这同学，也真叫可怜。先前胡兰成和他的妹妹纠缠不清，如今又和他父亲的姨太太范秀美好上了。这成什么话？

到了这里，对胡兰成这个浪荡子，不得不重新打量了。他是多情吗？哪里是多情，分明滥情。凡和他多接触一些时日的女子，他总要将人家哄上他的床。并且，每个和他有关系的女子，他都要给予夫妻的名义。他真的好在意夫妻关系呀。难道在他看来，男女之间建立夫妻关系，如同国家与国家之间建立外交关系一样，多多益善？可是，那些女子又是怎么了呢？胡兰成莫非是一剂迷药，谁走近他谁就意乱情迷？

听听胡兰成自己怎么说。胡兰成对女人向来是诚实的，对着范秀美他毫不隐瞒地和盘托出他的情史。唐玉凤、全慧文、应英娣且不必说了，太过遥远，没法比较，最近的则是张爱玲和周训德。谁料范秀美对张、周二人一点都不妒忌，更不生恨。胡兰成得意了："但她不妒忌爱玲与小周，这原是她对人事的现实明达知礼，而亦是她的糊涂可笑。"

"糊涂可笑"，说得好极了。原来，胡兰成并非生来就是蛊惑女人的迷药，只是他恰巧遇见的都是糊涂女人。

唐玉凤早逝，不提；应英娣是个泼辣角色，不犯糊涂，亦不提；全慧文糊涂，糊涂得到最后成了胡兰成口中的"神经病"；张爱玲糊涂，是因她生性清冷又清高，凡事不屑争，以为不争就能求得静好安稳；周训德糊涂，因她年少，初涉情事，怎会是浪荡子胡兰成的对手？范秀美呢？她的糊涂直让人觉得愚了。胡兰成说："她听我说爱玲与小周的好处，只觉如春风亭园，一株牡丹花开数朵，而不重复或相犯。"或许她认为，自己也种在胡兰成的后花园里，和其他人儿争芳斗艳是一件光荣事。

可悲的范秀美，胡兰成哪里是爱她呢？他是这样说的："我在忧患惊险中，与秀美结为夫妻，不是没有利用之意，要利用人，可见我不老实。"

"利用"，胡兰成到底诚实，或者说，最懂胡兰成的人只有胡兰成。女人，于他来说，不过就是"利用"。他利用唐玉凤成了有妇之夫，唐玉凤去世，他又利用全慧文填补空房为他生儿育女，到了他觉得全慧文有"神经病"时，应英娣出现了。应英娣的作用就是，除了"神经病"，他还有正常的并且会唱歌的女人，满足他的风流快活。张爱玲呢？胡兰成搭上她，很可能只是为了炫耀她的贵族血统，且借助她的才气名声将自己提升一个层次。周训德，这个小护士是他在外地苦闷中的一个安慰。范秀美更直接了，她是他逃亡中的一个庇护所，仅此而已。

说个来去，最可怜的仍是张爱玲，可叹她一世才情，遇到胡兰成这样一个轻浮的人，先是输给了年仅 17 岁的青涩少女周训德，后又输给了半老寡妇范秀美。

在温州，逃亡的胡兰成的确如先前和张爱玲说的那样，改名换姓。他姓张，自称是张爱玲的祖父张佩纶的后裔，不过，他不叫"张牵"也不叫"张招"，他叫张嘉仪。"嘉仪"是范秀美为自己的一个女友的孩子取的名字，胡兰成拿来用了。

胡兰成对外声称他和范秀美是夫妻，许是良心发现，他问范秀美："我今这样，好像是对不住斯家。"范秀美安慰他："你并不是斯家子侄，所以不算犯上。何况我这个人是我自己的，且他们的心里是明亮的。"这么一安抚，胡兰成又不忐忑了。

突然，胡兰成听说，身在武汉的周训德，因受他牵连，已被以涉嫌汉奸罪逮捕。他痛苦难以自抑，想去投案自首，以救出狱中的他亲爱的小护士。

就在这时，又突然发生了一件事：张爱玲千里迢迢来温州寻夫了。这是 1946 年 2 月。

张爱玲在上海，一直挂念着生死未卜的胡兰成，几经打探，从胡兰成的一个密友那里得知他的潜藏地址。冒着料峭的寒风，过诸暨，走丽水，山一程水一程，行行复行行，终于见到夫君，她幽幽地说："我从诸暨、丽水来，路上想着这是你走过的，及在船上望得见温州城了，想你就住在那里，这温州城就含有宝珠在放光。"

夫妻别后，千里迢迢终至相见，理应执手相看泪眼，说别后日夜，数寒更思忆。不曾料，她如此深情，他竟万般愤怒，粗声粗气地吼："你来这里做什么？还不快回去！"

可怜的张爱玲，她几时受过这般委屈？

胡兰成见到张爱玲，惊而不喜，勃然大怒。对此，他后来的解释是，夫妻难中相别，妻子寻踪探夫，本是令人感动的，但张爱玲是超凡脱俗的，就不宜了。这解释多荒唐可笑。其实，他愤怒是因为他尴尬，他从未对张爱玲说过他和范秀美的事。

他并不知道，张爱玲在来温州前，已听说他和范秀美同居的事。张爱玲宽容地想：一个身处险境的男人，远在外地寻找些安慰是难免的，何况范秀美掩护了他，乱世中在一起，也只是权宜之计。张爱玲对他丝毫没有责备之心。

他却这般待她，要她如何不心生苍凉？

一个女人，孤身一人，山一重水一重，一程又一程，来见一个男人，为的是什么呢？还不是因为爱！她不要他感恩，只给一些理解也好啊。可惜，佳人情浓，郎君凉薄。

张爱玲住在温州城中一家旅馆里，胡兰成白天去陪张爱玲，晚上去陪范秀美。

这种事儿，要谁想来都会觉得不可思议。张爱玲不觉得难为情吗？她仿佛是胡兰成的朋友，朋友远道而来，胡兰成现身招待，白天说说话，夜晚丢下她在旅馆，他回家和妻子共宿。然而，明明张爱玲也是妻子啊。或者说，张爱玲才是名正言顺的妻子。

张爱玲还为胡兰成找理由开脱吗？想着他毕竟是在逃难，这阵子范秀美才是他名义上的妻子，为避嫌，自是没法子和她朝暮共处，张爱玲是这样宽容他的吗？

有一点不容忽视，这次相见，张爱玲明确感知彼此亲近中已有了生分。有时四目相视，半晌没有一句话，忽听得窗外牛叫，两人面面相觑，诧异发呆。

从开始的无话不说到后来的无话可说，夫妻做到这个份上，已算得是走投无路了。

一天上午，张爱玲与胡兰成在旅馆说话，胡兰成突然腹痛，但他忍着没说，等到范秀美一来，他立即就说肚子疼。范秀美坐在房门边一把椅子上，问他痛得如何，说等一会儿泡杯热茶喝喝就会好的。

张爱玲分明是局外人了，连情人都算不得。男人纵使对着情人，若是哪里痒或痛，亦会说出口，博取情人关心。可是，胡兰成腹痛忍着不说，范秀美来了，他半是撒娇半诉苦地喊疼。张爱玲难保不会心碎一地。

胡兰成却是觉得这样好，他说他们三人，有时一起上街，有时一起在旅馆里抱头痛哭，“因为都是好人的世界”，相处倒也融洽。

融洽？所谓的融洽是张爱玲拿隐忍换得的吧。她凡事惯于冷静自持，仿佛从不牵愁惹恨。她怎会没有愁苦呢？只是她从不写在脸上。

初见范秀美，张爱玲就对胡兰成提起，范秀美生得确实美。这天三人闲坐旅馆无事，张爱玲又说起范秀美长得好，要给范秀美画像。范秀美端坐着，张爱玲笔走如飞，胡兰成在旁边看，三个人兴味十足。眨眼间就勾出了脸庞，画出眉眼和鼻子，正待画眼角，张爱玲却突然停住了，一脸的凄然和委屈，推说身体不舒服，再也不肯画下去。

范秀美走了之后，胡兰成纳闷地问："这样的神来之笔，为什么不画了？"

张爱玲说："我画着画着，只觉得她的眉眼神情，她的嘴，越来越像你，看上去竟似有夫妻相，难道这就是前世姻缘。心里不由一阵惊动，就再也画不下去。"

要她如何不悲伤？他是她的丈夫，别的女人和他朝夕相随，连眉目唇角都越长越像，她越发像个不相干的人，突兀地插入他们的生活。

一个女人心里只装着一个男人，而这个男人心中却住着数个女人。男女生活，最苍凉的事，莫过于如此。

胡兰成却不以为然，一句安慰的话都没对张爱玲说。倒是说了他想去武汉自首，以此营救尚在狱中的周训德。

好吧，范秀美是为避难而寻取的一个庇护所，张爱玲不计较。周训德呢？他竟肯为她，甘愿自首入狱。如此牺牲精神，他何时给过张爱玲一点？

张爱玲是觉得绝望了，可她多想再试一试，看看在胡兰成心中，她和周训德，胡兰成怎样选择。

张爱玲终于为爱肯倔强一回了，她说："你说最好的东西是不可以选择的，我完全懂得。你与我结婚时，婚帖下写下'愿岁月静好，现世安稳'，你何曾给我安稳？在我和小周之间，还是要你做出选择。你说我无理也罢。"

胡兰成答道，世景荒芜，已没有安稳，何况与小周有无再见之日也未可知。

他还质问张爱玲，早先在上海时，也曾两次谈到他和小周的事，张爱玲虽不悦，却也无话，为何现在当了真？

多荒唐，到了这地步他竟还振振有词。他说他和张爱玲的爱是在仙境中的爱，与周训德、范秀美的爱是尘境中的爱，本不是一样的，没有可比性。他待张爱玲如待自己，宁可委屈张爱玲，也不委屈周训德，如克己待客一般。

视妻为己，视情人为客，两相冲突时而“克己待客”，喜欢拈花惹草的男人，当妻子对他摊牌要他有个了断时，多会说出此等看似有理其实荒谬的话。这只是男人移情别恋、推诿责任的不实之话罢了。

绝望的张爱玲自伤自怜地说：“我要你选择，你到底不肯。我倘使不得不离开你，虽不致寻短见，亦不能够再爱别人，我将只是萎谢了！”

尘境中的爱情击碎了仙境中的爱，剩下的只有悲伤和痛苦，张爱玲再也承受不了这样的沉重打击。温州实在不必再待下去了。

张爱玲回上海那天，刮了大风，风里有雨。天公应知离情，更着阵阵春雨，淅淅沥沥，缠缠绵绵，如泣如诉，如怨如慕，如歌如梦。天地有风雨，张爱玲只有她自己。

回上海不久，张爱玲寄信给胡兰成，说了这样的话：那天船将开时，你回岸上去了，我一人在雨中撑伞在船舷边，对着滔滔黄浪，伫立涕泣久之。

爱真是折磨人的东西。爱得痛，欲放手，又放不得；不放，则越爱越痛。倘若每掉一滴泪，就可化解心头一分痛，恐怕泪水翻涌成了太平洋，心中的痛还是那么那么多那么那么深。要人如何得安稳？这尘世有没有不使人落泪、不让人受伤的爱？若所有爱情皆是千疮百孔，去哪里可寻得一个良医，要那遍体鳞伤的人儿恢复最初的光洁如玉？

随信，张爱玲还寄了些钱来，她说："你没有钱用，我怎么都要节省，帮你渡过难关的。今既知道你在那边的生活程度，我也有个打算了，不要为我忧念。"

痴心若此，由不得人不为之动容。

在爱情里，不是所有的付出皆能灌溉出明艳的花儿，往往，伤最深的正是那付出最多的人。爱情从来不是一件公平的事，你付出，对方或许会照单全收，但不一定会心生感激，或许竟认为爱来得理所当然，受也受得问心无愧。多情自古空余恨，此恨绵绵无绝期。

何不挥剑斩情丝？爱似于遍野柴垛中生了一堆火，在黑暗中生起火了，好温暖，好开心，那火光千变万化，令人迷醉。要维持那火燃着，就要让那柴垛烧不完，或烧了这垛有那垛。这薪柴需要两个人一起寻找，一起将找到的薪柴投进熊熊烈火里，火才会更旺。倘若只是一个人添柴，总有烧完了柴火灭的时候，到那时，火就要灭了。就像一个剑客，武功再高强，宝剑再锋利，终究敌不过衰老，老得动也动不了的时候，一个小孩持一根木棍足可要了他的命，一切荣光于是消失。所有衰败的爱情，到最后，不论当事人多么不情愿放手，情丝都将被抽尽，爱情死去。

胡兰成虽是负心人，张爱玲到底做不来绝情人。她并未间断和胡兰成的联系，经常寄来稿费，补贴胡兰成的生活之需。

这期间又生出了一桩说来让人感叹的事。范秀美孤身一人跑来上海了，她做什么？找胡兰成的侄女胡青芸。胡兰成给胡青芸写了一封信，大意是说，范秀美怀孕了，让胡青芸去找张爱玲，要点钱来，让范秀美堕胎。

张爱玲遇见胡兰成这种男人，是她运气实在太差。她在上海顶着“汉奸妻子”的帽子承受各种非议甚或打击，竟还要筹钱去为“情敌”范秀美堕胎，叫她情何以堪?

运气差的不只是张爱玲，胡青芸有胡兰成这个叔叔，亦是多受许多罪。想想看，胡兰成的几个孩子都是胡青芸在抚养，她又不是有着通天本事，轻易就挣得来钱，生活自然艰难。何况，人们都知她六叔是汉奸，这无疑给她艰难的生活又添了诸多困难。这一回，她又要领着大肚子的范秀美去找张爱玲拿钱，张爱玲会给她好脸色吗?

到底，张爱玲还是帮了胡兰成，哪怕是心里滴着血。

1946 年 4 月，胡兰成悄悄离开温州，又回到诸暨，在斯家住了数月。同年年底，他取道上海再往温州，经过上海时，在胡青芸的帮助下，他潜进了张爱玲的公寓。

自上次温州一别，倏忽又将一年，两个曾经爱得翻江倒海的人，再度相对而坐。只可惜，他们的爱情袍子里钻满了虱子，这次相对，怎么都找不到往昔如痴如梦的气氛。胡兰成并不尴尬亦不感伤，反而摆出丈夫的派头，指责张爱玲日常待人接物的种种不妥，又絮絮叨叨地数落张爱玲上次温州乡下“寻夫”的日子里，有次借宿农家，居然拿人家的洗脸盆洗脚。张爱玲连忙道歉并解释，说草草过夜，又怎能借到两个盆子?

看着这个为情所困而乱了分寸的他曾经以为的“仙女”，在他面前依然是低到尘埃里，胡兰成的感觉一定相当良好，不由得又精神抖擞了，他将自己记述的和周训德交往的一篇《武汉记》拿出来让张爱玲看。张爱玲只翻了几页，就丢在桌上，说:“看不下去！”

要她如何看得下去？丈夫有了艳遇，又兴致勃勃地如实记录下艳遇细节，拿给妻子看，再宽容大度的妻子都做不到津津有味地去赏读吧？譬如有人刺了你一剑，顺手把剑递给你，要你自己扒拉着伤口，细细琢磨他那一剑是如何刺的，然后听你发出赞美声，夸他剑法实在是好，你可做得到？

还好，那天夜里她终于肯直面她千疮百孔的爱情，和胡兰成论起周训德，并夹杂着范秀美，你一句我一句地争执起来。

胡兰成依旧做着他那数美并存的梦，他仍旧想保持目前的格局，即名分上有张爱玲，意念中有周训德，现实中有范秀美，只不过要将这种局势让张爱玲知道，并请她坦然接受。

张爱玲不愿意陪他做梦了，再争吵下去亦徒惹无趣，索性一旁坐着，不发一语，只看着灯发呆。胡兰成以为张爱玲只是故意要小性子，就玩笑着拿手去打张爱玲的手背，谁知张爱玲震怒异常地“啊”了一声。

这一声“啊”，胡兰成清醒了：他认为的最是糊涂的张爱玲，已从糊涂坑里爬了上来，就像被催眠的人醒来了，且手上多了一把寒光凛凛的剑。往事不可追，旧梦岂可回？他和张爱玲，已是隔了千重山万重水，再也回不去了。

当夜，二人分睡。胡兰成在客厅沙发上蜷了一夜。

次日天亮，胡兰成去张爱玲的房里，来到床前，俯身吻她。她伸出双手紧紧地抱着他，泪流满面，从肺腑里叫了一声：“兰成！”深深哽咽，再也说不出话。

爱，行到山穷水尽处，无可奈何花落去。可是，叫人又如何不柔肠百转、泪水涟涟？

当天上午，胡兰成掩头遮面赶到上海外滩，乘船回了温州。他到底还是逃亡之人，热闹繁华的大上海岂容他久留？

这是他们最后一次见面。晨光里的亲吻，颤抖的拥抱，是他们最后一次收割对方，含着泪，透着冰凉。

1947 年，国内清查汉奸的风声渐小，胡兰成又蠢蠢欲动了，他或许认为他的美好生活终于又可开始了。当时，著名国学大师梁漱溟在四川北碚办了一家勉仁文学院，在学人中间深有影响。胡兰成便写信与梁漱溟论学，因胡兰成用的是化名，梁漱溟不知他的真实身份，但对他的观点大为赏识，回信说："几十年的老友中，未有针砭漱溟之切如先生者。"胡兰成得意扬扬，仿佛忘记了自己的汉奸身份，志得意满地给张爱玲写信，炫耀着述及自己的心境，最后还忘不了提一句"时有村妇来灯下坐语"。

若仅是炫耀受到梁漱溟先生的赏识倒还罢了，提一句"时有村妇来灯下坐语"是想炫耀什么？是告诉张爱玲他又将或已有了新的艳遇？

处境稍有好转，风流浪荡习性就冒了出来，张爱玲对着这样的胡兰成，实不愿意再多加理会。她爱他的心，死了。

同年 6 月 10 日，张爱玲致信胡兰成："我已经不喜欢你了。你是早已经不喜欢我的了。这次的决心，是我经过一年半的长时间考虑的。……你不要再来寻我，即或写信来，我亦是不看了。"

随信又汇寄了 30 万元给胡兰成，供他生活之需。胡兰成承认："信里她还附了三十万元给我，是她新近写的电影剧本，一部《不了情》，一部《太太万岁》，已经上映了，所以才有这个钱。我出亡至今将近两年，都是她寄钱来，现在最后一次她还如此。"

她待他从来不薄，只是此后她不想再见他，他写来的信亦是不要再看了。终于到了了断的时候，说再见，再也不见。他去他的未来，她去她的未来。

只是，无论"我将只是萎谢了"或"我已经不喜欢你了"，这话中藏着多少悲伤、多少次灵魂的搏斗，该经历如何的一番内心纠缠，张爱玲才无可奈何地选择了决然离去？

写那封信的前一天，也就是 6 月 9 日，上海遭到了狂风暴雨的袭击，街上货棚被掀翻，到处有积水，交通亦中断达二十四小时之久。吴淞口外的渔船被吹翻了一百多艘。如果张爱玲的决绝信是在 6 月 9 日狂风暴雨中写的，她的心情该有多凄惨！

那年那月那日风光明媚里相遇，此岁此朝此时风狂雨横里作别。不过是添了几年光阴，不仅是添了几年光阴，还凭空多了诸多回忆。他还是风流浪荡的他，她早已不是干净清芳的她。

她一生最浓烈的爱都给了他，她浓浓烈烈地爱了一回，如火如荼，如生如死，全身心投入而忘了一切。她曾经得到千万人之中遇见唯一的人的欢悦，曾得到千万年之中守住恋爱一刻的永恒，但欢悦无永恒，永恒无欢悦，因为那个人到底不是唯一的……

那样浓烈的爱再也无法给谁了，哪怕余生漫长。

收到诀别信后不久，胡兰成想通过张爱玲的挚友炎樱从中缓和关系，以再修好。他写信给炎樱，炎樱没有理他。当然，张爱玲更没有理他。

她爱得伤心、伤情，伤了灵性。那创伤，不仅影响了她的生活，而且影响了她的创作。她勤奋的笔耕得慢了，生花的笔开得淡了，全身心品味的感觉钝化了，对意态情致的体悟淡泊了。她的确如她自己所言，从此萎谢了。之后，她再也没有写出像先前那样富有灵气和才情的作品。

1955 年秋，张爱玲离开香港，去了美国。

这之后，张爱玲从美国曾给胡兰成寄了一张明信片，没有抬头，没有署名，是想向他借些书来参考，并附了一个美国的地址。

胡兰成一下子就认出这是张爱玲寄来的。他大喜，不但以为旧情可复，亦以为张爱玲仍较喜欢欣赏他，居然郑重其事地来信索书，足见张爱玲仍是有所顾念，他喜出望外。很快，他按地址回信寄了书，并附上一帧他的最新照片。信中说："《战难，和亦不易》与《文明的传统》二书手中没有，唯《今生今世》大约下月底可印付，出版后寄与你。《今生今世》是来日本后所写。"

1958年，约是秋末冬初，胡兰成寄了自己刚出版的《今生今世》上册给张爱玲，信中向张爱玲百般挑逗，指望重修旧好。张爱玲回信说："你的信和书都收到了，非常感谢。我不想写信，请你原谅。我因为实在无法找到你的旧作参考，所以冒失向你借，如果使你误会，我是真的觉得抱歉。《今生今世》下卷出版的时候，你若不感到不快，请寄一本给我。在这里预先道谢，不另写信了。"

寥寥数语，如同陌路。胡兰成一见，彻底绝了念想。

后来，《今生今世》下册出版，胡兰成马上给张爱玲寄去，但没有得到任何回音。不过，张爱玲收到书后，倒是给她的老朋友夏志清写了一封信："不知从哪里来的quote（引用）我姑姑的话，幸而她看不到，不然要气死了。后来（他）来过许多信，我要是回信势必'出恶声'。"

对他出恶声又有何用？兴许这样翻来覆去地书信来往，多情又自恋的胡兰成会认为她对他旧情难了呢！岂不是越辩越辩不清。不如理都不理，随他折腾去。

她已为他荒废了太多，荒废到她再没有什么可以荒废了。封锁一切吧，就如当初她那篇令他感到惊艳的《封锁》里所写："封锁期间的一切，等于没有发生。整个上海打了个盹，做了个不近情理的梦。"

张爱玲因为一次伤筋动骨的爱，荒废了自己，但她真的滋润并成全了胡兰成。

胡兰成承认张爱玲对他的成全。他说，他在世上还是有人要感谢的，尽管不多。他自比孙悟空，齐天大圣孙悟空只拜三个人：西天佛祖、南海观音和自己的师傅唐僧。他一生不曾拜人为师，若要点香谢恩，他点三炷半，一炷感念张爱玲，一炷感激温州的刘老先生（他在胡兰成流亡温州时有收留掩护和照应之恩），一炷敬给孙中山，还有半炷香则谢逃亡时收留过他的日本友人。

他将张爱玲与此三人并列，且列为第一位，对她如此高之抬举，不在于张爱玲在他狼狈逃亡中给他的帮助，也不在于他们之间的相爱相恋之情。他对张爱玲举香拜祷，是因为他将张爱玲看作他的文章菩萨，是他难以企及又长久追攀的高度。由于张爱玲，才点开了他的文章之道，从张爱玲处他才真正懂得了什么是好文章，什么可以入文章而不鄙俗。

谁能说胡兰成一无是处呢？他多善于利用所有他经过的女人，就像一块吸水性强的海绵，那些女人是水，他从她们那儿取走了所有他需要的，然后转身走开。他丰润完满地离开了，女人们却个个干瘪萎谢了。

人和人往来，说斯文点是为这情那情，若揭去面具，就看见了丑陋：无非是相互利用，各取所需。不过，利用亦分境界。高尚的利用，双赢，是皆大欢喜的；卑下者，利用他人满足自个儿欲望，同时毫不顾惜地重创了他人。

可惜了张爱玲，一场不得体的爱过后，似繁华城市遇台风过境，树折了，屋倒了，道路亦是塌方，遍地狼藉，满目苍凉。忽然想起她曾说："我不喜欢壮烈。我是喜欢悲壮，更喜欢苍凉。壮烈只有力，没有美，似乎缺乏人性。悲壮则如大红大绿的配色，是一种强烈的对照。苍凉之所以有更深长的回味，就因为它像葱绿配桃红，是一种参差的对照。"可以说她是一语成谶吗？她前半生辉煌夺目，后半生窘迫苍凉，有着一种参差的对照，一种强烈的对照。

或许，爱情的事，哪怕心碎满地，也不必说可惜，毕竟在心碎之前曾有那般贴心贴肺的欢喜。

一开始欢天喜地，到最后凄凄惨惨，其间的路，皆是自己一步一步走下去的。伤心人怪不得别人，春蚕吐丝，作茧自缠裹。

那么深爱那么疼

——王映霞和郁达夫

想必你已见惯了这种套路：叙说某人故事，好一番曲曲折折、缠缠绕绕之后，说故事的人撷取故事主人公早前偶然说过的一句话，用了诸如“现在看来，这简直是一语成谶”、“不料一语成谶”之类的感慨，为故事落下悲凉的帷幕。

原本是一句无心的话，竟然不幸而言中，是谓“一语成谶”。

譬如唐朝诗人崔曙，开元二十六年，应进士试，作《奉试明堂火珠》诗，颔联为：“夜来双月满，曙后一星孤。”试官甚为推崇，皇帝也因此将他取为第一名。不料，第二年崔曙就去世了，年仅35岁。崔曙身后留下孤女，女儿恰好名为“星星”。世人便说这是“一语成谶”了。

不经意的一句话，“立言于前，有征于后”，烛照半生甚或一生，由不得人不叹息唏嘘：还有什么词语会比“一语成谶”更具悲剧意味？

郁达夫和王映霞呢？倘若亦可用“一语成谶”为他们的故事作注，如何？

郁达夫追求王映霞之初，在给王映霞的某封信中，有这样的句子：“人生无不散的筵席，我且留此一粒苦种，聊作他年的回忆吧！”

“无不散的筵席”，回忆里的“一粒苦种”，看，人生初见便有此断肠语，对照他们后来的路，倒也可称得上是“一语成谶”了。

另一首名为《钓台题壁》的诗中，郁达夫如此高歌长叹："曾因酒醉鞭名马，生怕情多累美人。"若依我说，用这一句为郁达夫"才子多风流"的一生作结，亦无不妥。

只是不知，在郁达夫逝后多年，整理了《达夫书简——致王映霞》，又撰写了《我与郁达夫》、《王映霞自传》等回忆性著作的王映霞，当读到或提及"我且留此一粒苦种，聊作他年的回忆"和那句"曾因酒醉鞭名马，生怕情多累美人"，她心中会如何想？

其实，爱一个人，无论后来在一起了或各奔天涯，爱的印痕都绝不仅仅存在于炽情痴缠时的那些瞬间。一旦爱了，哪怕仅有一分钟，那也将是一辈子的事。那个人所留给你的，不是曾经送你的一堆信物，亦不是你们甜蜜微笑的合照，而是对方留在你身上的，烙在你心间的，譬如河川留给地形的，永生抹不掉的他对你造成的改变。

王映霞亦承认，倘若没有郁达夫，"也许没有人知道我的名字，没有人会对我的生活感兴趣"。当然，她也说，"跟郁达夫生活在一起的时候，我很少笑过，精神很压抑"。如此感慨之时，王映霞已是白发苍苍，坐在轮椅上，行在西子湖畔，路人见了都说："这么漂亮的老太太！"但，她真的老了，老得许多事"仿佛是另一个世界所拍摄的照片，影像已经斑驳迷离、模糊不清了"，"不愿意想，也想不起来"了。

遇见王映霞之前，郁达夫已是有妇之夫。

郁达夫 1896 年生在浙江省富春江畔。3 岁丧父，家境窘迫。关于儿时的回忆，郁达夫所体验到的最初的感觉便是饥饿。非但饥饿，他的童年又是孤独的。虽有两个哥哥，但年纪和他差得太远，所以没有一道玩的可能。

到了七八岁时，郁达夫入了私塾读书。1908 年，他又进入富阳县立高等小学堂就读。这一年，王映霞出生了，她在杭州。

求学于富阳小学堂时，发生了一桩不如意事。那时，年幼的郁达夫认为，在学生制服下穿上一双皮鞋，挺胸伸脚，在石板路上大踏步地走，是世界上最光荣的事情。他央求母亲为他买一双皮鞋。为凑齐学费，郁母已是殚精竭虑倾尽了所有，哪里会有闲钱再去买双皮鞋！但，母亲不愿委屈儿子，她带他去街上的货店赊取。从下街一直走到上街尽头，看尽白眼，受尽冷嘲热讽，仍未赊到。母亲默声回家，收拾了一大包衣服，欲去当铺抵押现钱。郁达夫心酸极了，哭着喊着拦阻母亲，说再也不要皮鞋穿了。母亲抱着他，也呜呜呜地放声哭了起来。

若说幼年丧父为一大痛，此次买鞋风波是郁达夫年幼时的另一大痛了。在他幼小的心里，苦闷是一粒苦种，自此种下。

若说在小学堂里有快乐的事，那就是，他喜欢上了“富甲一邑的商人赵某的侄女”。据郁达夫回忆，“赵家的少女”“皮色实在细白不过，脸形是瓜子脸”。他说：“有时候从家中进出的人的口里传来，听说‘她和她母亲又上上海去了，不知要什么时候回来？’我心里会感到一种像失去了什么似的忧虑，生怕她从此一去，将永久地不回来了。”

如此喜欢，却从未表达。谁叫他是穷家小子呢，而她，是富家女儿啊。

郁达夫和“赵家的少女”最亲密的一次接触，是在赴了“送别毕业生的酒宴”后，出了校门，踏着月亮，双脚“便自然而然地走向了赵家”。“在月光里看见了她那张大理石似的嫩脸和黑水晶似的眼睛，觉得怎么也熬忍不住了，顺势就伸出了两只手去，捏住了她的手臂。”这一晚，他们“谈不上半点钟的闲话”，他告诉她，“明天将离开故乡到杭州去”，然后匆匆告辞出来。回家的路上，“一边回味着刚才在月光里和她两人相对时的沉醉似的恍惚，一边在心的底里，忽儿又感到了一点极淡极淡，同水一样的春愁”。

后来，郁达夫再也没见过“赵家的少女”。

这算得是他的初恋吧。早熟的，多情的郁达夫。

1910年，郁达夫考入杭州府中学堂，他有一个后来名满天下的同学，那是徐志摩。

这时候的中国，可谓已步入新的时代。1912年，孙中山在南京就任中华民国临时大总统，中国数千年帝制崩溃了，社会上一片新气象，大家剪去头上的辫子，政府官员的马褂也改成了洋服，连衙门的招牌都换成了新的。新的政府，新的规矩，空气里弥漫着革新的气息，天蓝若空，神州儿女个个都觉得自己可以在上面任意涂抹一笔。

郁达夫岂肯闲着！他有满腔报国救民的热情，他参与了闹学潮，不过，很快就被校方开除了。这于他来说，不啻当头一棒。原来，并非你有多远大的志向就可以掀起多大的涛浪，振臂一呼应者云集的英雄不是想做就可做的。少年郁达夫感到迷茫并且苦闷了。

恰在这时，郁达夫的大哥郁曼陀被政府派往日本考察司法，郁达夫请求同行。他带了几本旧书，穿了件半旧的夹袄，随大哥踏上去往东瀛之路。

此时的日本已经迎来两性解放的新时代，东京街头，满街的名优贵妇衣着暴露，当地的杂志封面上更是充斥着半裸的美女，所阅读的小说中又满是自然主义性心理的描写。这一切，对于血气方刚又敏感忧郁的郁达夫来说，格外具有刺激力和影响力。

在自传文章《雪夜》中，郁达夫如是写道：“因为二十岁的青春，正在我的体内发育伸张，所以性的苦闷，也昂进到了不可抑制的地步。”终于，在一个下雪天，郁达夫怎么也忍耐不住了，“喝了几瓶热酒…… 把围巾向脸上一包，就放大了喉咙叫车夫直拉我到妓廓的高楼上去。受了龟儿鸨母的一阵欢迎，选定了一个肥白高壮的花魁卖妇，这一晚坐到深更，于狂歌大饮之余，我竟把我的童贞破了”。

第二天中午醒来，他“竟不由自主地流出来了两条眼泪”，心中充满悔恨：“太不值得了！太不值得了！我的理想，我的远志，我的对国家所抱负的热情，现在还有些什么？还有些什么呢？”

破了的，终究是破了，又能怎样？“沉，索性沉到底吧！不入地狱，哪见佛性，人生原是一个复杂的迷宫。”

在日本名古屋第八高等学校求学期间，郁达夫爱上了一个叫后藤隆子的姑娘。这个“小家女”，她的家在郁达夫的学校附近。郁达夫唤她“隆儿”，为她写诗，只要她开心，他就觉得自己是这世上最快乐的人。后藤隆子待他亦是情意深深。

就在这时，郁达夫接到浙江富阳老家发来的电报，郁母要他回家处理一下自己的亲事。这是 1917 年的 6 月下旬。

这年 6 月，郁达夫在日记中写道：“午后至隆儿处取英诗集，与之诀别，以后不复欲与见矣！”为何要诀别？因为母亲已为他订好了婚事吗？当然不是。6 月 20 日的日记说得很明白：“予已不幸，予断不能使爱予之人，亦变而为不幸。此后予不欲往隆儿处矣！”

因为爱她，所以不忍连累她受半点伤。可是，郁达夫的“不幸”从何而来？

身世凄苦自是其一，其二是彼时日本国内对中国人极度歧视。郁达夫甚是愤懑：“支那或支那人的这一个名词，在东邻的日本民族，尤其是妙年少女的口里被说出的时候，听取者的脑里心里，会起怎么样的一种被侮辱，绝望，悲愤，隐痛的混合作用，是没有到过日本的中国同胞，绝对地想象不出来的。”

后藤隆子应是从未对郁达夫流露过丝毫不敬，但郁达夫不肯因他的“不幸”，使爱他的人“亦变而为不幸”，那么，不如与之诀别。

每个人都有自己独特的爱的方式。因为爱她，所以离开她，这是郁达夫的爱。

郁达夫回到了老家富阳，他的母亲为他选好了他未来的妻子。

这种事儿，在那个年头，实在寻常。郁达夫后来的好友鲁迅亦曾有此经历。当年鲁迅奉母命从日本回国，和朱安结婚，鲁迅虽不喜欢但母命不可违，他称其为“母亲给自己的礼物”。比起鲁迅，郁达夫幸运多了。

郁母送给郁达夫的“礼物”，是富阳当地颇有名望的儒商孙孝贞的女儿。孙家可谓声名显赫，富甲一邑。更难得的是，郁达夫对这孙家小姐觉得满意，认为她“荆钗布裙，貌颇不扬。然吐属风流，亦有可取处”。

孙家小姐原名孙兰坡，和郁达夫订婚后，郁达夫为她取名“孙荃”，并吟诗一首：“赠君名号报君知，两字兰荃出《楚辞》，别有伤心深意在，离人芳草最相思。”看，订婚后郁达夫重返日本，对孙荃相思绵绵，似那青青芳草绵延无际。

孙荃亦是个聪慧了得的女子，有两首她和郁达夫唱和的小诗可证：“笑不成欢独倚楼，怀人望断海南洲。他年纵得封侯印，难抵青闺一夜愁。”“淋漓襟上旧啼痕，难断柔情一寸根。正尔愁心无托处，何堪梦里遇游魂。”

订婚之后，郁达夫又在日本求学三年。求学期间，他认识了一个叫田梅野的旅馆女侍者，产生了爱恋之情，曾先后作诗三首相送。后来，他又认识了一个被他唤为“玉儿”的旅馆侍女。郁达夫为玉儿写的情诗，流传甚广：“玉儿看病胭脂淡，瘦损东风一夜花。钟定月沉人不语，两行清泪落琵琶。”

那几年中，郁达夫可曾又遇见过后藤隆子？有。在1919年3月21日的日记中，郁达夫提到："归遇隆儿、梅儿于途，为之自失者久之。""梅儿"应是田梅野吧。不遇则已，一遇却是璧人一对。旧情人相见，他们可有执手相看泪眼，欲语泪先流？只有他们自己知晓了。

因被催婚，郁达夫从日本回国，1920年7月26日，他和孙荃成婚。

结婚本是人生头一等的大事，当隆重操办。亲朋好友欢聚一堂，鸣炮奏乐，既是一种气氛，亦是爱的宣言，明明白白向世人宣布，从此以后，这对男女无论贫穷富有、健康疾病，他们都在一起，从此再也不必受"男女授受不亲"的约束，他们可以相亲相爱，生儿育女。

然而，郁达夫态度坚决，婚礼"一切均从节省，拜堂等事，均不执行，花轿鼓手，亦皆不用。家中只定酒五席，分二夜办"。

为什么？是郁达夫国外留学多年，思想新潮，不愿受旧制的束缚，还是他心有不甘，不肯轰轰烈烈、热热闹闹地告诉人们，从此他是孙荃的丈夫，孙荃是他的妻？

那天黄昏时分，一顶小轿抬着孙荃悄无声息地进了郁家大门。

实在不巧，新婚之夜孙荃患了疟疾。这一夜，一对新人自是不能芙蓉帐里度春宵。

待到孙荃疟疾康复，郁达夫又不幸染上了，真可谓祸不单行。"生性孤傲，感情脆弱"的郁达夫，难保不会有不悦的思想。或许，又有一粒痛苦的种子悄然种在了郁达夫的心里。

这一年，王映霞12岁，她不会知道这世界上有个叫郁达夫的男子结婚了，郁达夫当然也料想不到有个叫王映霞的姑娘，正在这世界的另一个地方成长。

人和人相遇，多么不可思议，多不容易。若又能相恋相爱做了夫妻，更是这世间最美丽的意外了。

郁达夫和王映霞相遇，那是1927年的事。

在娶孙荃为妻之后，遇见王映霞之前，郁达夫先后又有过几个情人。最为人熟知的是妓女海棠。

1921年，郁达夫赴安庆教书。据说，除了上课，他全部的时间和收入都花在了寻花问柳上。没办法，自古才子多风流嘛。再则，在日本时，极度苦闷而又封闭的留学生涯中，郁达夫就常到妓院去，或者和旅馆侍女交好，回国后，要他一时戒掉这处处遗情之习，不是容易的事。

郁达夫挑选青楼女子，有三个条件：第一，年龄要大；第二，貌丑；第三，无人肯问津者。于是，海棠就出现了。

被台湾当代学者誉为“中国现代游记写作第一名家”的易君左，是郁达夫的好友，他当年常随郁达夫去海棠那里打牌饮酒，他说：“这朵‘海棠花’我拜见过，当时芳龄不过比她的‘如意郎君’大两三岁，即二十七八岁，天生一副朱洪武的异相，嘴可容拳，下巴特长，而上额不足三指。据说这种面相，在男子当有‘帝王之尊’，在女子则谁也不敢领教。”

别人“不敢领教”是别人的事，郁达夫偏爱海棠。他每日任教结束，必到位于城外的海棠姑娘处，而由于有早课，他又必须凌晨时分早早赶到城门那里，耐心地等城门打开。有人认为，郁达夫这一时期创作的小说《茫茫夜》，大可认为是真实地记录下了他的这一段感情生活。其中女主人公海棠，正是和郁达夫过从甚密的海棠姑娘，而男主人公“于质夫”，当是郁达夫“夫子自道”了。

别人去了青楼，都寻那姿色妖娆的，若找红颜知己更需色艺俱佳，郁达夫偏偏热爱老丑又没人肯爱的，旁人看来，自是以为怪异。郁达夫解释，他爱海棠不为情欲，就是因为别人都不要她。

或许，于郁达夫来说，狎妓并非是为了情欲，而是有意填平人世间的不平——人家不肯要的，他偏愿意要；人家不喜欢的，他故意奉若至宝。他要与世俗为敌。也许只有这样，他方可化解心底的苦闷吧。

可惜，如此一来，世人难免笑他太过疯癫。他不管不顾，我行我素，笑世人看不穿。

郁达夫在多篇文章中，提到“北京的银弟”，这个银弟亦是青楼女子，是郁达夫在北京认识的，两人打得火热。即使后来不在一起了，郁达夫仍保存着银弟的照片。郁达夫的孙女郁嘉玲女士，在《说郁达夫笔下的银弟》一文中说，小时候，她家里有许多旧照片，有次看到一张照片上，一个不认得的女人穿着古怪的衣服，和当时她所见惯的式样很是不同，就好奇地问奶奶孙荃，这是哪个？孙荃抬起头来，透过老花镜漫不经心地瞥了一眼说：“这是北京的银弟。”

流连青楼，极大地丰富了郁达夫的小说创作内容。

1921 年 10 月，郁达夫的短篇小说集《沉沦》出版了。在《沉沦》一篇中，他讲述了一个在日本留学的中国青年的性苦闷，以及对国家懦弱的悲哀。在《自序》中他提到，《沉沦》是描写着一个病的青年的心理，里边也带叙着现代人的苦闷——便是性的要求与灵肉的冲突。该小说正是以郁达夫自身为蓝本。

《沉沦》一经出版，顿时震撼当时的文坛。郁达夫一炮而红。

当然，《沉沦》也为郁达夫引来莫大的非议。看郁达夫为遭受社会各界的攻击而苦闷，妻子孙荃劝慰他：“犯不着为这批人生气。看不到主题，盯着那几句低下情趣的描写不放，是别有用心的。”

不得不说，孙荃可谓贤妻良母，她是一个传统的中国妇女，“相夫教子”于她来说是为天职。她为郁达夫生儿育女，除偶尔去郁达夫工作之地小住外，大多时间她留在富阳老家，照顾郁家老小。郁达夫待她虽不深爱但也是有情的吧，无论是安庆的海棠还是北京的银弟，都没有毁掉他和她的家。但杭州的王映霞出现后，一切都变了。

长大后的王映霞，是当年的“杭州第一美人”，在当时有“天下女子数苏杭，苏杭女子数映霞”一说。

王映霞本不姓王，她姓金，为何却就成了“王映霞”呢？王映霞说：“我母亲娘家姓王，外祖父叫王二南，是当时杭州的名士，我母亲是独养女儿。父亲死后，我十二岁时，外祖父说我长得好看，人又聪敏，非常喜欢我。就把我收在身边，改姓王，名旭，字映霞。”

1927 年，于王映霞和郁达夫，皆是生命中最重要的一年。譬如两条河流，原本各有各的流向，兜兜转转，在 1927 年这座山谷交汇了。

且不说这对冤家的相遇，单说此时的郁达夫。

这一年，郁达夫 31 岁，行了那么多路，过了那么多桥，又是名扬四海的人物，自然不同于童年时饥饿又孤独的那个小孩，亦不同于七八岁时为了一双皮鞋而和母亲抱头痛哭的小小少年，他的心，他的生活方式，早已发生很大变化。

就在一年前，他的同学兼好友徐志摩，彻底挣脱了旧式婚姻，和名媛陆小曼结了婚。这对他来说，是个不小的刺激。尽管当时社会对徐志摩的婚姻非议众多，他却是非常羡慕，甚至说想写一篇最热烈的文章，歌颂徐志摩，歌颂陆小曼，歌颂这最热烈最伟大的婚姻。

他和徐志摩的确可以比一比。从农历来说，他们同岁。何况，在杭州府中学堂，他们又是同学。都有留学经历，他去的是日本，徐志摩去的是欧美。他们都在极短时间内跃身成为文坛顶级人物，又都创建过中国新文学史上著名的文学社团。他和徐志摩，足可称得上是旗鼓相当。徐志摩能为的，他亦可做到。或许，在他心中，一直都渴盼着他的“陆小曼”出现吧。

1927年1月14日，上海，郁达夫去拜访老朋友孙百刚，在孙家，他和王映霞相遇了。此时，王映霞是在上海避难的小学教师。

关于这人生初见，晚年时候，王映霞如此回忆：“在杭州女子师范读书的时候就看他的小说，觉得他写得太浪漫了，那时候我的思想还比较守旧。所以当孙先生介绍的时候，说我一向很景仰他，我禁不住抿嘴笑了。谈不上对他有很多景仰，只是一种恭维应付之辞。谁知郁达夫兴致很高，又跟我谈起我祖父的诗作。郁达夫当时说话的情绪似乎很激动。我只是淡然地笑笑，告诉他我祖父身体不好，现在不大作诗了。郁达夫沉默了半天，突然说好像在什么地方见过我。”

一个“情绪似乎很激动”，一个“只是淡然地笑笑”，这倒也合了世间爱情常态，男人表现热情，女人四两拨千斤，轻巧避闪。

他的心被她搅乱了。次日，他再次前往孙百刚家，邀请王映霞单独外出游玩。王映霞并不拒绝。为何要拒绝？没有哪个姑娘会嫌弃自己收获的宠爱太多，追求者多多益善，那是对姑娘最好的赞美，是姑娘美丽和魅力的最佳体现。再说，眼前这个男人，是久负盛名的文坛大家郁达夫，她学生时代已有读过他的作品，对他即使不仰慕，好感也还是有一些的吧。现今看他如此大献殷勤，王映霞当然开心。

之后，郁达夫几乎天天都往孙家跑，谁叫王映霞在那儿呢！

孙百刚夫妇觉得不妥了，劝阻郁达夫收敛感情。不但是孙百刚，还有郁达夫在创造社的另几个朋友，他们都劝郁达夫莫冲动。叶灵凤在《郁达夫二三事》中回忆说：“后来为了反对他追求王映霞，我和其他几个朋友都和他闹翻了。他在《日记九种》里曾说有几个青年应该铸成一排铁像跪在他的床前，我猜想其中有一个应该是我。”

前来劝阻的人都白费心思了，他们真的不懂郁达夫。郁达夫向来都不顾忌世俗看法，他甚至常与世俗为敌。去青楼他都敢只寻那年老貌丑没人肯亲近的女子，何况是追求搅乱了他心的“霞君”！他将此看作是“生命的冒险”，同时也是“生命的升华”，谁能挡得了他？

孙百刚他们拦不住郁达夫，但劝得了王映霞。一番劝说，王映霞离开上海回了杭州。

怎么劝说？郁达夫 31 岁，家有妻儿；王映霞 19 岁，且有婚约在身。难不成要毁掉婚约，去郁达夫身边屈身当妾室？王映霞做不到，她年轻貌美，身边并不缺乏条件优秀的追求者。再则，受过新式教育又生性高傲的她怎肯屈身为妾？

王映霞离开了上海，郁达夫满腔激情亦不得不冷静下来。他终于记起了，在遥远的故乡，妻子孙荃正为他照顾着郁家老小。想到这个，郁达夫禁不住自责了：“心里只在想法子，如何报答我的女人，我可爱又可怜的女奴隶。”

原来，孙荃在他心中，不过是个“可爱又可怜的女奴隶”。奴隶主舍弃奴隶，要多轻易就可有多轻易。

一份婚姻，仅靠偶尔的自责是拴不住的，因为浅薄的自责永远都敌不过爱火烧身的激情。

王映霞人在杭州，没关系，邮差可以带着火辣的情书帮郁达夫去敲她杭州的门。这段时期，王映霞应是有拒绝郁达夫的追求，以有婚约为由，否则郁达夫不会写道：“人生只有一次的婚姻，结婚与情爱，有微妙的关系……。你情愿做一个家庭的奴隶吗？你还是情愿做一个自由的女王？你的生活尽可以独立，你的自由，绝不应该就这样地轻轻抛弃。”

“做一个家庭的奴隶”，还是“做一个自由的女王”？任何一个姑娘都会选择做女王。

以文立身的郁达夫，写起情书来自是极尽缠绵又荡气回肠的：“为了你，我情愿把家庭、名誉、地位，甚而至于生命，也可以丢弃，我的爱你，总算是切而真挚了。我几次对你说，我从没有这样地爱过人，我的爱是无条件的，是可以牺牲一切的，是如猛火电光，非烧尽社会，烧尽己身不可的。”

呵，甭说多情善感、柔软如水是女儿家的天性，纵使王映霞铁石心肠，见着这信儿也要化作绕指柔了吧。

王映霞终于又回了上海，这一次，她没有去孙百刚那儿，而是住在了同学家。郁达夫迫不及待地要和她见面，他们一起去逛街，没走几步就一起去了江南大旅社。从午后两点多谈起，一直谈到五点钟左右。谈什么？谈婚论嫁。

必须明媒正娶，组成一个只属于他们二人的完整世界。这是王映霞提出的条件。郁达夫满口答应。后来，在书信中他也承诺：“一切照你吩咐做去，此心耿耿，天日可表。对你只有感谢和愉悦，若有变更，神人共击。”

郁达夫还为王映霞写了许多情意绵绵的旧体诗。王映霞说：“(我) 从小跟着外祖父，受他的熏陶，非常喜欢古典诗词。郁达夫知道这点，所以写了很多旧体诗赠我。”其中一首被时人传诵一时：“朝来风色暗高楼，偕隐名山誓白头。好事只愁天妒我，为君先买五湖舟。”这是郁达夫对王映霞爱的誓言。

至此，郁达夫和王映霞，到底是明明朗朗地恋爱了。郁达夫十分欢喜：“这胜利者的快感，成功时候的愉悦，总算是我生平第一次的经验。”

郁达夫答应了，要明媒正娶将他的灵与肉全部都救了的王映霞。那么，他的结发之妻孙荃怎么办?

他要和孙荃离婚。

孙荃早就明白郁达夫多情风流，因为爱他，亦因为她中国传统女性的心性，她愿意忍受他的多情风流，只要她还是他的妻，只要他风流过后还肯回家。这一回，他竟提出离婚，孙荃如遭晴天霹雳，痛不欲生。这一回，她不再由着他的性子，坚持分居但不离婚。

带着她和郁达夫生育的子女，孙荃隐居于富阳老家，和郁母同住，和儿女们相依为命，守斋吃素，诵佛念经，直到1978年去世。

1927年6月，郁达夫和王映霞在杭州西子湖畔举行了订婚仪式。著名诗人柳亚子吟诗道贺，称他们为“富春江上神仙侣”。和徐志摩、陆小曼一样，郁达夫、王映霞也成了那个时代自由恋爱与自主婚姻的明星式人物。

时人见这一对男女有情人终成眷属，也就一厢情愿地将郁达夫尚未了断原配的事，理解为是郁达夫丢向旧婚姻制度的一把匕首、一杆投枪。原来，爱情从来都不只是当事人的激情冲动或盲目结合，亦有世人起哄式的追随。

这一年的下半年，郁达夫可谓大丰收，抱得美人归是其一，他的多部作品也相继出版，这一切都离不开他的美人儿王映霞的帮助，是她帮他收集整理，使得顺利出版。

其中的《日记九种》，详细记录了郁达夫在原配妻子孙荃和心肝宝贝王映霞之间的犹豫、彷徨、痛苦、忏悔与激情，内容大胆，引起一时轰动。要知道，这日记中所记载的，尚未出版之时，连热恋中的王映霞看了都觉得不堪，忍不住发火。为平息王映霞的怒气，郁达夫向她发誓，这本日记绝不发表。可是，订婚三个月后，世人都看到了。

或许，在那个年头，将自己的婚恋实情著书出版，颇为流行。不少人都这样干过。比如，鲁迅与许广平的情书合集《两地书》，还有记录徐志摩和陆小曼倾城之恋的《爱眉小札》。

不过，有人说，郁达夫出版《日记九种》别有用意。他和王映霞订婚后，迟迟没和孙荃离婚，王映霞对此十分不满，幽怨满怀，甚至开始怀疑，自己和这个人纠缠在一起，到底值不值得。等到《日记九种》一出版，好了，这下子全天下都知道，王映霞是郁达夫的。被推上了舆论顶峰的王映霞，想往后退也无路可退了。

《日记九种》出版几个月后，郁达夫的朋友们，纷纷收到郁达夫和王映霞寄来的简洁但又有些莫名其妙的婚帖，上面写着“席设日本东京上野精养轩”。莫不是要在东京大摆婚宴？国内的朋友因路途遥远自是无法前往，仅有的一两位正身处东京的朋友，按时赴约，却扑了个空。没什么好奇怪的，郁达夫和王映霞根本就没有离开上海，他们在老上海火车站旁的一家小旅馆里，默度蜜月。

王映霞回忆说：“我们是准备到日本去结婚的。这是他的主意。当时喜柬已经在杭州印好。……后来因为种种原因没有去日本。”这种种原因是谁造成的？是客观的不可逆的因素吗？时光太过久远，斯人又都驾鹤西去，谁知呢。可做的，也仅是大胆揣测了。

总之，郁达夫欠王映霞一场婚礼，一场哪怕不隆重但也光明体面的婚礼。王映霞对此应是耿耿于怀的吧。

不管怎样，喜柬发出了，亦算是结婚了。婚后，郁达夫和王映霞住在上海。他们的确有过一段神仙眷侣的婚姻生活，小日子过得甜蜜丰裕。那时，郁达夫体质弱，黄疸病没有断根，又有轻微的肺病，王映霞就每天用鸡汁、甲鱼、老鸭为他调理。郁达夫的版税及稿费收入，都交由王映霞打理。是郁达夫惧内吗？非也！王映霞说：“郁达夫这个人钱都是用得光光的。结婚之后，稿费由我管理，慢慢地积攒下一点钱。”有了钱，就什么都好说了。王映霞在自传中提到：“当时，我们家庭每月的开支为银洋二百元，折合白米二十多石，可说是中等以上的家庭了。其中一百元用之于吃。物价便宜，银洋一元可以买一只大甲鱼，也可以买六十个鸡蛋，我家比鲁迅家吃得好。”

鲁迅先生就是有这样的能力，无论身前身后，旁人都以他为标杆，用他测量修为，用他测量名望，连生活水平高低都可以他为参考。我不由得想起我身边的一些人，倘若某人颇是富有，惹得旁人艳羡，再倘若某个旁人在某点优越于这富人了，就不禁无限欢喜了，逢人就说，我比某某某如何如何。只是，听的人却从那话里听出了别的怪味，暗暗发笑。

再说回郁达夫和王映霞的柴米油盐生活。谈及这柴米油盐床头床尾琐碎日子，却也忽然记起郁达夫追求王映霞时所写的信：“你须想想当你结婚年余之后，就不得不日日做家庭的主妇，或拖了小孩，袒胸哺乳等情形。”郁先生似乎忽略了一件事，王映霞和别人结婚，要生儿育女要做家庭主妇，和他结婚，此等情形也还是要有的。人和人其实并无太大不同，嫁娶生育，家长里短，无可幸免。

一对夫妻，过日子，有甜蜜，亦会有烦忧。譬如，婚后的女人往往会陡然心生怀疑，眼前的这个男人是恋爱时的那个人吗？若说不是，姓名相同，眉目亦未更改；倘若说是，为何恋爱时的风度翩翩、温柔浪漫全然不见了呢？

王映霞也有这样的怀疑，婚后的郁达夫总是不修边幅，头发不梳，胡须不刮，衣服不换，皮鞋不擦，甚至数日不洗澡，总要她去伺候、催促。还有，郁达夫爱喝酒，常常饮至酩酊大醉，醉卧朋友家中，或者醉卧马路。王映霞索性对他“约法三章”，凡朋友请他外出吃饭饮酒，必定要负责送回，否则不许出门。起初倒还是有效的，这是爱情的力量。时日久了，约定形同虚设。

晚年时候，王映霞接受采访，谈及这样一件事：有一次，郁达夫又喝醉了，躺在上海外滩十六铺码头，身上的钱财被小偷悉数偷光，连手表都被摘走，只剩下一张到宁波的船票。宁波自是要去的，到了宁波，郁达夫住在宁波青年会里，发电报让王映霞汇 100 块钱。这时候，他们经济不宽裕，王映霞只好将她母亲给的首饰卖了，亲自去宁波给郁达夫送钱。见妻子千里迢迢赶来，郁达夫甭提有多高兴了。他带王映霞去游普陀山，赋诗一首："山谷幽深杖策寻，归来日色已西沉。雪涛怒击玲珑石，洗尽人间丝竹音。"

携妻游玩，吟诗助兴，旁人看在眼里，谁不称赞他们是美满幸福的一对！只有王映霞苦笑不已，她多想告诉世人，事情根本不是你们所看到的那样。

比郁达夫小了整整两轮、后来同样叱咤文坛的张爱玲说："生命是一袭华美的袍，爬满了虱子。"婚姻何尝不是一袭爬满了虱子的华美的袍？这袭袍子在旁人看来再怎么华美，而舒服不舒服只有穿的人知道了。

郁达夫不喜欢王映霞读书，不喜欢王映霞出门，他只想"郁屋藏娇"。王映霞回忆："最好人家也不要朝我望，我也不要看人家。常常有朋友请客吃饭，我们两个人同去的。走到门口，他朝我一望，说：'我看你还是不要去吧。人家要看你。'这样我就不去了。"

这样的爱，可以吗？

但，郁达夫没错，只因太爱太在乎太怕失去，所以攥得更紧。面对无比珍惜的爱情，有几人不是这般？

待王映霞和对后藤隆子，郁达夫是不一样的。和他的"隆儿"，他不肯因自己的"不幸"使爱他的人"亦变而为不幸"，他选择离开。他的"霞君"，他不愿离开，无论他"幸"或"不幸"，他只想拥有她，完完全全地拥有，最好人家看也不要看，更不要提有觊觎之心。

王映霞不喜欢这样的爱，但她能明白郁达夫的心。即使许多年后，回首往事，王映霞也坚信不疑："是的，他是很爱我的。这个从他发表的《日记九种》中可以看出来。"她还很认真地问来访者："你们读过这本书吗？是北新书局出版的。"老来多健忘，可是，关于他和她的事，她记得清晰。

1929年，王映霞为郁达夫生下了他们的第一个孩子，儿子郁飞。看似仅仅添了一张嘴，但生活一下子就捉襟见肘起来。还有，隐居富阳的孙荃母子的生活开支，也需要郁达夫寄钱去接济。如此一来，郁达夫一家的经济日渐拮据。贫贱夫妻往往百事皆哀。

看这尘世许多爱情，大多并非败在有情有意却难成眷属，而是败给了终成眷属后的琐碎生活。譬如争吵，即使再情坚意深，也少不了日常吵闹。婚姻多像一个瓷器，每一次吵闹，瓷器上必会多一条裂痕。或许有些裂痕是细微的，但再细微的裂痕，若是多了起来，瓷器怎会不碎？

王映霞和郁达夫婚后第一次最激烈的争吵，并非是为日子困窘，而是因郁达夫醉酒。若是床头吵架床尾和倒还罢了，这一次，郁达夫离家出走了，还拿走一张500元的定期存单。他去哪儿了？回了故乡富阳。

真要命，夫妻吵架，即使要离家出走，这耍性子的福利也多是属于女人啊，男人出什么走？更要命的是，天地那么大，哪儿去不了？偏偏回富阳！

郁达夫突然回到老家富阳，出现在他的原配妻子孙荃面前。看着几个儿女，他又是抱又是搀，十分激动。尤其是对着熊儿看了又看，像是自言自语，又像是在对孙荃说："龙儿（注：郁达夫和孙荃的第一个儿子，因病早夭）那时也这样大，浓眉大眼，惹人喜欢，可惜留不住。”又说：“熊儿好，熊儿好，大头大脑的，又健又壮，这双手就像两个粉团。”

郁达夫还对孩子们说：“爸爸这次回家要多住些日子了。”熊儿问他住几天，他只说很多天。

孙荃追忆这段往事时说，看到郁达夫那种轻松喜乐的样子，似乎想恢复到 1927 年以前的关系。她抽空上楼，先在自己和孩子们同住的卧房门上贴了“卧室重地，闲人莫入”的告示，再下楼去西厢房为郁达夫铺床折被，准备他的卧房。

次日一早，郁达夫带着熊儿去富阳县宵井镇，请了孙荃的母亲来，希望岳母能帮着劝说，以得到孙荃的原谅。孙荃是个倔强女子，既然牵着的手松开了，就莫要再想重修旧好。但，她待郁达夫有礼有节，还依着郁达夫从前的饮食习惯去招待。

于男人来说，新欢是心头肉，旧爱亦是心头肉。初见新欢，新欢有大把大把的新鲜的好，男人乐着尝鲜，自然嫌弃旧爱，看她哭闹是错，静默是错，无论怎样都是错，男人急着躲开，眼不见心不烦。然而，所有的新欢到最后都会沦为新一茬的旧爱，男人会发现，原来这个女人也不过如此，他开始忍不住怀念上一个旧爱的好，兴许会起破镜重圆的心。可是，谁会一直站在原地等你呢？即使那人一直留在原地，也早已不是当初的那个人了。

人不可能两次踏进同一条河流，郁达夫应是深深体味了这道理。他重返上海，回王映霞身边。

再见到王映霞，王映霞亦不是郁达夫离家出走前的王映霞了。她的心亦如瓷器生了裂痕。受新式教育成长的她，无法容忍郁达夫跑回富阳去找他的原配夫人，并且同居多日，无论他们是否同床共枕，她都无法容忍。这就是她执意要追随的男人吗？吵几句嘴，他就把她丢下了。她照顾他衣食起居，为他生子，为他耗上自己最好的青春，值得吗？王映霞无法不去思考。任何一个女子，逢了这样的事，都要审视思量的吧。

王映霞并非软弱女子，她明确指出，为了补偿其精神损失，郁达夫得将《日记九种》等十部文集的版权给她。郁达夫和王映霞签署了一式三份的《版权赠与协议》，这场争端终于平息。

风是停了，浪也静了，风平浪静下不可能没暗流涌动。谁知道哪天又再涌起乌云，大风掀起巨浪？

这一场风波后，郁达夫看王映霞想必也有了新的感触，在他敏感而又惯于冲动的心里，会不会将索要版权的王映霞和势利或俗气画等号？

也是在这个时候，作为左翼作家联盟的成员，郁达夫主编的刊物受到了当时国民党政府的严格审查，他的许多社会评论和文学作品都被禁止发表。如此一来，他的经济状况日趋糟糕。

家事难安，国事不平，可谓内忧外患，袭击着郁达夫。他的心又陷入了苦闷。

开心也好，不开心也罢，日子从不等人，它只会拽着人往前走。会生活的，可将每一寸日子都过得花团锦簇；在日子里擦破了头脸的，倘若又不善于调养，伤会越来越重。

王映霞是很介意名分的，一开始她就对郁达夫直言，郁达夫和孙荃离婚后，她再嫁给他。郁达夫是答应了，却一直未能做到。他做不到，难不成日子就不过了？他有他的苦衷，不可能事事遂愿。

道理可以轻易想明白，但若事情发生，又有几人可以做到心平气和？世间许多事从来都是知易行难，纵使是同样一件事情，我们可以毫不费力地去安慰别人，却未必能说服得了自己。

郁母七十大寿时，郁达夫带王映霞回富阳老家拜贺。寿堂前郁母高坐，原定由各门夫妻依次同拜，郁母临时又改变了主意，改由男归男，女归女，从大房到小房依次拜寿。郁达夫兄弟三人，他排行老三。轮到小房媳妇拜寿时，王映霞刚欲上前跪拜，孙荃从旁快步插入，抢在王映霞之先朝婆婆下拜。郁母见小房媳妇孙荃拜过了，就从座位上立起身，以示拜寿结束。

原来郁母并未拿王映霞当媳妇看待。她心中怎能畅快？

郁达夫未能给王映霞真正意义上的正妻名分，婆婆又不拿她当回事，使得她难堪。让她更难堪的是，在郁达夫心中，竟是一直都拿她当妾。

譬如，有一年，郁达夫从安庆回到上海，行李留在船上，让王映霞去取。这件事，郁达夫在日记中是这样写的："命王姬去取。"称自己的妻子为"姬"，再明白不过是"妾"的意思了。

还有，1932 年，郁达夫在杭州养病，题赠王映霞一首七律诗《登杭州南高峰》："病肺年来惯出家，老龙井上煮桑芽。五更衾薄寒难耐，九月秋迟桂始花。香暗时挑闺里梦，眼明不吃雨前茶。题诗报与朝云道，玉局参禅兴正赊。"

"朝云"是谁？"玉局"又是谁？

先说"玉局"。玉局，祠官"玉局观提举"的简称。苏东坡晚年曾被朝廷封为"玉局观提举"，因此，苏东坡有"苏玉局""玉局老""玉局翁"等美称。

"朝云"便是王朝云了，苏东坡的侍妾。苏东坡的《饮湖上初晴后雨》便是初遇王朝云时挥笔写就，明为描写西湖旖旎风光，实则是东坡赞誉朝云。东坡甚是爱怜朝云，曾说："知我者，唯有朝云也。"

郁达夫的"玉局参禅兴正赊"，是以东坡自比，说他最近对参禅很有兴趣，且将此事报与"朝云"王映霞。

大抵王映霞对此很不满意，和郁达夫闹了别扭，所以后来这首《登杭州南高峰》“题诗报与朝云道”句，改为“题诗报与霞君道”。

诗句可以涂改，意识深处的残留岂能轻易根除！

是郁达夫不爱王映霞吗？王映霞年轻貌美又知书达理，他对她的确深爱，毋庸置疑。或许仅是因为他所受的教育在作祟吧。他留学日本多年，自是受着日本文化的熏陶。在日本，女人的地位和旧时中国差不了多少，甚至比中国还要卑贱。如此一来，郁达夫也就难以形成对女性的文明观念。再则，他本来就有名士风流的思想，心中怎会没有坐拥娇妻美妾的念想？若现实生活不允，在精神世界里便要自由寻求了。所以，在他的文字里，王映霞不是“王姬”就是“朝云”。虽然他也和徐志摩一样，去做撕破旧式婚姻的英雄，但他撕破的只是外套。

无论有心也好无意也罢，毫无疑问，王映霞的心受伤了。

伤口有大有小，轻则可以用爱情的创可贴贴着，稍重一些，幻想一下未来日子的美好以做绷带，也还是可以包扎住的，除非伤重到绷带也缠不住了才会倒下。

1933 年 4 月，在王映霞的提议下，郁达夫举家从上海迁到杭州，那是王映霞的故乡。

为何突然迁居杭州？有人说，王映霞身边出现了追求者，为摆脱掉，索性远走。较为普遍的说法是，当时的政治环境对左翼作家很是不利。郁达夫选择离开上海，多少有点归隐的味道。

好友鲁迅很不满意郁达夫去做“隐士”，这年冬天，鲁迅写了一首《阻郁达夫移家杭州》，直接投寄给了王映霞。大意是说：古时吴越国暴君钱镠虽死犹在，而如伍子胥般正直之士已无处可寻。高飞之雄鹰不应留恋风和日丽的草丛，山坡之上长满花草势必会遮盖住巍峨之山峰。正直的岳飞至今还被冷落着，隐居的林逋也落得一个凄凉结局，因此，还不如离开杭州，去那自由的更为辽阔之土地上，任风波浩荡，以抒发自由之情感。

不过，郁达夫没听劝告。多年之后，他为此深感懊悔，在《回忆鲁迅》一文中如此写道："我因不听他的忠告，终于搬到杭州去住了，结果不出他之所料，被一位党部的先生弄得家破人亡。"那是后来的事，暂不去论。

1935年，郁达夫在杭州般若堂边，修建他的新家。般若堂是个荒废的尼庵，旁边有块空地，郁达夫将之买下。从风水学角度来说，修屋造房是要避开庵堂寺院的，否则或对宅主不利。不过，王映霞说，建房之时郁达夫请了杭州著名的风水先生看过风水，由此来看，应是无妨的。

房屋建成后，郁达夫为之取名"风雨茅庐"。他的本意是，这是一所可供他躲避时事风雨的茅庐。王映霞不甚关心政治，但好端端的一所住宅叫什么"风雨茅庐"，以为不是好征兆，她很为不悦。

说来也巧，就在三年前，徐悲鸿先生在南京修建了一所新居，为纪念"九一八"事变后沦丧的国土和流离失所的人民，为新居取名"危巢"，终因妻子蒋碧微的反对而未能如愿。更巧的是，徐悲鸿和蒋碧微搬入新居后，他们的感情逐步趋向破裂，终于不可收拾，而郁达夫和王映霞住进"风雨茅庐"后，他们的感情风雨已非那所"茅庐"所能遮蔽得了的。正如王映霞所说："'风雨茅庐'给我带来的不是安定和幸福，而是动荡和痛苦。"

真是无巧不成书，徐悲鸿和蒋碧微那一对，与郁达夫和王映霞这一对，还真是别有渊源呢。现今网络上流传着这样一则段子："张道藩的情人是蒋碧微，蒋碧微的老公是徐悲鸿，徐悲鸿的情人是孙多慈，孙多慈的老公是许绍棣，许绍棣的情人是王映霞，王映霞的老公是郁达夫。"

“风雨茅庐”落成后，那个叫许绍棣的就出场了。许绍棣就是郁达夫所说的，弄得他家破人亡的“党部的先生”。

徐悲鸿和蒋碧微分道扬镳，张道藩“功不可没”，而张道藩是徐悲鸿留学法国时结识的朋友。郁达夫和王映霞劳燕分飞，许绍棣“功不可没”，而许绍棣是郁达夫留学日本时结识的朋友。巧，这也太巧了吧。

当然，郁达夫又不是算命先生，当时不能料到许绍棣会给他重重一击。这亦是后来的事，且不说。单说郁达夫和王映霞共筑“风雨茅庐”。

王映霞说，“风雨茅庐”从动工到造成，几乎都是她一人在忙碌。郁达夫以烦于泥土砖瓦干扰为由，撒手不管，更在1936年离开杭州，独自一人到福州漫游去了。

修建房屋，岂是小事一桩？郁达夫竟全抛给还要照顾幼儿的王映霞，想来王映霞应是满腹怨气吧。

等到郁达夫从福州回来，王映霞已入住“风雨茅庐”。眼见着这被他称为“避避风雨的茅庐”真真切切地盘踞在那里，郁达夫很高兴。不过，这时，王映霞提出要求：“我跟他说，这里的一砖一瓦，一草一木，都凝聚了我的心血。他只点头对我笑笑，表示同意我的话。所以‘风雨茅庐’的界石，立的是我的名字：王旭界。在这里我是存了一点心眼的，他们郁家兄弟多，免得将来说不清楚。”

立了王映霞的界石，这房子的所有权就是王映霞的，如同当今时代，房产证上写了谁的名字，谁就是产权所有者。

关于这所新居，郁达夫在1936年写了一篇散文《记风雨茅庐》，文中说，有人劝他为这居所再造一间门楼，“他的这一句话，又恰巧打中了我下意识里的一个痛处，在这空角上，我实在也在打算盖起一座塔样的楼来，楼名是十五六年前就想好的，叫作‘夕阳楼’”。

孙荃读过《记风雨茅庐》吗？读到这“夕阳楼”之处，是默然微笑还是潸然落泪？在郁达夫离开她之前，她和他常常诗歌唱和，写下许多颇为精彩的诗篇。那些诗作，郁达夫曾劝她好好保存，“异日年老，亦可发表”。他还为诗集取名《夕阳楼诗稿》，甚至对以后印诗集的纸张、样式提出了看法。只可惜，他们未能白首偕老，不能温馨又从容地共醉夕阳红，更不要提《夕阳楼诗稿》的出版了。然而，在他心底，到底还是存着她的。

郁达夫在新落成的“风雨茅庐”里住了没多久，就又赶去福州，担任福建省政府参议。他必须得去，因为要挣钱。建“风雨茅庐”花尽了他所有积蓄，又问朋友借了不少债。

郁达夫去为生活劳碌奔波，王映霞在“风雨茅庐”却是另一种生活。

作为“风雨茅庐”的女主人，又身为著名作家郁达夫的妻子，王映霞在这儿举办各种聚会，来往的当然都是社会名流与政界要员。王映霞不缺美貌，也不缺优雅谈吐，很快就成为杭州上流社交圈里的一颗交际明星。

据当年曾去过“风雨茅庐”的日本历史学家增井经夫回忆：“（王映霞）漂亮得简直像个电影明星，给我留下深刻的印象。当时她在杭州的社交界是颗明星，而她在席上以主人的身份频频向我敬酒，说‘增井先生，干杯’时，就把喝干了的酒杯倒转来给我看，确是惯于社交应酬的样子。”

这样的王映霞，可以说是另一个蒋碧微。她们都天生丽质，岁月静好不是她们想要的生活，她们原本就习惯活在大家的注视和赞美之中，只是为了爱情，她们暂时归于琐碎的生活，洗尽铅华，相夫教子。当甜蜜的爱情被柴米油盐浸泡得失去了光彩的时候，她们就从厨房中走出，做她们自己，成为厅堂里最耀眼的光束，以美色悦人，且自悦。她们不肯将自己风干成文人册页中美丽而黯淡的剪影，谁也莫要指望美人安于糟糠浊酒的日子。

若说王映霞和蒋碧微有别，那应该是：王映霞在杭州，在“风雨茅庐”中明艳照人；蒋碧微在南京，在徐悲鸿公馆里笑语嫣然。

不管怎样，正如郁达夫所言：“王映霞奉行名媛做派，布衣暖菜根香，本非她的理想人生。”和郁达夫夫妇相交几十年的著名诗人汪静之也说：“王映霞最爱郁达夫带她去认识所有的朋友，专门同人家交际。”

对此，王映霞另有一番解释：初回杭州，“这就很自然地给我招来了不少慕名和好奇的来访者，增添了麻烦和嘈杂。……比如，今天到了一个京剧名角，捧场有我们的份儿；明天为某人接风或饯行，也有给我们的请帖。……我这个寒士之妻，为了应酬，也不得不旗袍革履，和先生太太们来往了起来，由疏而亲，由亲而密了”。

经常出入“风雨茅庐”的名流显要，其中有许绍棣，也有戴笠。

许绍棣当时任职浙江省教育厅厅长，在“风雨茅庐”的建造过程中，他曾提供了很大的帮助。因此，他成为郁家常客，不足为奇。

戴笠呢？据郁达夫1936年的日记所记：“发雨农（注：戴笠字雨农）戴先生书，谢伊又送贵妃酒来也。”当时郁达夫已赴福州任福建省政府参议，戴笠竟将贵妃酒追踪送到了福州，并且还是“又送”，可见郁、戴在杭州的交往就已非常密切。

而郁达夫在福建省政府的同事蒋授谦回忆，郁达夫“移家杭州之后，适戴笠来杭养病，常到达夫家中做不速之客”。

戴笠是一个怎样的人？在他因飞机失事身亡后，著名民主人士章士钊题写挽联：“生为国家，死为国家，平生具侠义风，功罪盖棺犹未定；名满天下，谤满天下，乱世行春秋事，是非留待后人评。”而曾任戴笠的情报处主任秘书的唐纵，则说戴笠“最大的毛病就是爱色，他不但到处有女人，而且连朋友的女人都不分皂白，这是他私德方面，最容易令人灰心的”。

1937年8月，侵华日军南下进攻上海，杭州不保，浙江军政机构纷纷南迁。为躲避战乱，王映霞携带老母及孩子先到富阳避难，后来又去浙江的丽水。浙江省教育厅就是从杭州迁到了丽水，教育厅厅长许绍棣当然也在那儿。

到了丽水，王映霞和许绍棣比邻而居，两家的孩子常在一起玩耍。此时，许绍棣的妻子刚病逝不久，他独自带着女儿们生活。

在杭州时本就常有来往，现又是邻居，往来更为密切。一个丈夫不在身边，一个刚刚没了妻子，孤男寡女，相处日久，流言四起。

好事不出门，丑事传千里。流言传到远在福州的郁达夫耳朵里，他甚是愤怒，催促王映霞速速去福州和他团聚。收到信后，王映霞去了福州，但只住了三个月便以水土不服为由返回杭州。

后来又发生了什么事呢？各种说法都有，可以肯定的是，王映霞和许绍棣仍有纠缠，流言层出不穷。

郁达夫不得不想法子解决这棘手又尴尬的难题了：1938年1月，“我自福州而延平，而龙泉、丽水。到了寓居的头一夜，映霞就拒绝我同房，因许君这几日不去办公，仍在丽水留宿的缘故。第二天，许君去金华开会，我亦去方岩，会见了许多友人。入晚回来，映霞仍拒绝和我同宿，谓月事方来，分宿为佳，我亦含糊应之。但到了第三天，许君自金华回来，将于下午六时去碧湖，映霞突附车同去，与许君在碧湖过了一晚，次日午后，始返丽水。我这才想起了人言之啧啧，想到了我自己的糊涂，于是就请她自决，或随我去武汉，或跟许君永远同居下去。在这中间，映霞亦似曾与许君交涉了很久，许君似不肯正式行结婚手续，所以过了两天，映霞终于挥泪别了许君，和我一同上了武汉。”

郁达夫的这番说法，虽不乏愤懑或揣度之词，但大致情节应是无错。

1938年对郁达夫来说，是极不太平的一年。他在1月初，得知他的母亲去年12月饿死在富阳。正值饱尝丧母之痛，又要在王映霞和许绍棣之间撕扯，他心中的苦闷可想而知。还好，王映霞选择了随他同去武汉。

去武汉做什么？郁达夫应郭沫若之邀去那儿工作，不久就当选为“中华全国文艺界抗敌协会”理事。接着，他又参加了政府慰问团，奔赴前线慰劳抗日将士。

到武汉不久，王映霞发现自己怀了身孕，但她没有告诉郁达夫。多年之后，汪静之回忆说，这年的春夏间，王映霞去他们家，求助于他的夫人符竹因，希望符竹因能让汪静之装成她的男人，陪她去医院打胎。

于是，汪静之陪王映霞过江到汉口，在一家私人医院里做了流产手术。

后来，汪静之到郁达夫家看他回来没有，王映霞的母亲说：“没有回来。”汪静之见郁飞满脸愁容，就问他为什么不高兴？孩子说，昨夜妈妈没有回来。王映霞的母亲也说，王映霞昨夜被一辆小轿车接走后至今未回。

翌日汪静之再去探望，王映霞一脸的兴奋和幸福，大谈戴笠的花园洋房是如何堂皇漂亮，流露出非常羡慕的神情。汪静之马上明白昨天她夜不归宿的原因了，也联想到她为什么要在郁达夫外出时打胎。

汪静之后来曾说：“戴笠是国民党的特务头子，人称为杀人魔王。如果达夫声张出去，戴笠决不饶他的命。太危险了！这样考虑之后，我就决定不告诉达夫，也不告诉别人。”

为何许多年后汪静之又将这秘密写成文章公之天下呢？汪静之说，他偶然看到王映霞指责郁达夫的两篇回忆文章，出于替郁达夫辩护的目的，才撰文回顾了几十年前的这段往事。汪静之与郁达夫夫妇同为好友且从无嫌隙，他的回忆应该不是空穴来风。

倘若汪静之的说法确凿无疑，那么，也就不难理解戴笠当初为何要结交郁达夫，他是醉翁之意不在酒，不过是想借机亲近杭州美人王映霞。

许绍棣呢？他和王映霞到底有无私情？这只有当事人知道了。不过，有个细节，也是在1938年，曾和徐悲鸿有过传闻的孙多慈，经王映霞做媒认识了许绍棣，后来，孙多慈做了许绍棣的妻子。倘若许绍棣和王映霞有情，王映霞怎会介绍别的女子给他？莫非许绍棣只是王映霞和戴笠之间的一个掩人耳目的幌子？

谜团实在太多，谜底只可揣测。但，郁达夫和王映霞的决裂，许绍棣逃不脱干系。

1938年7月，有一天，汪静之去探望从浙东前线返回武汉的郁达夫，恰好碰上王映霞和郁达夫正吵得不可开交。吵架的源头，是郁达夫“在屋角捡得遗落之许君寄来的情书三封”。“许君”便是许绍棣，那书信当然是寄给王映霞的。

当天晚上，王映霞离家出走。愤怒的郁达夫断定，王映霞仿效卓文君与她的“司马相如”私奔了。郁达夫彻夜难眠。窗外还晾晒着王映霞洗涤的纱衫，只是人面不知何处去。郁达夫越看越气，悲愤难抑，拿起笔，饱蘸浓墨，在那衫上写道：下堂妾王氏改嫁前之遗留品！

不，这还不足以泄愤，冲动的郁达夫做出了一个令人吃惊的举动，次日在《大公报》刊登寻人启事。“王映霞女士鉴：乱世男女离合，本属寻常，汝与某君之关系，及携去之细软衣饰、现银、款项、契据等，都不成问题，惟汝母及小孩想念甚殷，乞告以地址。郁达夫谨启。”

一时间舆论哗然，满城风雨。

其实，王映霞并没远走，她去了她的朋友家。看到那则“寻人启事”后，王映霞怒不可遏。郁达夫去请她回去时，她说：“如果要我回去，你必须在《大公报》上刊登道歉的启事。”

郁达夫断然不肯答应。他认为受伤害最深的是他。

这般僵持，如何是好？

不少朋友纷纷前来劝和，从中反复调解。

再复杂的问题，最终都是时间问题。风波起后，经过时间的打磨，郁达夫和王映霞由最初的歇斯底里的愤怒，趋于冷静，再加上朋友的劝说，他们终于肯各退一步，决定和解。毕竟，当初他们是因为爱情而冲破种种藩篱，好不容易在一起，虽然随着光阴的流淌，爱情被冲刷得变了味道，但在他们心中，爱意还是有的。

郁达夫在报上刊登了王映霞拟就的“道歉启事”：达夫前以神经失常，语言不合，致逼走妻王映霞女士，并在登报寻找启事中，诬指与某君关系及携去细软等事。事后寻思，复经朋友解说，始知全出于误会。兹特登报声明，并深致歉意。

王映霞呢？她向郁达夫写了不公开的悔过书。

双方还立下字据：从今以后，各自改过，各自奋发。

好一番折腾，譬如打了一场无比激烈却两败俱伤的仗，郎君斯文扫地，佳人颜面尽失。

郁达夫和王映霞都努力地试着重新开始夫妻之旅，就像对着一个遍布裂痕的瓷器，费力修补。

那是战火连天的年月，人们的生活除了谋生糊口，还要忙不迭地四处辗转，逃避战乱。

此后，郁达夫在福州连续发了数次函电，要王映霞暂将王母和他们的两个幼子留在浙西江山，然后带着他们的长子郁飞速速动身，前往福州。到了福州，郁达夫告知王映霞，他已经接受新加坡《星洲日报》的聘请，要带他们母子远赴南洋。

应该不只是为了工作需要才去南洋的吧，抗日救国斗争在哪儿都可以开展并坚持的。郁达夫选择远走南洋，或许也是为着彻底斩断王映霞和他人的暧昧关系，远离是非之地，去异国他乡，开始崭新的日子，缝补他和王映霞苦水四溢的生活。

1938 年 12 月，郁达夫和王映霞携长子郁飞离开福州去新加坡。

如果每去一个新地方，都可收获一种崭新的幸福生活，那该有多好。

或许，每行一步，所过之处，皆是鲜花怒放、日光倾城，这是可以的，不过，行人要有经营生活的智慧。这智慧，包括善于掌控自己的情绪，莫冲动，冲动是魔鬼，凡事三思而后行；也包括凡事包容，凡事相信，凡事希望。即使生活扔给你一团仙人球，你也要有足够的智慧将之培育成赏心悦目的艺术精品。怕就怕，等不到仙人球开花，人就被刺扎得体无完肤。

去了新加坡，崭新的山水，崭新的人群，郁达夫和王映霞却过着散发着腐烂气息的生活。他们的爱一点都没有增多，反而如困居密室，空气越来越稀薄。激烈争吵，这是常有的事。

1939 年，香港《大风》旬刊的编辑陆丹林写信向郁达夫约稿。以文谋生的人，被邀约稿件，是好事。不过，郁达夫写错了稿子。他将近年来写的 19 首诗和 1 首词，加以详细注释，交给了编辑陆丹林，这就是著名的《毁家诗纪》。

这组诗词毫无保留地公布了郁达夫和王映霞感情破裂以及王映霞和许绍棣感情发展的过程，还包括不少难以启齿的家事。

香港《大风》旬刊周年纪念特大号上，刊登了《毁家诗纪》。据说当期的《大风》特刊，连印四版都销售一空，之后上海甚至日本的杂志，也都纷纷转载。

人们本就热衷于捕捉名人动向，更何况《毁家诗纪》说的又是“红杏出墙”的艳事，想不受到热情关注也难。

至此，郁达夫和王映霞，这对曾经被誉为“富春江上神仙侣”的夫妻，终于势如水火，成了切切实实的一对怨侣。纵使他们再修建千万所“风雨茅庐”，也终是遮挡不了这瓢泼的感情暴雨，两人的婚姻走到了非分不可、难以挽回的地步。

王映霞终究没做成郁达夫理想中所谓的“自由的女王”，而成了“复仇的女王”。她立即以书信体写了一篇《一封长信的开始》，在《大风》旬刊第34期发表。其中提到为了孩子，为了12年前的诺言，为了不愿使郁达夫声名狼藉，她才勉强维持这个家的残局，把郁达夫的一切丑行都淹没下去；然而郁达夫却是一个欺善怕恶、得寸进尺的人，在忍无可忍的状况下，只好把郁达夫那颗蒙了人皮的兽心揭穿了。

她说她一直受着郁达夫“日本式的压迫”，大骂郁达夫是“阴险刻薄的无赖文人”。

那封长信的结尾落款是：“永远都不肯吃亏的映霞”。

报复？除了揭穿“那颗蒙了人皮的兽心”，和郁达夫之外的男人纠缠不清是不是“报复”之一种？

信中王映霞有提到“八年后的今日”，也就是说她的报复的心八年前就有了，并且从未停止过。

八年前郁达夫做了什么？他和王映霞争吵后，离家出走，回到富阳，和孙荃同居了一些时日。还有，郁母七十大寿，孙荃抢在王映霞之前拜寿，而郁母并未等王映霞拜贺，就从座位上起身离开了。还有吗？应该还有。所有苦涩的果子都不是一天长成的，必有许多苦涩的细节殷勤灌溉。

《大风》旬刊成了这对夫妻互揭伤疤、刀来剑往的厮杀战场。读者们疯狂追读，《大风》更是很乐于提供阵地。

对于这场亲者痛仇者快的夫妻大决战，郁达夫的好友郭沫若说："那些诗词有好些可以称为绝唱，但我们设身处地替王映霞着想，那实在是令人难堪的事。自我暴露，在达夫仿佛是成为一种病态了。说不定还要发挥他文学的想象力，构造出一些莫须有的家丑。公平地说，他实在是超越了限度，暴露自己是可以的，为什么还要暴露自己所爱的人？"

的确，许多人都认为"家丑不可外扬"，郁达夫却是例外。他向来不惮于自我暴露，这一点，从他的文学作品中极容易看出。这是他的性格，或者说是怪癖。可是，谁没有怪癖呢？只是有些人的怪癖无伤大雅，有些人的怪癖却令人目瞪口呆。

或许郁达夫认为《毁家诗纪》仅是一次文学创作，就像他以自己为蓝本创作《沉沦》一样，只是，王映霞不是《沉沦》中所涉及的那些青楼女子，她学不来默默无语、逆来顺受。

的确，冲动是郁达夫最明显的性格。心有所想，身体力行。想说的说了，想做的做了，至于前头等待的是欢笑或泪水，他来不及思考，或者不愿意思考。有些话，有些事，兴许他本无恶意，但简单粗暴的表达方式，如同一柄利剑将所触之人刺了个透心凉，当然，对方亦会还他致命的一击。

人，多坚强，又多脆弱。坚强或脆弱皆以情绪为基石，一个人若不能很好地掌控自己的情绪，他就不能很好地把握自己生活的走向，只好等着命运的安排。

经此《大风》一战，郁达夫和王映霞的爱情彻底烧光了。或许应当这样说，郁达夫对王映霞仍心存热爱，但王映霞爱他的心已经死了。

昔日“富春江上神仙侣”，他们相识于上海，在西子湖畔订了婚姻，1940 年初，在遥远的南洋签署了离婚协议。

同年 8 月，王映霞离开新加坡，只身回国。她晚年曾回忆说：“我离开郁达夫，拎了一只小箱子走出了那幢房子。……我真是一步三回头，当时我虽然怨他和恨他，但对他的感情仍割不断；我多么想出现奇迹：他突然从屋子里奔出来，夺下我的箱子，劝我回去，那就一切都改变了。”

原来，当真的要各奔天涯从此将各自曲折、各自悲喜之时，曾经相爱过的人儿，在心底，没有办法不生出丝丝眷恋。

从人生初见，到人生从此再也不相见，其中过了足足十三个年头。十三年，人生有几个十三年呢？他和她，再怎么怨恨滋生，但曾经爱过，后来不爱了，跟从来没有爱过，毕竟是两回事。就像望着已经没有花朵的枯枝，心里其实知道，那些枝上曾经火烧般开满了花，鲜花怒放之时，他们的确有过真真切切的欢愉。

王映霞从房子里走出来时，郁达夫没有来送，他在房子里做什么？默默抽烟？默默喝酒？或者，他可以写一则寓言故事：蝴蝶这样美丽，蜘蛛看着，爱上了蝴蝶。蜘蛛忍不住在网上织出一句又一句“我爱你”，织成了森林中最美的一张网。蝴蝶很感动，快乐地降落在网上，就被黏住，怎么挣扎都动不了。力气用完，蝴蝶就死掉了，死在无数句“我爱你”上面。蜘蛛看着眼前的这一幕，不能明白发生了什么事情。

王映霞走后，郁达夫冷静下来，他看清了自己的心：他爱王映霞，这份深爱,始终都未改变或减少。只是,他像一个永远长不大的孩子,那么多的坏脾气，那么爱冲动。或者说，是他心中的大男子主义主宰了他的言行举止，他认为他是她的丈夫，他就可以随心所欲地待她，而她，则会无条件地包容他。

郁达夫甚至渴望王映霞回心转意，再回到他身边，和他一切从头再来。二人离婚后，郁达夫曾给王映霞写诗，诗中还提到“几时归”。

几时归？归不归？不归。此生不再见。

后来，郁达夫在新加坡认识了一个在广播电台工作的女子，他们同居，因种种缘故，未能成婚。紧接着，日本发动太平洋战争，战火逼近新加坡，郁达夫辗转逃到印尼，在那儿，他开始蓄须，学习印尼语，准备长期隐居，还在苏门答腊开设了酒厂。有个叫何丽有的华侨姑娘出现在他的生活中，他们结婚了，那是1943年9月的事。何丽有没受过教育，不懂华语，一直以为郁达夫只是个普通的酒厂老板。

1945年8月29日，郁达夫在苏门答腊失踪。直到这时，何丽有才知道，她的丈夫郁达夫是中国文化名人。

至今，郁达夫之死仍是个谜。

王映霞呢？和郁达夫在新加坡分离后，由香港转道至重庆，曾先后在保育院当过保育员、军委会特检处做过秘书，后到外交部文书科当过科员。她在重庆的工作和生活，都得益于军统局副局长戴笠的帮忙。

1942年，在重庆，王映霞和时任重庆华中航运局的经理钟贤道结婚。

王映霞与钟贤道的婚礼冠盖云集，贺客如云，轰动了整个山城。

郁达夫的朋友章克标回忆说："他们的婚礼是十分体面富丽的。据说重庆的中央电影制片厂还为他们拍摄了新闻纪录片。他们在上海、杭州各报上登载了大幅的结婚广告，而且介绍人还是著名外交界名人王正廷，可见这个结婚的规格之高，怎样阔绰。"

对于这次隆重的婚礼，王映霞也是念念不忘、津津乐道，她在《阔别星洲四十年》一文中回忆说："我始终觉得，结婚仪式的隆重与否，关系到婚后的精神面貌至巨。"

一个人越炫耀什么，说明内心就越缺乏什么，越是缺乏什么就会越在意什么。或许，王映霞一生最大的遗憾是，郁达夫欠她一场隆重的结婚仪式，这也许是她最在意的吧。

还有，和郁达夫离婚后，王映霞的择偶条件是："既不要名士，又不要达官，只希望一个老老实实，没有家室，身体健康，能以正式原配夫人之礼相待的男子。"原配夫人，这也是王映霞在意的。她在郁达夫那儿没能得到的，她要在别处求得。

20世纪80年代初，王映霞在朋友们的鼓励下，秉笔以书，为报刊匡正一些关于郁达夫往事的误记，兼写一些与文化名人交往的文字。她将与郁达夫来往的书信结集成册，出版了极富史料价值的《达夫书简——致王映霞》，还撰写了《王映霞自传》、《我与郁达夫》等回忆性文字。

不过，有一件奇怪的事，在《王映霞自传》中，洋洋洒洒二十多万字，她没有一句话没有一个字，提及或者写到郁达夫的死。是她不忍书写深爱她、她亦曾深爱的人的死去吗？

在晚年，接受采访，她垂着眼睛说："忆往事不堪回首！从我们的结合到分开，有许多事是局外人难以了解的。郁达夫在南洋被日本人杀害以后，我更不愿再提对他不利的事。"及至谈到《大风》之事，她说："将来我准备把一些事实经过原原本本写出来，让人们知道就行了。郁达夫已经去世多年了。死了的人，他是不会讲话的。我写文章也绝不能再伤害他。”

王映霞“不愿再提对他不利的事”，也说“绝不能再伤害他”，但有人在谈起郁王之恋时却说，是王映霞害了郁达夫。说是，如果没有那不幸的婚变，郁达夫根本不会南下，也就根本不会惨遭杀害，一个大文豪死得不明不白。于是，便认为王映霞是郁达夫之死的一个间接杀手。

这未免有失公允。郁达夫追求王映霞时曾说：“结了婚就不能离婚，吃了饭就不应该喝酒。这些话，是我最不乐意听的话。”是啊，谁能担保每一对结婚的情侣都可白头偕老？连那对情侣都难能担保，何况看热闹的闲人呢！

也有人指责说郁达夫天生多情但并不懂爱，甚或根本就不会爱，白白地连累了美人耗尽青春。郁达夫多情，不假；性格有这样那样的缺点，也不假。但金无足赤，人无完人，不是吗？我们可以说，性格决定命运，郁达夫的性格决定了他的情感悲剧，但不能说，郁达夫连累了王映霞。爱情，婚姻，从来都是没法子分个谁对谁错，又怎能说谁连累了谁？

爱情，只是他们的爱情；婚姻，只是他们的婚姻。其中甘苦滋味，他们自己最知。兴许旁人看着以为很无道理的，他们倒很享受。

从郁达夫到钟贤道，王映霞曾有一个比较中肯的评价：“如果没有前一个他，也许没有人知道我的名字，没有人会对我的生活感兴趣；如果没有后一个他，我的后半生也许仍漂泊不定。历史长河的流逝，淌平了我心头的爱和恨，留下的只是深深的怀念。”

郁达夫和王映霞的儿子郁飞，是同父母相处时日最久的，也最知二人爱怨纠缠之内情。在他眼中，他的父亲郁达夫是这样的：“我的父亲是一位拥有明显优点，也有明显缺点的人，他很爱国家，对朋友也很热心，但做人处世过于冲动，以至家庭与生活都搞得很不愉快。他不是什么圣人，只是一名文人，不要美化他，也不要把他丑化。”

是的，郁达夫不是什么圣人，他虽有令人赞叹的才华，但说到底他不过是个普通男人，和世间所有男人一样，有着极其明显的优点，也有极其明显的缺点。他何尝不想万事如意？不如意时，他也需要爱和温暖，甚或因为他的敏感心性，他所需要的爱和温暖比别的人更多。

再说说王映霞吧。

2000 年 2 月，王映霞病逝杭州，那是她的故乡，也是她和郁达夫订下婚姻大事的地方。她终于可以静下来了，再也不用去想她和郁达夫的往事，亦不用再对任何人解释她和郁达夫的事，以及她和别的人事。她燃尽了生命的火，火灭了，她就走了。那些往事，那水样温柔的又火烧般疯狂的灼痛的爱，谁愿意如何传说，且去说吧。

同饮清茶，共看天边月

——张幼仪和徐志摩

1915 年 10 月的一天，浙江海宁县硖石镇，富商徐申如家张灯结彩，宾客如云，大红的囍字，大红的灯笼。再过一阵子，大红花轿就抬来了，隐约已能听见送亲队伍的唢呐声。

新郎 18 岁，名徐章垿；新娘 15 岁，名张幼仪。

新郎早前只看过新娘的相片，不胜鄙夷地说："乡下土包子。"他要和这乡下土包子成亲了，心底有千百个不情愿，但逃不过。父母包办婚姻的旧中国，娶亲的事，父母满意，儿子不可不满意，等着大婚之日洞房花烛就是。

新郎从父母之命，新娘则从兄长之命。

1913 年，新娘的四哥张嘉璈，字公权，当时是浙江都督府秘书，有一天在杭州府中学堂视察，被一篇《论小说与社会之关系》的作文吸引了。后来他得知文章是硖石富商徐申如的独子徐章垿所写。爱才心切的张公权很快写信给徐申如，提议将自己的二妹张幼仪许配给徐章垿。

徐申如是个很有头脑的生意人，开办有电灯厂、蚕丝厂、布厂、酱厂、钱庄，富甲一方，号称"硖石巨子"。身为硖石富商，金银珠宝、绫罗绸缎自是不缺，只苦于几代中无人取得功名，和那些世代书香的名门望族难以相提并论。见张公权来提亲，徐申如十分欢喜。张家二哥张君劢、四哥张公权都曾留学日本，祖父曾做过前清的知县，父亲是个读书人，以行医为业，家境一度殷实，虽有几年衰落，现今又恢复了从前的财富和声望。徐申如想，倘能和张家结亲，不仅有助于提高徐家的地位，而且张氏兄弟的声望和社会影响，对于徐家未来发展产业也必然大有裨益。他急忙回信："我徐申如有幸以张嘉璈之妹为媳。"这门亲事就这样定下了。

那年月，许多男女的婚事多是这般定了的，男女不必见面，父母或兄长点头就可。男方和女方，门当户对是要讲究的，若能相互帮助成全更是锦上添花。譬如徐申如，他看中张家书香门第，更要紧的是，张公权在都督府任职，身属政界，官商联姻岂不是要成呼风唤雨的大事？实在是天赐良缘。

婚事敲定那年，徐章垿 16 岁，张幼仪 13 岁。徐章垿看过张幼仪的相片，张幼仪也看了徐章垿的。晚年时候，张幼仪回忆道："自从大姐算过命以后，家人一直期待这刻的来临，我就依着家人的期待说：'我没意见。'根据当时的中国传统，情况就是如此：我要嫁给家人为我相中的男人。"

大姐算命是怎么回事？张家曾一度家道中落，留学归国后负担起家庭重担的四哥张公权便和父母商量，要尽早将妹妹们嫁出去。嫁女收取彩礼聘金，是个赚钱的路子，可缓解家中经济压力。张家母亲于是请来算命的，给年仅 14 岁的大女儿算命，不曾想卜算的结果是，大女儿不宜早嫁，否则丈夫会早死，要等到 25 岁再出阁方好。张家的期望于是便落在了二女儿张幼仪身上。

张幼仪和徐章垿议婚时，张家又请来算命的。从农历来说，徐章垿生于 1896 年，肖猴，猴子迷人、逗趣，但算命的又说，猴子也可能变得狡猾和丑恶。张幼仪生于 1900 年，生肖鼠，老鼠善于寻找、获得、囤积丰富的食物，所以生肖鼠代表着勤劳和富足，不过也会显现出胆小和吝啬的负面特征。在肯定徐家是个非常好的人家后，算命的沉默半晌，脸上显现出担忧的神色，说："属鼠的和属猴的人在这门亲事里不合，女儿不属狗太糟糕了，狗是忠实的象征。"

张幼仪的母亲不安了，大女儿要等到25岁才能结婚，二女儿又和男方不配，真是坏消息一桩接一桩。急躁的张母索性决定，将张幼仪的出生年改为1898年，这样张幼仪的属相就由鼠变成了狗。

这样也可以吗？为什么不可以！有人生活不如意，请来算命先生，算命先生指点说是名字取得不好，于是依着生辰八字请算命先生重新取名，换了名，有人似乎真的换了命运，从此诸事皆顺。生活中多的是这样的事。那么，名字好，男女婚事只属相不合，不如就更改属相，隐瞒真实生辰。生活中也多的是这样的事。许多经父母安排或媒人撮合的男女，婚后方知，原来另一半在生肖上做了手脚。假冒伪劣的非但有市场商品，年龄等事也是有人惯于造假的。这是一个真假莫辨的世界。只是，倘若男女谈婚论嫁，生辰八字真的可以影响婚姻生活，那么，改了生辰八字就可改变婚姻命运吗？未必。徐张的婚姻便是明证。

闲言少叙，言归正题。前几年张家一心想着让女儿早嫁，用男方送来的聘礼缓解家庭压力，但现今已用不着了，张家的财富和声望并不弱于徐家。将张幼仪嫁入徐家，只为看重徐家公子的才学。为了女儿将来在夫家能获得足够的重视，张家对张幼仪的婚事极为重视，特意派人去欧洲采买嫁妆，由张幼仪的六哥随行监督。嫁妆之丰厚令人吃惊，光是家具就多到连一节火车车厢都塞不下，最后由张幼仪的六哥安排用船从上海运送到硖石镇。

他们想着，有这丰厚的嫁妆，再加上娘家的强大实力，足以保障张幼仪在徐家的地位，但是，这并未能给张幼仪带来幸福。

徐章垿一点都不喜欢张幼仪。是张幼仪生得粗丑吗？不，张幼仪“谈不到好看，也谈不到难看。嘴唇比较厚，生得黑”，性情和善，为人颇受好评，“沉默寡言，举止端庄，秀外慧中，亲故多乐于亲近之”。

为何独独徐章垿不乐意亲近之？作为一个追求自由和浪漫的青年，徐章垿对爱情充满诸多的幻想和期待，别人要硬塞给他一个新娘，他的第一反应，当然是像刺猬一样竖起全身的刺。但，尚在读书、深受中国传统孝道影响的徐章垿，还不敢公开反抗并违背父母意愿，可是，总得做点什么来表明自己的态度——他嫌弃张幼仪，别人眼中她再好，他就是不喜欢，不给她好脸色看。甚至洞房花烛夜，受传统教育约束的张幼仪不得在丈夫开口之前先说话，于是等待着，等来的却是徐章垿神色古怪地盯着她看，却一言不发。这是他们婚姻沉默的开始。

婚后不多久，徐章垿就离开家去异乡求学了，先是到天津北洋大学，后来又到北京大学。张幼仪说：“公婆不准我跟他一起去，也不准我跟他在一起。在中国，媳妇当着公婆的面对丈夫表露情意，也是很没规矩的。”

远在他乡的徐章垿，会定期给父母写信嘘寒问暖，而他的妻子，不过是他家信末尾不痛不痒又不得不添加的一笔问候。

那几年里，这对小夫妻难得团聚。即使徐章垿寒暑假在家，他和张幼仪也疏远得如同陌生人。他鄙夷她，不使她亲近他。有一次，他在院子里读书，要用东西，大声唤用人去拿；又感觉背痒，就喊另一个用人来抓痒。一旁的张幼仪想帮忙，他却用眼神制止了她，那轻蔑而不屑的眼神，令她不寒而栗。

张幼仪说：“除了履行最基本的婚姻义务之外，他对我不理不睬。就连履行婚姻义务这种事，他也只是遵从父母抱孙子的愿望罢了。”

一个人的心，热起来的时候满天满地都能随之燃烧，倘要冷冰，可以使触碰他的人都寒得彻骨，那是一种让人心生绝望的冰冷。

有人说，民国是一个“不旧不新又又旧又新，不古不今又又古又今，不中不外又又中又外”的时代。那样的时代里，有点思想的男子多半会抗拒父母安排的婚事，可他们个个又为着孝道，不肯悖逆父母心意，倒把一腔怨气撒在了父母包办婚姻的妻子身上。这诡怪之行连伟大的鲁迅先生都不例外，母亲为他张罗来妻子朱安，他碰也不碰，更不给朱安好脸色，还常和朋友说：“她是我母亲的太太，不是我的太太。这是母亲送给我的一件礼物，我只负有一种赡养的义务，爱情是我所不知道的。”真是恨错了对象，就像有学生拒绝学习和阅读，只因嫌弃学校烂上课闷，可是，这和学校何干？又和书本何干？要怪也要怪教育制度呀。婚姻也一样，若不喜欢，就不要娶人家的姑娘，既然娶了就要善待，否则岂不是害苦了人家一辈子！

1918 年，徐章垿和张幼仪的长子出生了，取名徐积锴，乳名阿欢。已经完成为家族传宗接代任务的徐章垿，在老师梁启超的建议下，启程前往美国留学。拜梁启超为师，是张幼仪的二哥张君劢从中牵线搭桥，同时他还结识了中国新文化运动的领军人物胡适。

我只是想，徐章垿待张君劢的妹妹张幼仪那般刻薄，面对妻兄，他心中毫无尴尬或愧疚吗？人和人的关系真是古怪。

也是这一年，赴美留学前夕，徐申如将儿子徐章垿的字“槱森”更改为“志摩”。据说，在徐章垿年幼时，曾有一个法号志恢的和尚，在仔仔细细地摸过一遍徐章垿的头后，断言“此子将来必成大器”。徐父希望儿子徐志摩留学归来，如志恢和尚所言，成大器，光耀门楣。

从此，“徐章垿”这个名字鲜为人知，“徐志摩”则被众口交传着。

婚后备受丈夫冷落，张幼仪却依然谨记临出嫁时母亲的教导："第一，一旦进了徐家的门，绝对不可以说'不'，只能说'是'。第二，不管我丈夫和我之间发生什么事，我都得以同样的态度对待公婆。"张幼仪还认为，传统的包办婚姻并不表示夫妻之间没有爱情，他们的爱情是婚后才来的。先对公婆和配偶尽义务，爱情就会跟着来。

只可惜，她的丈夫徐志摩不是个肯守规矩的，他思想新潮，向往自由，凡事叛逆。他爱一个人可以爱得惊天动地，不喜欢一个人也可以完完全全地排斥。他从来不给张幼仪机会，也从不给自己机会，使爱情伴随婚姻生长。

即使到了晚年，张幼仪想起这回事，都还幽怨满腹："我对婚姻所求为何？我不求爱情，也不求浪漫，可是我所求的肯定比我那时拥有的——缺乏容忍和漠不关心——要来得多。徐志摩从没正眼瞧过我，他的眼光只是从我身上掠过，好像我不存在似的。"

不过，成婚后的前几年，张幼仪来不及思考这些，她心中只一个念头：先对公婆和配偶尽义务。

深宅大院里，张幼仪陪着婆婆，在绣花针上穿上丝线，几个钟头几个钟头地绣着鞋上层层叠叠的积云朵朵。为公婆为丈夫做针黹活儿，她力求漂亮讲究，轮到自己，她则马马虎虎地去做，能穿就行。每日晨昏定省，在公婆开口说话之前，绝对不先主动开口说话，晚上在他们允许之后，方才告退，回房歇息。

并非张幼仪刻意这般行事，是她自幼所受的极其严格的家教使然。譬如在娘家时，"除非爸爸要求，我从不在他面前出现，而且从不在没得到他许可以前离开。除非他先开口对我讲话，否则我不会在他面前启齿。他数落我的时候，我就鞠个躬，谢谢他纠正。大半时候，我甚至从来不问爸爸要不要再添茶，我干脆把茶倒好。能事先料到他的心意，才更孝顺。”如此循规蹈矩、克己慎行，张幼仪说：“我就是这样被教养成人的，要光耀门楣和尊敬长辈。”

张幼仪的贤惠明理、端庄谨慎，深得徐志摩父母的欢心，又有了长孙阿欢，他们更觉得张幼仪好了。忽然记起著名历史学家傅斯年的话：“中国做父母的给儿子娶亲，并不是为子娶妇，是为自己娶儿媳妇儿。”这虽然近于滑稽，却是旧时中国家庭的实际情形。

同样是在1918年，徐志摩赴美留学之后，张幼仪的二哥张君劢计划同梁启超等人，以非正式代表身份参加巴黎和会。那时候第一次世界大战刚刚结束，胜利的协约国集团为解决战争所造成的问题以及保障战后的和平，在巴黎召开会议。将要前往巴黎的张君劢，和正在娘家探亲的二妹张幼仪话别。他问张幼仪，什么时候去美国和徐志摩团圆？

去美国？张幼仪吃了一惊。她和哥哥说：“我从没想过要与他团聚，因为我以为我的责任就是和公婆待在一起。”

张君劢对他这个“具备女性的气质，也拥有男性的气概”的妹妹教育说，你在徐家孝敬公婆做得已足够好，现在最紧要的是和丈夫在一起，甚至可以考虑也去西方国家留学。这就是走南闯北有见识的好了，张君劢不是旧思想，他不认为女子无才便是德，而希望自己的妹妹也去走南闯北，时时不忘学习新知识，用能和时代同步的思想去生活，这样才能和才华横溢、思想新潮的徐志摩有更多共同语言。

但是，张君劢和张幼仪都有一个顾虑，徐家父母兴许不会同意。那时候，有几个老人会认为女人和男人一样抛头露面是件得体的事？为了避免徐家二老拒绝，张君劢和妹妹说，他会让徐志摩主动写信请求父母让张幼仪出国。

张君劢去了巴黎，又从巴黎回来了，徐志摩却一直都没有信来。

要知道，最懂男人的从来不是女人，而是男人，张君劢很快就意识到这中间定是生了变故。他和张幼仪说："他这么久没写信给你，一定是出了什么岔子。这一次，你非得去国外找他不可。"

为了让张幼仪顺利成行，张君劢去找徐志摩的父亲徐申如，请他准许张幼仪出国，否则，若继续如此长期分离，徐志摩和张幼仪的心就要越离越远了。意料之中的事，徐申如果然不答应儿媳出国，他认为，女人头发尽管长去吧，但见识不必随着头发长，一个什么也不懂的女人比起那些在外读书求知的新派女性，要好管得多。徐父一句"她要跟老太太做伴，还要照顾娃娃"就回绝了张君劢。

张幼仪只好继续待在深宅大院里，孝敬公婆，抚养儿子，缝衣绣花。

在那个时代，女人要做一件事，比男人难多了，尤其是已婚的女人，她们不是被自己陈旧的心和浅薄的见识束缚，就是被公婆或丈夫或子女绊住，要想行远路成自己想成的事，和登天差不多一样难。除非有一个特殊的机遇，推着她们走出门外。谈到特殊的机遇，或可说，其实很多男人也需要这样的机遇，促使他们放开手脚，像一个被逼到悬崖边的斗士，退无可退，只好一闭眼睛跳下去。接下来发生的事，如同武侠小说里常见的情节，坠崖不死，反在崖底的山洞里修成绝世武功。

徐志摩去美国留学，原本是想学成之后回国继承家业，进入金融界或政界，做中国的汉密尔顿，然而在美国的学习生涯，并不能使徐志摩满意，他开始怀疑自己当初的理想。恰在这时，他接触了英国哲学家罗素的思想。那是什么样的思想？"夏日黄昏时穿透海上乌云的金色光芒——冷静、锐利、千变万化。"这深深吸引了徐志摩。听说罗素在剑桥大学任教，徐志摩不惜放弃在哥伦比亚大学攻读博士学位的计划，去了英国，只为"想跟这位20世纪的伏尔泰认真念一点书去”。

1920年秋天，徐志摩抵达英国，罗素却离开了剑桥大学。愿望落空，不难想象徐志摩内心的苦闷。妻兄张君劢又不时写信催促徐志摩，要他接张幼仪也去国外。徐志摩只好给父母写信，请二老准许张幼仪到他身边，说是“儿实可怜”，“儿切盼其来”。宝贝儿子开了口，徐家二老自是应允。这是1920年11月下旬的事。

张幼仪还没到，徐志摩却和林徽因相遇了。那时，林徽因随父亲林长民居于伦敦。林长民也是民国时期一个甚为了得的风云人物，曾历任国务院参事、内阁司法总长等职，又文章、书法皆佳。徐志摩慕名拜访，很是惊讶林长民“清奇的相貌，清奇的谈吐”，更惊讶的是林家的女儿林徽因。徐志摩觉得，林徽因的可爱不仅在于她的外貌，更在于她活泼跳跃的思维、明澈清新的独到见解。她对文艺作品的理解和悟性超出了她的年龄。徐志摩说自己最喜欢的诗人是拜伦、雪莱和济慈，林徽因立即就能用流畅的英语背诵出他们的诗句。

徐志摩喜欢和林徽因在一起，她空灵的艺术灵感和谈吐见解，常常激发出他写诗的灵感和火花。而徐志摩，他的才华，他奔放的热情，还有从他的话语中流露出来的执着，仿佛孩子般的天真，这些也都深深地打动了林徽因。

一个正值花季，一个血气方刚，这样的年纪爱来得最是容易。徐志摩成为林家的常客。

1921年春天，张幼仪终于登上轮船，她要去找她的丈夫徐志摩。同船的人听说她去异国是和丈夫团聚，纷纷赞叹她好福气，她却一点都高兴不起来。徐志摩待她冷淡，是结婚时就有了的。兄长张君劢又一再担心徐志摩爱上了别的姑娘，这担心更使张幼仪心中不安。她想起有一次徐志摩曾和她说：中国正经历一场变革，这场变革将使个人获得自由，不再成为传统习俗的奴隶。这些传统让他无法依循自己的真实感受行事，所以他要向这些传统挑战，成为中国第一个离婚的男人。

那个时候张幼仪并没把徐志摩的话放在心上，在她的观念里，离婚就是休妻，而休妻这种事只有在女人失贞、善妒、不好好对待公婆等情况下才会发生。她从未做过任何对不起徐家的事，她不怕。然而，现在，她真的有些隐隐不安了。

女人都是敏感的，许多时候她们是靠着直觉生活。一件微不足道的事，或者某个微小细节，都能激起她们的疑虑，而事实往往证明，她们的猜疑并非空穴来风，更不是无理取闹。

船靠岸了，张幼仪一眼就看到了拥挤人群中的徐志摩，他穿着一件黑色大衣，脖子上围着一条白丝巾。虽然她从来没有看到过他穿西式服装的样子，还是一眼就认出了他。“我晓得那是他。他的态度我一眼就看得出来，不会搞错，因为他是那堆接船的人当中唯一露出不想到那儿表情的人。”

他来接她，是不情不愿的。若这是在国内，他想必是不会来接的，丢给她一个地址，随她自己兜兜转转地寻上门去。

夫妻小别胜新婚，长期别离之后，内心自是有着更多的急切、快乐、期望等情绪，但是，见了神色冷漠的徐志摩，张幼仪只好把她的欢欣心情小心地藏了起来。

其实，为什么要藏呢？虽然他不喜欢她是确实的事，但她可以装着看不见他的脸色，径自流露自己的欢喜，要让他明白，他爱或不爱，她都深深地爱着他，一见到他就有好心情，只知付出自己的爱，不计较他的冷淡。或许这样，天长日久，徐志摩也会随着她的热情而有所改变吧。他本已冷冰冰，她再一副落落寡欢的样子，两人之间涌动的尽是寒气，只会让他更觉得和她在一起索然无味，嫌弃心更重，恨不得迅速逃离。

举个或不甚妥的例子，你想和某人交好，但那人一开始待你就毫无热情可言，你要怎样做？对方不热情，你也对之冷脸吗？不，你要想尽一切办法，营造欢天喜地的气氛，投其所好，一两次受挫，不要灰心，继续挥洒你的热情，让他感觉到和你在一起是有趣的，使他意识到你的可爱。更要拿出自己所有的看家本领，令他发现你的了不得。每个人都只对他认为很了不得的人产生兴趣，生出交往之心。

比如徐志摩，这个骄傲的男子，他会和他认为一无是处的人往来吗？再比如林徽因，她若是谈吐无趣，纵使美若天仙，徐志摩都不会对她有浓烈爱恋吧。或许一时会贪恋她的美貌，但他究竟是个追求心灵愉悦的人，天长日久后，美貌看腻了，他必会弃之如敝履，毫不可惜。

怪只怪张幼仪幼时所受的教育，女人三从四德诸如此类观念深入她心，她活泼不起来，有点欢喜念头也会用力压下去，做个低眉顺眼的软弱女人。

徐志摩见到张幼仪的第一件事，便是带她去买新衣服和皮鞋。张幼仪来时的衣裳，自然是中式服装，虽精心挑选，但落在徐志摩眼里，那是土气的，会让他在朋友面前丢脸。原本心存无限希冀、满心欢喜的张幼仪，再次受伤。但她是听话的，随徐志摩去买了新的衣帽，又去照相馆照了几张相，寄回硖石镇，给徐志摩的父母。他们装出恩爱甜蜜、幸福生活的模样。

飞往伦敦的飞机上，初次坐飞机的张幼仪因为眩晕，呕吐起来。若是别的丈夫，见妻子难受，自会无微不至地照顾，徐志摩却嫌弃地把头扭到一边，丢给她一句："你真是个乡下土包子！"有趣的是，徐志摩刚骂完张幼仪乡下土包子，他自己也呕吐了。张幼仪终于勇敢地幽默一回，对徐志摩说："我看你也是个乡下土包子。"

异国生活，如张幼仪所料，她和徐志摩的关系并未好转。和朋友在一起时的徐志摩，热情快活，神采飞扬；当朋友散去，对着妻子张幼仪，浓浓的忧郁就笼罩在了他的脸上。对于他们的生活，张幼仪这样说："他和我一起躺下后，他的呼吸声不但没有缓和下来，反而因为觉得挫折和失败而扬起——他在最想摆脱我的时候，败给了我的肉体，对我们要厮守在一起这件事感到气馁。"

出国的时候，张君劢鼓励张幼仪重拾学业，到了国外，她却没有机会。她变成了一个十足的家庭主妇，买东西，洗衣服，打扫房间，准备一日三餐。她说："我没办法把任何想法告诉徐志摩，我找不到任何语言或辞藻说出，我知道自己虽是旧式女子，但是若有可能，我愿意改变。我毕竟人在西方，我可以读书求学，想办法变成饱学之人，可是我没法子让徐志摩了解我是谁，他根本不和我说话。"

这样一个冷漠的甚至可以说是残酷的徐志摩，真难想象他会是梁实秋笔下的"挥洒自如，谈笑自若。他喜欢戏谑，从不出口伤人。他饮宴应酬，从不冷落任谁一个"。他的确从不冷落朋友，却惯会冷落他的妻子。

徐志摩和张幼仪无话可说，他所有的话别有他处倾诉，那就是林徽因。对着林徽因，徐志摩有说不完的话。

他每天早晨都去附近的一家理发店理发。一个人的头发要生长得有多快，才经得起每个清晨都去理？他不是日生发丝三千丈的怪物，只是，每天都去理发，这真是一桩怪事。凭着女性敏锐的直觉，张幼仪察觉到徐志摩已经有了心上人。她从来都不是他的心上人。没有心上人的时刻都在寻觅心上人。多年之后，曾在徐志摩家借住的郭虞裳告诉张幼仪，徐志摩之所以每天去理发店，只因理发店对面有个杂货铺，那是他收发信件的地方，他和他的伦敦女朋友经常书信往来。

此时的徐志摩因为读书的关系，把家从伦敦搬到了沙士顿小镇。伦敦有他的恋人，他们不能日日见面，便日日彼此写信，见信如见面。

郭虞裳口中的徐志摩在伦敦的女朋友是谁？是林徽因。

据说，有一天，邮差送来一封徐志摩的信，张幼仪无意中拆开。私拆他人信件是错事，哪怕那人是你的丈夫，尤其是从不爱你的丈夫。果然，张幼仪看到了令她瞬时天旋地转的东西。天旋地转，有时是幸福的眩晕，更多人更多时候遭遇的却是悲伤来袭，承受不起。信是林徽因写来的："我不是那种滥用感情的女子，你若真的能够爱我，就不能给我一个尴尬的位置……你不能对两个女人都不负责任。"

张幼仪恨自己太糊涂。她一直都没看明白她在徐志摩心中的位置。更糊涂的是，徐志摩足足有半年时间言必称林徽因，她亦见过徐志摩和林徽因在一起时他魂不守舍的目光，只是她从未怀疑。多可怕的信任。这是命运对她最大的打击。此时她肚子里刚怀上徐志摩的第二个孩子。

且拿孩子来试探他的心意。这是女人惯用的招数。征服不了男人，且拿男人的骨肉说事，看男人是何选择。鲜有男人毫不顾惜自己的骨肉，他们往往败下阵来，为孩子而成全无知无觉的婚姻。

张幼仪小心翼翼又饱含期望地说了怀孕的事。徐志摩毫不犹豫，他说："把孩子打掉。"

天底下有这样的丈夫？有这样的父亲？有。世界那么大，什么样的人都有。

张幼仪心中尚残存希望，又试着问："我听说有人因为打胎死掉的。”

徐志摩怎么说？他冷冰冰地斥责妻子：“还有人因为坐火车死掉的呢，难道你看到人家不坐火车了吗？”

第一次，张幼仪对徐志摩的人品产生了怀疑。别人说他千万个好，她在他那儿从未落得一个好，他给她看的，从来都是令她心生绝望的无情。这个软弱的女人，她再次屈服了，听从丈夫的话，准备打掉孩子。

男人之所以无情，并非是他心肠狠辣，往往只因他认为他面对的是个糊涂女人。对糊涂人不必做明白事，反正他怎样做那个糊涂人都要俯首听从的，他懒得浪费自己的温情。

接下来发生的事，更有趣了，有趣得超出了张幼仪的想象，以至许多年之后每每想起她还如鲠在喉。

1921年的某一天，徐志摩告诉张幼仪，他的一位女朋友当天将来访。张幼仪吃了一惊。他的女朋友？他如此郑重其事地告诉她，莫非是想提醒她，他要纳妾了？丑妻终要见娇妾，是时候撕破面纱了。依着张幼仪的生活经验，即使身为原配，她也是不能阻拦丈夫纳妾的，否则就犯了“七出”中的“善妒”。触犯“七出”任意一条，男人都可理直气壮地休妻。比起恐慌徐志摩纳妾，张幼仪更恐惧徐志摩因妻“善妒”而休妻。一边心烦意乱，张幼仪一边提醒自己冷静，要自己继续逆来顺受。

来访的女子一头短发，短得一点都不娇媚也不帅气，只不过是仰仗短发贴了个思想新潮的标签。这女子涂着暗红色的口红，看起来老气横秋。倒还有更可笑的，她穿着时髦的丝袜，也正是在穿着丝袜的两条腿下，赫然是一双穿着绣花鞋的小脚。

张幼仪禁不住暗暗发笑，这就是崇尚自由和浪漫的新青年徐志摩的品位？

送走了客人，徐志摩询问张幼仪对那位小姐的意见，张幼仪脱口而出:“她看起来很好,可是小脚和西服不搭调。”是她的嘲讽口吻，或者是她为他要纳妾而抑制不住的气愤、失望和厌恶刺激了他的情绪，再或者是她的话道出了他多年来的感受和心声，他突然失声尖叫:“我就知道，所以我才想离婚。”

离婚？他再次提到“离婚”。可是，“小脚和西服”和张幼仪有什么关系？她又不是小脚女人。

张幼仪小的时候，母亲给她裹足，她喊疼，哭闹。后来，二哥张君劢再也忍受不了妹妹的哭叫，他阻止母亲:“把布条拿掉，她这样太疼了。”母亲愣了，如果女儿不缠足，将来谁会娶她?

那时候，女人的脚也是衡量一个女人是否美貌的标准之一。大脚女人是丑的。那时的男人都的确古怪,偏爱三寸金莲。何为“莲”?人们把女人裹过的脚称为“莲”,不同大小的脚是不同等级的“莲”,大于四寸的为“铁莲”，四寸的为“银莲”，而三寸则为“金莲”。三寸金莲是旧时人们认为妇女最美的小脚。

怪杰辜鸿铭就是个沉醉于三寸金莲的男人。他的原配夫人淑姑，凭借一双长不及掌的金莲，迷倒了他。在他眼里，淑姑有一双“特别神气美妙的金莲”。人们传说他写作时，遇到思路不通之时，便会大喊:“淑姑，快来书房！”淑姑应声而至，在他身旁坐下，奉献出丈夫须臾不可离之宝物——小脚。辜鸿铭将一对小脚攥在手中把玩，拿到鼻边一阵猛嗅，只消片刻，便像注射了“兴奋剂”般来了精神，文思泉涌，洋洋洒洒，下笔有神。他曾戏称自己的成就上要归功于那双金莲,称其为自己的“兴奋剂”。醉心于女人的三寸金莲，是他一生一大癖好，并生出一番高论:“女人之美，美在小脚，小脚之妙，妙在其臭。食品中有臭豆腐和臭蛋等，这种风味才勉强可与小脚比拟。前代缠足，乃一大艺术发明，实非虚政，更非虐政。”

生而为人，谁无些怪癖？“怪杰”辜鸿铭的怪癖着实令人赞也不是贬也不是，只能自愧不如，送这男人三个字：重口味。

男人爱小脚，女人以男人为天地，天地要什么，女人奉上什么，便个个在幼年就开始缠裹小脚，力争成就三寸金莲，轻则讨男人欢心，更佳者迷男人个七荤八素、神魂颠倒。

张君劢阻拦母亲为张幼仪缠脚，他说：“要是没人娶她，我会照顾她。”依赖着哥哥的宠爱，张幼仪免受裹脚之苦。也正是张君劢，他时常告诫张幼仪，不论外在的行为如何，都要尊重自己内在的感受。张幼仪说：“这一点和家里任何人都不一样。”

张幼仪到底尚未学会尊重自己内在的感受。嫁入徐家，她为公婆而活，为丈夫而活，独独忘了为自己活。可是，她并非小脚女人，为何徐志摩还拿小脚说事？后来，张幼仪醒悟到：“对于我丈夫来说，我两只脚可以说是缠过的，因为他认为我思想守旧，又没有读过什么书。”

看来，裹脚很可怕，更可怕的是脚没有裹却裹了心。“小心”比“小脚”更可怖。张幼仪一直都活得太过小心，若她向来是泼辣肆意地活，徐志摩未必不会爱上她。男人真的不喜欢牛一样只问耕耘不问收获的沉默女人，男人喜欢拿得起贤淑又玩得转性感的女人。

“离婚”这话题再次摊到了桌面上，徐志摩和张幼仪的生活愈发过得尴尬糟糕了。更糟糕的是，一周后，徐志摩突然不见了，连他的朋友郭虞裳也不知他去了哪里。“我的丈夫好像就这样不告而别了。他的衣服和洗漱用具统统留在家里，书本也摊在书桌上，从他最后一次坐在桌前以后就没碰过。”

女人动辄离家出走是负气，是女人独享的特权。男人离家出走则是孩子气，一个成年脸孩子脾性的男人，谁都别指望他有担当。他最爱干的事就是极度地尊重自己的心，就像对着一个玩具，若是喜欢，他哭着闹着拼尽一切法子也要得到；若不喜欢，他爱丢哪儿就丢哪儿，砸烂摔碎也不过抬抬手的事。

怀有身孕的张幼仪就这样被遗弃在异国小镇，一个人惊心动魄地生活。她说："待在那屋里的那些日子好恐怖。有一回我从后窗往外瞄了一眼，看到邻居从草地走过去，竟然吓了一跳，因为我有好几天没看到别人或跟任何人讲话了。"

十几天后，终于有了徐志摩的消息。他托一个叫黄子美的人来向张幼仪要答案："你愿不愿意做徐家的媳妇，而不做徐志摩的太太？"这个黄子美还明白地告诉张幼仪："徐志摩不要你了。"

这个薄情男人，他可以不在乎张幼仪的感受，总得为张幼仪肚子里他的孩子着想吧？不，没什么好想的，先前他就冷冰冰地和张幼仪说过把孩子打掉。

有些男人，多情时候天底下第一等多情，无情时也是天底下第一等无情。

张幼仪无计可施，向身在巴黎的二哥张君劢写信求助。张君劢很快就回了信，不过，第一句就是："张家失徐志摩之痛，如丧考妣。"

张二哥何出此言？徐志摩抛弃了他的妹妹，他理应勃然大怒，再依着世俗行为模式，掘地三尺找到徐志摩，恶狠狠地暴揍一顿。要这个负心汉知道，他辜负了女人，女人只会流泪，但女人的娘家人不是好惹的。张二哥却说："张家失徐志摩之痛，如丧考妣。"岂不是胳膊肘朝外拐？唉，还不是因为怜惜徐志摩不凡的才华。

才华真是个好东西，有时候竟还能当免死金牌来用。

张君劢再三叮咛妹妹张幼仪，不要打掉徐志摩的孩子，他说："万勿打胎，兄愿收养。抛却诸事，前来巴黎。"

莫非张二哥想着，只要他们有徐志摩的孩子，张家就算不得"失徐志摩"？不得不说，徐志摩运气真不坏，他不想要的孩子却有人抢着为他抚养。唉，还不是因为他的才华。才华是纵横四海的通行证，是一个人一生最荣耀的名片。

张幼仪前往巴黎。那一段时间，伴随着肚里孩子的成长，张幼仪的内心也发生了脱胎换骨的变化。她认真反省自己不受宠爱又遭遗弃的根源。一切悲苦不过是自作自受。她不曾裹脚，却和缠过脚的人没有两样：一颗心被封建礼教缠裹得严严实实，这规矩那规矩，不但没画成方圆，反倒把自己给圈点得面目全非。不，先前她从来没有自我，可她也从未觉得有丝毫不妥，倒认为为他人做牛做马是分内之事。

凡所有摧毁你的，若你聪明，自有法子有力量迅速在废墟上重新塑造一个崭新的坚甲利兵的自己。

张幼仪决定，原谅自己先前的呆笨，从此以后，她要做一个为自己活、靠自己活的女人。她决定了，孩子要生下来，并且答应和徐志摩离婚。她说："经过沙士顿那段可怕的日子，我领悟到自己可以自力更生，而不能回去徐家，像个姑娘一样住在硖石。我下定决心：不管发生什么事情，我都不要依靠任何人，而要靠自己的两只脚站起来。"

直到这时，张幼仪才真的成为张幼仪，因为她的心变了，有了独立的思想，不再软弱，坚强地抬起她的大脚走属于她的路。譬如一个沉睡的人，被轰隆隆的雷声震醒了，爬起来，打开窗子，从容地看着外面的风雨，风雨再大终有停的一天，风停雨住，阳光灿烂。

怀孕八个月的时候，张幼仪随同来看望她的七弟前往德国，因为战后德国马克贬值，那里的物价非常便宜。

1922 年 2 月，张幼仪在医院生下二儿子彼得。当医生把孩子抱给她看的时候，她差点哭出来。她说："因为我要的是女孩，我要一个我的模子，而不是徐志摩的翻版。"

徐志摩呢？他追来了。不过，他不是追着来爱张幼仪，也并非来看自己刚出生的儿子，而是追着和张幼仪谈离婚的事。他说："无爱之婚姻无可忍，自由之偿还自由，真生命必自奋斗自求得来，真幸福亦必自奋斗自求得来！彼此前途无限……彼此尊重人格，自由离婚，止绝痛苦，始兆幸福。"

他要离婚，张幼仪成全他。不过，张幼仪想，或许要先和徐家父母招呼一声，再和他们的宝贝儿子"从此萧郎是路人"。

徐志摩等不及，催促道："不行，不行，你晓得，我没时间等了，你一定要现在签字……林徽因要回国了，我非现在离婚不可。"

原来如此，原来如此，张幼仪彻底明白了。

那是1922年的春天。在离婚协议上签完字，张幼仪以在新婚之夜没能用上的坦荡目光，正视着徐志摩说："你去给自己找个更好的太太吧！"

徐志摩欢天喜地地向张幼仪道了谢，并提出要看看刚出生的孩子。他终于有心情也有时间想起他的孩子了。在医院育婴房，他"把脸贴在窗玻璃上，看得神魂颠倒"。只是，张幼仪说，他"始终没问我要怎么养这个孩子，他要怎么活下去"。

离婚后，徐志摩追随林徽因回国，并在报上刊登《徐志摩、张幼仪离婚通告》，这是中国历史上第一例西式文明离婚案，一经见报，顿时成为头号新闻。徐志摩还写了一首诗《笑解烦恼结——送幼仪》，诗中云："莫焦急，万事在人为，只消耐心，共解烦恼结。虽严密，是结，总有丝缕可觅，莫怨手指儿酸、眼珠儿倦，可不是抬头已见，快努力！……来，如今放开容颜喜笑，握手相劳。"

看他那欢天喜地的样儿，好像中了状元，又好像刚娶了一个称他心如他意的美娇娘！

不明就里的人，对徐志摩离婚大加赞誉，吹捧他为彻底的反封建礼教战士。他们不知道，这个战士做了多让人灰心的事，这是他一生最大的污点。

其实，许多被吹捧为斗士或英雄的人，若肯扯下他们的外套，定会发现他们袍子下藏着恶，他们的荣誉来得可耻。

许多年后，有人问张幼仪，是否认为徐志摩要求离婚是革命性的举动，她毫不迟疑地说："不！"因为徐志摩闹离婚主要是为追求林徽因。"如果他打从开始，也就是在他告诉我他要成为中国第一个离婚男人的时候，就和我离婚的话，我会认为他是依自己的信念行事，我才会说徐志摩和我离婚是壮举。"

张幼仪曾为了徐志摩披上嫁衣裳，到头来又为徐志摩的离婚战士之名做了嫁衣裳。她这样形容自己："我是秋天的一把扇子，只用来驱赶吸血的蚊子。当蚊子咬伤月亮的时候，主人将扇子撕碎了。"

每个人都要感谢曾给你痛苦的每一个人，没有他们，你永不会知道自己可以有多坚强，更不知道自己有多巨大的能量，是那些伤害你的人激发出了你的巨大能量。要感谢他们，谢谢他们毫不客气地将你重伤。

张幼仪也要感谢徐志摩，感谢他使尽法子逼迫她离婚。倘若张幼仪和徐志摩的婚姻一直都如一潭死水地维持下去，她或许终生只能做一个旧式的三从四德的女子，默默地相夫教子，她的另一面——那个更加真实的自我——也就无从展现出来。

许多年以后，提起那场沸沸扬扬的离婚，张幼仪淡淡一笑："我要为离婚感谢徐志摩，若不是离婚，我可能永远都没有办法找到我自己，也没有办法成长。"

张幼仪把自己的人生一分为二："去德国前"和"去德国后"。

去德国前，她什么都怕，怕离婚，怕做错事，怕得不到丈夫的爱，委曲求全，偏偏每每受到伤害；去德国后，她遭遇了人生的最沉重的创伤，与丈夫离婚，心爱的儿子死在他乡，人生最晦暗的时光，如一张大网，铺天盖地笼罩着她，一切都跌至谷底。

能使人清醒的，从来都不是可使人飘飘欲仙的鸦片烟，而是彻骨彻心的伤痛。张幼仪终于明白，人生任何事情，原来都要依靠自己。你通过自己的努力获得锦衣玉食的生活之后，可以分一杯又一杯羹给需要帮助的人，但你万万不可指望靠着别人获取锦衣玉食，更多时候，别人吃香喝辣、饱嗝连天却不肯施舍给你一根肉被啃得光光的骨头。即使有人肯怜悯你，别人的怜悯也永不能为你带来美好生活。

尚在巴黎的时候，张幼仪曾给徐家二老写信，说自己又怀孕了，并提出求学的想法。接连为徐家添丁，徐家父母自然欢喜不已，爽快地答应了张幼仪，按月寄给约抵两百美元的支票。徐志摩和张幼仪离婚后，徐父并未中断对张幼仪的资金支持。早在徐志摩提出离婚时，徐父就发出警告，如果儿子真的抛弃结发妻子，他将登报同之断绝父子关系，并把家政大权交给张幼仪，收她为干女儿，支持她到德国留学。

在德国，张幼仪靠着徐父的资助应付生活，支付房租、菜钱、学费和孩子保姆的费用。

徐志摩呢？他到底没能赢得美人归。林徽因回国后，和梁启超的儿子梁思成订了婚约。其间曲曲折折颇难三言两语道尽，而关于他们的曲曲折折，尘世间从来不乏绘声绘色的传说，有兴趣者可留心听闻，此处不提也罢。

林徽因选择梁思成，和徐志摩擦肩而过，有人如此评价：她选择了一栋稳固的房子，而没有选择一首颠簸的诗。

还好，能使徐志摩略感欣慰的是，林徽因和梁思成结婚后，并未和徐志摩成陌路人，他们仍然保持着比友谊多一点的感情。正是这等说不清道不明云遮雾绕的暧昧，给了后人许多香艳又惆怅的谈资。

1924年，印度著名诗人泰戈尔应梁启超、蔡元培之邀访华。泰戈尔的到来，又为徐志摩创造了接触林徽因的机会。他们共同担任泰戈尔的随行翻译，一起接待泰戈尔进出会场，一起演出英文戏剧，仿佛又回到了昔日在英国的浪漫感觉。国内大小报纸也都刊登了徐志摩、林徽因和泰戈尔的照片，并说他们好比“岁寒三友”：“林小姐人艳如花，和老诗人挟臂而行，加上长袍白面、郊寒岛瘦的徐志摩，犹如苍松竹梅的一幅三友图。”也就是说，林徽因如花，是“梅”，徐志摩消瘦如“竹”，留着长髯、穿着长袍的泰戈尔是“松”。

徐志摩将自己爱慕林徽因的心事说给了泰戈尔，希望这白发苍苍的老诗人能做个月下老人。泰戈尔问询过林徽因之后，转告徐志摩一句“不可能”。徐志摩再次悲痛不已，他终于吃到为爱而伤的果子。那首著名的诗：“你我相逢在黑夜的海上，你有你的，我有我的，方向；你记得也好，最好你忘掉，在这交会时互放的光亮！”就是此时此景里写就。

同年冬天，徐志摩结识了已婚的京城名媛陆小曼，很快坠入爱河。闹离婚的是他，爱上有夫之妇的也是他。他就像一头豹子，踏着毫无章法却步步狂热的步子，每一步都踏在人心头上，人群骚动，满城风雨。

徐志摩在那厢流连情场，远在柏林的张幼仪，也有人向她示爱了。

后来曾任清华大学首任校长的罗家伦，当时在柏林留学。张幼仪虽是离婚女子，但她既有旧式女子婉约、可人的气质，又有新式女子的好学、勇敢，罗家伦对她心生爱慕。每个星期他都去探望张幼仪好几回，他不懂得说些甜蜜、体贴的情话，只是默默地坐着陪着张幼仪，间或说些生活的琐事，又或者陪着徐志摩的幼子彼得玩耍。

最困难之时，若有个人肯陪着坐着，随意说说话也好，哪怕不说话也是好的。有个人肯陪着，安安静静地坐在你身旁，连悲伤都不那么悲伤了。

可是，漫长一生，能得几回，能得几人，肯安安静静陪悲伤的你坐着悲伤？更多的人，他们靠近你，皆是有所求。哪怕你认为你已一无所有，但他们总能从一无所有的你身上寻到他们所要的。

有一天，罗家伦和张幼仪坐着喝茶，小儿彼得在铺在地板上的一块毯子上玩耍，罗家伦问张幼仪："你打不打算再结婚？"

在徐志摩、张幼仪离婚后，张家哥哥写信给张幼仪，为了挽住张家的颜面，张幼仪在未来五年之内，都不能叫别人看到她和某一个男人同进同出，否则别人兴许会以为徐志摩和她离婚是因她不守妇道。张家四哥言之有理。你可以不以小人之心揣度君子之腹，但你没法子让别人个个都用清白的心来待清白的你。都说身正不怕影歪，其实错了，众口铄金、积毁销骨也是常有的事。

要不要早日再婚，张幼仪自己也有打算。在遥远的祖国，在家乡硖石镇，她还有个儿子阿欢，她甚少陪在他身边，教育他。她认为，在尽了做母亲的责任以前，她不可以嫁进另外一个家庭。

所以，罗家伦问她有没有打算再婚，这句语气温柔的话她没敢听进耳里，看着手中的茶杯，她轻声说："不，我没这个打算。"

听完这句话，过了一会儿，罗家伦就走了。从此他再也没有如先前那样每周几次地去看张幼仪，甚至都很少去了。

若有件事，做了并取不了好处，人们通常不情愿去做。若有个人，与之交往不能有所得，人们通常不与之往来。生活从来都是如此认真又灰冷。

彼得是个漂亮的孩子，对音乐有着异常的天赋，张幼仪和徐志摩在信中商定，孩子长大后，留在德国学习音乐。不幸的是，彼得满周岁后身体就开始经常闹毛病，后来，医生发现他的身上有条寄生虫，就让张幼仪带孩子去好的医院治疗，但手术费用非常昂贵，而且不保证能医好。1925 年 3 月，彼得早夭。还有谁会比张幼仪更懂得祸不单行的滋味？

彼得死后一周，他的父亲徐志摩来到柏林。他并非专程来悼念他的儿子，大半原因则是，因为与陆小曼热恋，他在国内陷入舆论旋涡，不得已远走欧洲避避风头。不过，在殡仪馆，他紧抱着彼得的骨灰坛子掉下了眼泪，还写了一篇情深意重的文字——《我的彼得》。

徐志摩说，只有张幼仪有资格证明他文中“情感的真”，而晚年的张幼仪则说：“他写这篇文章的口气，倒像是个非常关心家庭又有责任感的人。可是啊，从他的行为来判断，我不觉得他担心我们的钱够不够花，还是我们要怎么过活这些事情。你晓得，文人就是这德行。”

“你晓得，文人就是这德行。”张幼仪说这句话时，该是何等不屑。

其实，我也认为，文人的德行实在不敢恭维。男人若要结婚，舞文弄墨的女子请莫招惹，她们太过多愁善感，惯做伤春悲秋的事儿，活得虽丰富却也烦乱。女人嫁夫，还是远离文人墨客为好，他们要么多情到滥情，你前面刚掐掉他的一朵风流花，后面又生出了一朵风流花，到最后，不是你掐来掐去掐烦了掐累了，就是他烦了累了，把你掐掉了；他们要么一团孩子气，只肯活在自己臆想的世界里，简单而粗暴地对待生活，为自己添了许多麻烦不说，许多时候，伤害了别人，他们犹是一脸无辜，没闹明白到底发生了什么。再说，有文无行的人也多了去。远观就好，小心触摸。

徐志摩和张幼仪柏林再次相聚，虽已不是夫妻，但他对张幼仪的嫌恶之情并未因离婚而减少。去柏林前，写给陆小曼的一封信中他如是说："再隔一个星期到柏林，又得对付张幼仪了，我口虽硬，心头可是不免发腻。小曼你懂得不是？这一来柏林又变了一个无趣味的难关……"

到了柏林，见到张幼仪，徐志摩终于发现自己错了，他看错了张幼仪，不，是看轻了张幼仪。他的前妻，早已不是那个在他面前缩手缩脚、谨小慎微的女子了。他不仅对其刮目相看，更生了许多尊敬之心。

他致信陆小曼，盛赞张幼仪"可是一个有志气有胆量的女子，她这两年来进步不少，独立的步子已经站得稳，思想确有通道"。

真是不吝赞词。看来，一个女人要想赢得男人尊重，有志气有胆量是不可少的，亦要有自己独立的步子，如此，男人方不会认为你是个软弱的寄生虫，不以你为他的累赘。要知道，温柔是女人特有的娇羞品质，但温柔不是软弱，更不是盲目跟从，你要让男人看到你的智慧，敬重你的智慧。男人从来只辜负糊涂女人。

见到一个崭新的张幼仪，徐志摩这个昔日的薄情人，难得地浪漫体贴一回，带着张幼仪游历了意大利等地。只是，好不心酸的浪漫。他是她的前夫，她是他的前妻。她刚失了爱儿，他一路都在等待新欢陆小曼的消息。

1925 年底，徐志摩收到好消息，陆小曼的丈夫王赓选择理智大度地放手，同意离婚，让陆小曼去追求她想要的幸福。看上去一切都好了，只差徐志摩牵着陆小曼的手走进教堂，然后洞房花烛了。

却也有坏消息。陆小曼的母亲并不肯信徐志摩真的离婚了，在确认事情属实之前，她坚决反对女儿嫁给徐志摩；徐家父母也坚决抗拒儿子迎娶陆小曼，除非得到张幼仪的亲口允诺。

徐家父母始终都不赞成儿子和陆小曼结婚：第一，他们不肯信张幼仪真的就这样离开了他们家；第二，他们认为陆小曼这个京城交际花，定是贪慕虚荣的女子，不宜居家生活。他们将张幼仪视为阻挡儿子迎娶陆小曼的最后一道防线。

张幼仪不得不出场了，想往后躲也躲不过。她回到了阔别数载的家国。

见了昔日的公婆，张幼仪坦言，她的确和徐志摩离婚三年有余了，他们没有复婚的可能。当然，她丝毫不反对徐志摩娶陆小曼为妻，那是他的自由，与她无关。

徐家父母无比失望，徐志摩却欢喜得大叫着跳了起来，像要拥抱整个世界似的伸出手臂。不料，竟将陆小曼送给他的珍贵的玉戒指从开着的窗户甩了出去。这是一个不祥的预兆吗？

1926 年 10 月，徐志摩和陆小曼结婚。不知是和儿子斗气，还是徐家父母不舍得失去张幼仪这个难得的好女子，他们认张幼仪为干女儿。徐父还把自己名下的财产分了三份：自己留一份，徐志摩和陆小曼一份，张幼仪和长孙阿欢一份。

终于到了张幼仪为自己而活的时候了。

有些女人离婚后，日子越过越颓废，以致后来前夫再见到她，都不禁暗自庆幸，幸亏当初脚底抹油溜得快，否则岂不是栽到这女人手里？更有一些女人，离开前夫后越活越光彩，人人见了她都不禁感叹：幸亏她当初离婚了，否则岂不是和那个混蛋男人窝窝囊囊邋遢一辈子？

张幼仪是后一种越活越光彩的女子，她打了一场漂亮仗。

回国后，先是在东吴大学教了一个学期的德语，之后，上海女子商业储蓄银行找到她，希望借助她的人脉关系，帮助经营不善的银行走出困境。这个时候，张幼仪的四哥张公权是中国银行的副总裁，并主持上海的各国银行事务。有四哥这棵大树，张幼仪做起事来自然顺利。

当然，张幼仪并非仅是依靠四哥张公权，她自己有的是才干。

每天上午 9 点，张幼仪会准时出现在办公室。她说，自己这种严谨的习惯得益于在德国期间所受的教育。为了便于掌控员工的工作情况，张幼仪特意把自己的办公桌摆在银行的最里头，这样，只要她一抬头，银行里的情形一览无余。

每天下午 5 点，会有一位老师准时来到张幼仪的办公室，为她补习一个小时的国文。她15岁就嫁给了徐志摩，孝敬公婆，料理家务，生养儿子，蹉跎多年，没能像其他新派女子那样，上好的学校，学习更多的文化知识，这一直是她心中的一件憾事。现在，她的生活完全听凭自己做主，她要为自己补上这缺失的一课。

张幼仪工作兢兢业业、冷静理智，又时刻不忘学习，从内在提升自己，这样一个女子，想不出色也难。在张幼仪的勤勉操持下，上海女子商业储蓄银行很快扭亏为盈，张幼仪由此在银行界崭露头角，名动一时。

与此同时，极具商业头脑的张幼仪又创办了云裳服装公司，并出任总经理。张幼仪把欧美的新式样引入“云裳”，裁剪缝制都很考究，云裳服装迅速崛起，成为一流的服装公司。那个时候，上海的大家闺秀、名媛，在社交场中，无不以穿着“云裳”所制服装为荣。

值得一提的是，徐志摩也有入股云裳时装公司。

许多男女，有幸成为夫妻，又不幸劳燕分飞，离婚后，从前的夫妻翻脸成为怨敌，老死不相往来。实在不必如此，没有缘分做天长地久的夫妻，做朋友倒是可以的吧。毕竟，曾陪伴对方共同走过一段生命旅程，你们对彼此来说都是意义非凡的一个人，不管曾经发生多少不愉快的事，你们都是彼此生命中意义非凡的一个人。

许多时候，事情往往是这样，做夫妻始终都无法完美合拍，但做朋友却就好得没话说。兴许，彼此都会敞开心扉，公开一些做夫妻时说不出口的真相，了解这些真相，其实有助于男人更加深入地认识女人，女人亦能更加深入地认识男人，大大有益于日后各自的感情生活。再则，能和曾经的另一半做朋友，足够说明你变得大度、成熟了。作为一个有人生历练的成年人，完全可以用一种更为平和的眼光来看待感情路上的曲折起伏。分手只是给彼此生活一个崭新的出口，而并非深仇大恨之后的决绝。

和徐志摩离婚后，张幼仪和他的关系反而得到了改善。他们有共同的亲人，儿子阿欢和徐家二老，低头不见抬头见，一笑泯恩怨。他们经常通信，见面，谈天，像朋友一样地交往。15 岁就嫁给他，为他生儿育女，虽然他对她没有爱情，但作为她生命中最重要的一个男人，她对他，总有一些说不清、割不断的情意。他的诗集不断出版，被誉为当时中国最有希望的诗人，报刊上关于他的报道，她看到，就会精心地剪裁下来，压到办公桌的玻璃板下。

这真是一个智慧的女子，先前他待她万般不好，她不介意，依旧真诚对他，关注他。她用她的智慧，更用她的成就，使他重新定义她在他心中的形象，这远远胜过和他一刀两断，让他一辈子都认为她是一个糊涂女人。

1931 年 4 月，徐志摩的母亲病故，徐志摩欲携陆小曼奔丧，被父亲阻拦。徐父只想见到张幼仪，催促她速速赶赴硖石镇，操持徐母丧事。张幼仪觉得不妥，在电话里，她和徐父说："我和志摩离婚了，不应该再插手家里的事情。"

的确，她虽是徐家的干女儿，但究竟不是儿媳，徐志摩现在的妻子是陆小曼。她去料理徐母的葬礼，这算什么呢？

徐父也是个倔强的老头，他不依，坚持要张幼仪来操持。拗不过他，张幼仪只好速回硖石镇，全权处理老太太的后事，把里里外外料理得妥妥帖帖，做了本该儿媳做的一切事情。而那个正牌儿媳陆小曼，徐父只允许她在徐母入土当天露了一下面。

张幼仪和徐志摩早已离婚，却受到徐家如此重视和对待，陆小曼身为徐志摩明媒正娶的现任妻子，反而处处靠边，这等于是在说，徐家真正承认的儿媳妇始终都是张幼仪，并非陆小曼。这对于陆小曼来说，不啻是奇耻大辱，使得她和徐家更加水火不容，也使她和徐志摩之间本已紧张的关系更增嫌隙。

和徐家二老的关系，张幼仪这样说："如果说徐志摩的父母想要个干女儿的话，我一直做得很称职。我很想知道，自己是不是可以换种方式对待他们。可是，当我善待公婆的时候，我就想：他们是我儿子的爷爷奶奶，我怎能不好好对待他们？"她还说："中国家庭是由父母掌权，因此一个女人和她姻亲之间的关系，尤其是和婆婆之间的关系，往往比她和丈夫之间的关系来得重要。"

这是一个活得十分明白的女人。在历史上，她没有这"家"或那"家"的称号，但和徐志摩离婚后，在不乏困苦艰辛的生活中，她做了自己的生活家，过一种舒适、宁静、沉思、优雅的生活。见过她的人，都忍不住要爱她。

由徐母的丧事，忽然又想到，徐志摩将父亲为他选中的妻子遗弃在异国他乡，多年后，他的父亲也毫不客气地将他选中的爱妻拒于门外。这父子二人，不愧是父子，性情如出一辙：对自己所不喜欢的，都采取了一种极端的拒绝姿态。

其实，人生从来没有解不开的结。之所以会认为有结解不开，是因为当事人不够宽容大度，凡事严于律人，宽以待己。不过，到最后，所有的结都会解开——死亡会解开所有的结，再深的怨恨，在死亡面前都不值一提。

1931年11月19日，徐志摩从天上坠入尘土，他乘坐的飞机失事，机毁人亡。

噩耗传来，陆小曼悲痛号哭，晕厥，醒转后却又用拒绝认尸来拒绝事实。张幼仪亦是心痛至极，但生活早就教会了她如何从容应对残酷现实。她十分冷静，方寸不乱，像一个理智的妻子一样，为丈夫尽最后的心：她让弟弟张禹九陪着阿欢前往济南认领徐志摩的遗体，她主持丧葬。

丧礼上，陆小曼看到徐志摩穿着长袍，不满意，认为他应该希望穿西装下葬。张幼仪坚定地不许任何人移动、摆布徐志摩的遗体。他走得那么突然，飞机坠毁的刹那，他一定有过痛苦的挣扎。现在，他不能再挣扎了，谁都不可以再翻弄他，使他再挣扎，死后亦不得安生。

张幼仪哪里来的坚定的底气？依着常理，陆小曼是徐志摩的妻子，她有权做任何决定，旁人只可建议，不可毫无余地地拒绝。但，张幼仪不依。或许在那一刻，张幼仪认为，自己才是徐志摩的妻子，坚决不容许任何人再折腾她的丈夫。

然而，很使张幼仪不能释怀的是，徐志摩当天匆匆忙忙搭乘飞机返回北平，是为了赶上林徽因在协和小礼堂为外国使节举办的关于中国建筑艺术的演讲会。“到头来又是为了林徽因。”张幼仪说。

是是非非、纷纷扰扰尽随徐志摩而去。活着的人唯余无尽思念。

1949年4月，张幼仪离开大陆，移居香港。几年后，她和一个叫苏纪之的医生结为夫妻。这一年，她53岁了。38年前，她嫁给徐志摩；31 年前，徐志摩和她离婚，另寻新欢。现在，他和她的儿子阿欢早已长大成人，且娶妻生子；现在，又有个人向她求婚，她就把自己再次嫁了吧。

1967 年，苏纪之陪着张幼仪回了一次康桥，也回了沙士顿小镇。张幼仪说："从康桥坐公共汽车到沙士顿，我就只站在我住过的那间小屋外面凝视，没办法相信我住在那儿的时候是那样年轻。"

年轻时候的事，隔了漫长时光，隔了碍眼的白发，再回头去看，究竟是美丽的，即使悲伤也无与伦比般美丽。

可惜，在年轻的时候，他从来不爱她，始终不曾温柔地待她。她的青春应是充满怨恨的吧，至少有那么一些瞬间，她或许是恨过他的。只是，她到底选择了做一个金匠，日夜锤击敲打曾涌在心底的痛苦，延展成薄如蝉翼的金饰。她为自己戴上，也戴在了他们后来的日子里，所有人都看见她始终微笑地望着他。

那次故地重游之后，张幼仪去台湾，找徐志摩的好友梁实秋，还有徐志摩的表弟蒋复璁，希望他们出面，为徐志摩编一套全集，所需资金由张幼仪来出。她只想再为他做点什么。1969 年，台湾版《徐志摩全集》出版，此书为后来对徐志摩的研究保存和提供了很多珍贵的资料。

又过了一些年，张幼仪的八弟张禹九的孙女张邦梅，在图书馆查阅资料时，偶然发现自己的姑婆张幼仪原来竟是徐志摩的前妻，于是有了两个人之间的访谈。沉默一生的张幼仪在生命的最后几年中，将那些陈年往事，说给一个年轻的姑娘，也就有了《小脚与西服：张幼仪与徐志摩的家变》。想当年，那个年轻的男子对着他年轻的妻子，大喊大叫，说是受不了小脚和西服的不搭调，又没过多久，他们离婚了。

1988 年，张幼仪逝世于纽约。梁实秋曾评价她说："她沉默地坚强地过她的岁月，她尽了她的责任，对丈夫的责任，对夫家的责任，对儿子的责任——凡是尽了责任的人，都值得令人尊重。”

后来，后来的事多了去了。人们说起徐志摩，多是很快就想起林徽因、陆小曼，却鲜有人一下子就记起她的名字。他是她生命中最重要的男人，影响、改变了她一生的命运，而她，却是他绚烂人生中微不足道的一笔。

不必再多说什么了，且来看，侄孙女张邦梅问她，对徐志摩究竟是怀着怎样的一种感情，她悠悠地回道：

“你总是问我，我爱不爱徐志摩。你晓得，我没办法回答这个问题。我对这问题很迷惑，因为每个人总是告诉我，我为徐志摩做了这么多事，我一定是爱他的。可是，我没办法说什么叫爱，我这辈子从没跟什么人说过‘我爱你’。如果照顾徐志摩和他家人叫作爱的话，那我大概爱他吧。在他一生当中遇到的几个女人里面，说不定我最爱他。”

爱情的甜酒里几多苦

——张兆和和沈从文

最初知道沈从文先生是在哪一年？我记不清了。

那时还在学校读书，倒记得确切。语文老师谈及沈先生的《边城》，赞不绝口，并说，沈先生只读了小学。我很是觉得惊讶，从“小学”到“大师”，这中间路程，当滋生多少史诗般的奋斗故事？后来，又从其他地方，浅薄得知沈先生和沈夫人张兆和的一些掌故，恰好所得知的那一则则皆弥漫着浪漫又美好的气息，仿佛见着花开正好，春夜月圆，月下才子佳人恩爱甜蜜。

仔细读《边城》却是前几年的事，那时我刚确立了和文学有关的理想，身边人以为可笑，只因我不过高中毕业，且读书时候成绩实在不漂亮。我不认为这有何可笑之处，虽不敢妄自以为和沈从文先生相知，但心底的确有意以只读了小学的沈先生为我前行仰望的灯塔。找来《边城》以及沈先生的另一些著作，认真读，希望得一些成长经验。

《边城》当然好，我最喜欢的却是《湘行散记》。回湘途中，先生一回回给他的三三张兆和写信，说山水美得很，美中不足的却是，他热爱的三三不在眼前，不能陪他坐在船里沿江顺流或逆流穿行。先生文字之美自是无须赘言，他对三三的思念让人读着好不欢喜，尘世竟有如此端然洁白、缠绵清澈的思念，比所有童话要美上几百倍都不止呢。

一字一句，浮出美好山水，山水间一小船。船上有个儒雅男子，他有时卧在舱里听水声，有时迎着风立在船头，温和地笑，和船家搭几句话，又笑着回舱里，取出纸笔，呵口气暖暖手，给三三写信。这个男子，多像一朵莲，浊世，寒冷，跋涉，好似全然和他无关。他在他的阳关大道上从容自在地漫步，唱着歌，朝空中随手一挥，采来一捧捧雅美，熠熠生辉。

亦曾着意找了沈先生的一些相片来看，相片上，他多是平静的满面笑容，看上去祥和极了。尤其喜欢先生老年时候的相片，眉里眼里尽是笑，多可爱可亲的一个老头。后来知晓更多的关于先生晚年时候的事，更喜欢这个笑容可掬的老头了。一个人，要笑出来一点都不难，难的是，历经重重惨难尚能保持笑盈盈，譬如深陷泥沼，在泥沼里蔼然微笑，真不是人人都有的境界，鲜有人可做到。

我只认为，此等绝世而独立的翩翩佳先生，张兆和可嫁给他，是张的福气，她应欢喜惜福才是。翻阅沈先生和张兆和的一生故事，却见满怀热爱的始终是先生，他的三三，情思始终不甚心热，或可称为冷淡。

有人曾指着沈从文先生的遗照问暮年的张兆和："认识吗？"她答："好像见过。"过了片刻，又说："我肯定认识。"但她已想不起他的名字。那一年，她 93 岁了，缠绵病榻。或许怪不得她，岁月这把刻刀剔走了她的清醒。只是不禁令人唏嘘感慨，原来有许多人和事是可以忘得彻底的，不过是时间早晚罢了。却也又想，倘若张兆和先沈从文而去，沈从文 93 岁卧在病榻上，有人拿了张兆和的相片问这是谁，沈先生如何答？他亦会老得什么都记不起吗？或许会，或者不。我只是想，在爱情里，爱意最深的那个，往往是最幸福又最辛苦的。

忽然想起沈先生的一句话："一个女子在诗人的诗中，永远不会老去，但诗人，他自己却老去了。”

又想起先生的另一句话：“我行过许多地方的桥，看过许多次数的云，喝过许多种类的酒，却只爱过一个正当最好年龄的人。”

这些都是沈先生写给张兆和的。

“行过许多地方的桥，看过许多次数的云，喝过许多种类的酒，却只爱过一个正当最好年龄的人。”我尤为喜欢这一句。多浪漫，多美好，只是读着读着总禁不住心生惆怅，甚至落下泪来。这种感觉，貌似十分矫情，不过，懂得的人丝毫不会有矫情之感，却会久久默坐，说任何话皆是多余。

即使落得矫情之名也无妨，只要自家心底觉得好便可。活着，不过是为了自己的心，做情愿做的事，说情愿说的话，求个心安，求个尽兴快活。他人要说什么，随便他人去说，他人有他人的快活。每个人只需照顾好自己的心，自己的腿脚行自己的路。

沈从文和张兆和的故事，且从 1929 年说起。那一年，沈从文 27 岁，张兆和 19 岁。

张兆和祖籍合肥，家族是当地有名的望族，其曾祖父张树声，历任两广总督和代理直隶总督。在合肥，张家有万顷良田，年年只是收租便所得甚丰。张兆和的父亲张武龄，又名张冀牖，他是个有独立思想的男人，不同于旧时代那些大户子弟抽鸦片、赌博、娶姨太太，他对这些深恶痛绝。他只爱办学堂，推动教育以强国，有人称他为“忏悔型的贵族”。张武龄认为，久居合肥，自己的子女难免会受到陈旧陋习的影响，遂举家迁往上海，后又至苏州，在山明水秀、民风清嘉的苏州城定居。张家有四个女儿六个儿子，张兆和排行第三。

张家四姐妹在中国近代史上，知名度仅次于宋家三姐妹。长女张元和，著名昆曲度曲家，即专工清唱的昆曲家，其夫为著名昆曲小生顾传玠；次女张允和，兰心蕙质，曾为高中历史教师、出版社历史教材编辑，其夫是著名语言文字学家周有光；四女张充和，著名教育家章士钊将她誉为“才女蔡文姬”，后来嫁给德裔美籍汉学家傅汉思。在这四姐妹中，因沈从文的缘故，“三三”张兆和最为有名。

以小说《秋海棠》扬名的上海作家秦瘦鸥曾说，“张氏四兰，名闻兰苑”。著名作家叶圣陶也说：“九如巷张家的四个才女，谁娶了她们都会幸福一辈子。”他们呀，对她们，真是不吝赞词。

再来说沈从文。沈从文的祖父沈宏富曾得到清朝的提督衔，至于父亲，沈从文这样介绍：“当庚子年大沽失守，镇守大沽的罗提督自尽殉职时，我的爸爸便正在那里做他身边一员裨将。”也是个做将军梦的军人。大沽失守后，沈父回到家乡，只是“那次战争据说毁去了家中产业的一大半”，因为沈父将家中一点较值钱的东西常放在身边带着，战事失败，便完全失掉了。由于家庭的变故，沈从文小学毕业后，求亲靠友地在当地一个土著部队挂个名字混碗饭吃，后来多年随军外出，浪迹于湘川黔边境地区。

20岁那年，沈从文脱下军装，想“向更远处走去，向一个生疏世界走去”，试着让自己来支配一下自己的命运。

人人须得有支配自己命运的想法，然后依着自己的思想去做，若能成事，是个赢得大好天地的英雄；假若不成，至少曾听从自己的心去活过，没有怨悔，做了自己的英雄。无论如何都不应随波逐流、无所事事地活，落得旁人笑话，自己亦是瞧不上自己。请保持一颗不安分的灵魂，去做自己想要成为的美好的人。

沈从文去了北京。北京真是个好地方，许多朝代，许多的人，总想着去那儿闯一闯，试试自己的拳脚。曾有那么几年，我在南方城市的工厂车间里汗流浃背地做工，挣钱，想着攒了钱就一路向北，去北京。至于北京具体有什么好，我答不出，思想里只认为有本事的人都在那儿，和能耐人在一起，宛如蓬草生在麻田中，不用怎么扶持，自然精神挺拔。

正如有句话所说，穷也要站在富人堆里，吸取他们的思想，比肩他们成功的姿态，耳濡目染，潜移默化，养成自己的优秀素质，成就自己的优秀。

去北京，沈从文原想读大学，怎奈只受过小学教育，又无经济来源，还好，当时北京大学风气极为自由，向一切人开放，他去那儿做了旁听生。是在那儿，他“产生一种信心：即独立思考对于工作的长远意义”。自此开始写作。为什么写作呢？其一，他为谋生；其二，他有自己独立的思想，又有特别的生活经历，不能辜负自己的思想，更不能辜负曾经的沧桑经历，且写出来。

凡所有事，初开头究竟是难的。沈从文向北京许多家报刊投寄的许多稿件，皆不被用。《晨报副镌》有个编辑，甚至将沈从文投来的十数篇文章拿到某次编辑聚会上，摊在桌上，让众人来奚落。

生活穷困，精神又不被认同，通常来说，这极易摧毁一个人，往往促使人朝恶劣的方向堕落下去。偏偏，他是沈从文，他有着湘西人的忍耐和倔强，越挫越勇，他坚持写，写他的生活阅历和生命感受。多像一头猎豹，哪怕被重重围困，亦是不肯服输，朝着认定的方向，迎着所有的困难，一次次反扑，只为冲出重围，得自己想要的一方辽阔天地。

最穷困潦倒的时候，沈从文写信向在北大教书的郁达夫先生求助。郁达夫冒着风雪，去沈从文的寓所。没有火炉，北方寒冬里沈从文甚至没有棉衣，裹着一条单薄的被子瑟瑟地坐在一张旧桌子前写他的文章，他的生命。郁达夫取下自己的围巾，掸掸上面的雪，为沈从文围上。他们坐着说话，多是沈从文说，郁达夫听。沈从文说自己的经历，他有一颗不甘平庸沉寂的心，想多过几个新鲜的桥，多看一些新鲜的云，自己来支配一下自己，有意义地活。不知不觉，天已近午，郁达夫拍拍沈从文的肩，邀请他一起出去吃饭。那顿饭共花去一元七角多，郁达夫付了一张五元的票子，找零全给了沈从文，还有他的围巾。回到寓所，沈从文伏在桌子上哭了起来。

那时的三元多钱，并非微小数目，不似现在微不足道，落在街头都未必有人肯俯腰去捡拾。

沈从文的泪水，有人看来或许以为他脆弱，又或会说，作文的人到底矫情，动辄就涕泪交加。好吧，对此等说法自是无须多言，不曾长夜痛哭的人，不足以语人生。落魄人的泪，大抵亦只有同样尝受过落魄滋味的人才会懂。而听了故事潸然泪下的人，自是明白，陌生人伸出的一双手，多温暖，多有力量，弥漫着阳光一样的香味，值得一生感恩，一生铭记。

其实，所有人最需要的从来不是锦上添花，而是雪中送炭。即使无助之时，不遭人落井下石亦是不错。可惜世间，偏也有人惯于落井下石，不要怪他，他使坏，是他笨，能力不足。倘不使坏，他任何事都做不好，更莫提活得滋润了。

曾漠视过沈从文的《晨报副镌》，终于刊发沈从文的文章了。并非沈从文突然写得好了起来，而是，《晨报》换了主编，他就是当时已在诗坛颇有声望的徐志摩。有些文章，沈从文先前投给《晨报》，毫无回音，现今，徐志摩拿来用了，赞叹是“值得读者们再读三读乃至四读五读的作品”，又在文末附了几句“志摩的欣赏”。

由此，沈从文终可用文字来换得生活费用了，他终于行在他要行的路上。

后来，沈从文在《从文小说习作选集》的序中这样写道：“还有几个人，特别值得记忆，我也想向你们提提……这十年来没有他们对我种种帮助和鼓励，这本集子的作品不会产生，不会存在。”

每个人生命中，总有几个贵人，他们给予提携、帮助，于他们来说不过是举手之劳，受助的人却得了莫大的希望和力量，譬如从泥沼中被拉了出来，行在光明大道上。我亦有几个当用一生感恩的人，若非他们，想必我仍混迹于南方某城市某工厂车间，汗流浃背地做着和文字无关的事儿，一切辛苦汗水只为赚得些许钱来谋生，然后在某个睡不着的夜，难过地悼念曾有的理想。感谢生活，虽然它不完美，但它真的使我变得坚定，并且微笑；感谢曾给我温暖力量的人们，他们给了我光，我朝着光的方向微笑前行。

后来，诸多因素使得沈从文决定离开北京，去上海。在上海，生活并未变得十分好，处处皆是困境，一心渴求向上的人苦苦挣扎。徐志摩写信给沈从文：“还是来北京吧，北京不会因为你而米贵的。”沈从文思虑再三，没返京。

那时，胡适先生在上海吴淞中国公学任校长，徐志摩向他推荐沈从文。

沈从文不过是小学毕业，行伍出身，真开明的胡适先生，他竟敢聘请沈从文为中国公学大学部的讲师。后来，谈及此事，沈从文说：“适之先生的最大的尝试并不是他的新诗《尝试集》。他把我这位没有上过学的无名小卒聘请到大学里来教书，这才是他最大胆的尝试！”

一个人，在遇见贵人前，必得先有过人的本事。沈从文，这个从湘西走出来的年轻人，没学历，没背景，在热闹的上海滩，唯一可依靠的，只有他的才华。没有比才华更锐利的武器了，仰仗才华走四方的人最强大也最富有。

张兆和或许不会懂沈从文的辛苦和骄傲，她是在温柔富贵乡里长大的名门闺秀，去中国公学读书，又被捧为“校花”，享众星拱月之光荣。她和沈从文有着截然不同的世界。她知道沈从文的时候，沈从文在文坛已闯出一些名气，来到中国公学任讲师。

那是 1929 年，听说沈从文来授课的学生，都想看看，这个出身行伍又写得一手好白话小说的沈从文长什么样子。

沈从文一进教室，望见满堂学生，愣了。他紧张得十多分钟都说不出话来，只是站在那儿。好不容易开了口，整堂课的内容却只用了十来分钟就讲完了。接下来要做什么呢？学生都在下面望着。沈从文转身在黑板上写了一行字：“今天是我第一次上课，人很多，我害怕了。”

多坦白。最紧张的时候，不妨就将自己的紧张说出来。不要遮掩，遮不住的，他们又不是傻子，说出来或许会轻松些，一下子拉近了和对方的距离。

学生们都觉得这个坦白的年轻先生甚有趣，善意地笑了，他们理解并宽容他的惊慌。

课后，有人将沈从文这糟糕的第一堂课反映给校长胡适。胡适笑了：“上课讲不出话来，学生不轰他，这就是成功。”

第一堂课，沈从文自然来不及去发现，讲台下坐着一个叫张兆和的女学生。是什么时候发现了张兆和的美，并爱上她，已然不可考。据沈从文的长子沈龙朱回忆，沈从文曾开玩笑地和他们说，有一次他看见张兆和在操场上边走边吹口琴，走到操场尽头，张兆和潇洒地将头发一甩，转身又往回走，仍是边走边吹口琴，神采飞扬的样子，好不叫人心动。不过，沈龙朱以儿子对父亲的了解，坚持说这不过就是父亲的玩笑而已。

且不去管沈从文何时爱上张兆和。沈从文写给张兆和的第一封信第一句话是：“不知道为什么我忽然爱上了你！”他从来都是如此坦白又直接，对这世界上的万人万事，他一直都像个孩子，热忱，简单，认真。他最会写情话，但他所有情话都那么直白，因了他的赤子之心，因了他碧波一样柔软美好的情怀，所有话经了他的口，都生出别番清雅的韵致，宛如清新悠远的牧歌。

可惜，张兆和不听这牧歌。首先，她有点看不起沈从文，“并不觉得他是位可尊敬的老师，不过是会写写白话文小说的青年人而已”；其次，追求她的人实在太多，收到的情书亦是太多，多到令她生厌。所有写来情书的人，都甭指望能得到她的回复。她将那些追求者依着情书编了号，“青蛙一号”“青蛙二号”“青蛙三号”……沈从文嘛，大抵只能排到“癞蛤蟆第十三号”。

没法子，沈从文那时除了拥有些许文名，别的，无论家世或者其他的都比不得另一些追求者。追求白天鹅一样的张兆和，他算得是“癞蛤蟆”。其实张兆和不是白天鹅，因她肤色较黑，喜欢她的男生为她取了花名：黑牡丹。也有唤她“黑凤”的。

沈从文生性倔强，认定的事儿不顾阻挠，径自一直做下去。钱钟书曾说：“别看沈从文表面很温婉，骨子里却是硬的，他不想干的事，你叫他试试看！”那么，这个外柔内刚的男子，他想做的事，不让他做试试看！

张兆和不回信，没关系，沈从文依旧源源不断地为她写情书。天晓得为爱痴狂的人怎就有那么多话要说，每一封都密密麻麻地写了好多页，张家二姐张允和调侃说，这些情书“要是从邮局寄信，都得超重”。超重实在寻常，那一封封哪里是信呢，分明是心。心有多重？无爱，要多轻有多轻；有爱，要多重有多重。

沈从文写道：“想到所爱的一个人的时候，血就流走得快了许多，全身就发热作寒；听到旁人提到这人的名字，就似乎又十分害怕，又十分快乐。”

是的，爱情很古怪，是尘世最古怪的药，吞下饮下，又是热又是寒，又是怯又是亲，又是喜又是乐。连同那个人的名字，也变得古怪起来，如日如月如闪电，如原始森林的燃烧，那么亮，那么耀眼，想对着世界大声呼喊那个人的名字，却又用了世界上最轻最轻的声音。她的名字，别人最好不要提，免得一听见，就心慌慌又心痒痒；最好人人都来说她的名字，还有他的名字，人人都说他爱她这件事，天知道，地知道，天地间万物亦是清楚明白，甚或每一粒微小尘埃，都可开口传说。

只可惜，纵然人人都知他深深地热爱她，她也不回应一分一毫。他亦是觉得苦恼，愈是得不到，偏要想得到，不惜去做万般傻事。他向她坦白自己的糊涂和苦恼："男子爱而变成糊涂东西，是任何教育不能使他变聪明一点，除非那爱不诚实。"他还说："我曾做过可笑的努力，极力去同另外一些人要好，到别人崇拜我愿意做我的奴隶时，我才明白，我不是一个首领，用不着别的女人用奴隶的心来服侍我，却愿意自己做奴隶，献上自己的心，给我所爱的人。我说我很顽固地爱你，这种话到现在还不能用别的话来代替，就因为这是我的奴性。"

为了爱情，他终于深深低下他骄傲的头颅，情愿卑微，袒露奴性。这情景，怎不让人想起张爱玲，多高傲的女子，为胡兰成，低到尘埃里，又在尘埃里开出花来。他说："爱情使男人变成了傻子的同时，也变成了奴隶，不过，有幸碰到让你甘心做奴隶的女人，你也就不枉来这人世间走一遭。做奴隶算什么，就算是做牛做马，被五马分尸，大卸八块，你也是应该豁出去的！"

他是豁出去了："莫生我的气，许我在梦里用嘴吻你的脚，我的自卑处，是觉得如一个奴隶蹲到地下用嘴接近你的脚也近于十分亵渎了你的！"

自卑了吗？这自卑从哪里来？因他出身寒门，而她是名门闺秀？还是因为，在她的众多追求者中，他是那最不起眼的一个？他是她的老师，那又怎样？老师追求学生，本也不甚光明，学生又一再拒绝，要他颜面何存？他有千万个理由心生自卑。

或许一开始，他爱的是她那个人。遇挫后，他依旧爱她，不过，他爱的或已不是他亲爱的姑娘“三三”，而是爱着他内心构建出的女神幻影，他膜拜他的女神，亦请他的女神亲近他，接受膜拜。或者说，他爱上的是征服爱情的欲望，他要带着奴性去征服她，她越是躲避，他越急切地要征服，要女神坠入凡间，和他过人间炊烟生活。

当然，如此揣测，兴许亵渎了沈从文先生深沉的爱。

可爱的沈先生，他不知道，每个姑娘都有公主梦，她们是天生的理想主义者，渴望骑着白马的王子，驾着豪华马车来接她；又或者，那个人是盖世英雄，踏着七彩祥云来，带姑娘远走高飞。姑娘是要做个公主，但公主不会和奴仆结婚，公主只爱王子或英雄。即使在自然界，那些不会讲话的动物，亦是如此，雄孔雀展开五彩缤纷的尾屏吸引雌孔雀，雄狮炫耀自己威猛的力量征服母狮。鸟兽犹是如此，何况有微妙思想的人呢！

一个男人，若想要心爱的女人和他在一起，最好的法子不是苦苦追求，而是表现自家的优秀。太过卑微的爱情，即使得到了，后来的生活亦逃不脱卑微的阴影，兴许要一辈子低三下四、唯唯诺诺，这实在算不得是好的爱情。

倘若沈先生有点胡兰成的爱情手段呢？胡兰成对张爱玲的撒手锏是，摆见识，说沧桑，再加一些“懂得”女人的功夫，善聆听。沈从文遇见张兆和时，已是有了名气的，又生得一张好面目。倘若他爱上张兆和之初，不是急切地写情书，而是以师长关爱学生为名，靠近张兆和，为她修改几次作业，或者扯上几个有关文学的话题，在她面前侃侃而谈，显示自己的渊博学识；或者只是对她讲讲自己的坎坷经历，她听得感伤，他只是淡然地微笑，仿佛千难万苦于他来说不过是滋润生活的有趣调料，她怎会对他不心生崇拜？哪个少女不爱英雄呢？更多时候，少女蓬勃的爱是源于蓬勃的崇拜之情，毕竟那是个仰慕英雄的年纪。哪个少女会爱上一个在自己面前全无自尊的男子呢？

可惜，沈从文不是胡兰成。用张家四姐张充和的话说，他是“星斗其文，赤子其人”。他的心一生都是孩子般天真的心，他的爱澄澈极了，全然不涉及心机与手段。爱就是爱，干干净净，大大方方。为了赢得心上人的爱，他为她唱赞歌，她不理睬，他亦是不惜流泪，或者用了其他撒娇法子，一如稚童讨大人欢喜，除了唱歌跳舞就是可爱撒娇或故意撒泼了。

沈从文找到张兆和的好友王华莲，希望能从她这儿寻到一条抵达张兆和的路。王华莲却跟他说，追求张兆和的优秀男士多了去，她收到的情书更是多到了不得，张兆和从不回信，而且很烦厌。多让人绝望的消息。他到底要如何做，她才肯随着他的柔情缠绵温柔起来？他还能怎样做呢？为她，他不顾惜自己在文坛的名声，亦不珍重他在学校身为讲师的尊严，他“变成了傻子”，“也变成了奴隶”，她还是未有丝毫动情。一如当初他写作投稿，一封封稿件投寄出去，却似石沉大海，激不起半点波澜，那般令人灰心、无助、悲凉，不是绝望的绝望。沈从文忍不住哭了。这于他来说，或许是自然而然的事，爱之深切，赤裸裸的一派纯真。王华莲却心生反感了，认为这等脆弱男子，不配张兆和。

少女从来只爱英雄，英雄从来流血不流泪，泪流满面的男儿称得上英雄？或许可以，鲁迅先生说，无情未必真豪杰。有时候，男人在女人面前掉几滴泪，其杀伤力远比女人在男人面前梨花带雨更甚。不过，王华莲不以为然，在张兆和看来更是笑话，好男儿铁骨铮铮、顶天立地，哭鼻子，能哭来江山哭来美人吗？

更要命的是，沈从文孩子一样撒起泼来。张兆和曾在日记中写道："他还说了些恐吓的话，他对莲说，如果得到他失败的消息，他只有两条路可走，一条是刻苦自己，使自己向上，这是一条积极的路，但多半不走这条的；另一条有两条分支，一是自杀，一是，他说，说得含含糊糊，'我不是说恐吓话……我总是的，总会出一口气的！'"

这等负气话语，张兆和和王华莲听来"感到卑鄙"。张兆和说："出什么气呢？要闹得我和他同归于尽吗？那简直是小孩子的气量了！我想了想，我不怕！"这个姑娘，真真是铁石心肠，给她柔情她不屑一顾，来一些硬的，她说"我不怕"。王华莲更是凛然站出来，为好友撑腰鼓气，她对张兆和说："若坚决不爱他，而永无爱他一日，你来，我替你解决，包不至于对你有较大的不利。"

不管张兆和如何说她不怕，沈从文寻死觅活的爱情还是为她带来莫大的困扰，整个中国公学议论纷纷，令素来隐忍自持的大家闺秀张兆和情何以堪？

她总得想个办法，来结束这害病一样的难受。带了沈从文写的一沓子情书，她去找校长胡适，希望胡适能出面，劝退为爱疯狂的沈从文。

不曾想，胡适盛赞沈从文的文学才华，说他是中国小说家中最有希望的。胡适劝张兆和不妨试着接触接触沈从文，回信谈谈。张兆和说："若对个个人都这样办，我一天还有工夫读书吗？"

胡适退一步说："我知道沈从文顽固地爱你。"

张兆和倔强而骄傲地答道："我顽固地不爱他！"

胡适错愕不已，惋惜不已，但他又能做什么呢？那是他们的爱情，且随他们折腾去吧。胡适说：“你们为这些事找到我，我很高兴，我总以为这是神圣的事，请放心，我绝不乱说的。”

张兆和听了他的话，转身走了。回去后，她在日记中写道：“神圣？乱说？放心？我没有觉得已和一位有名的学者谈了一席话，就出来了！”

这个姑娘十分有主见，只做自己情愿做的事，倘不喜欢的，谁来说，皆是无用。

两天后，胡适致信沈从文：“张女士前天来过了。她说的话和你知道的大致相同。我对她说的话，也没有什么勉强她的意思。我的观察是，这个女子不能了解你，更不能了解你的爱，你错用情了。……此人太年轻，生活经验太少……故能拒人自喜。”

这算得是说张兆和不好了。胡适到底是胡适，他不肯背后说人不好，便将这封信又坦荡地抄了一份给张兆和。张兆和在日记中回应：“胡先生只知道爱是可贵的，以为只要是诚意的就应当接受，他把事情看得太简单了……非有两心互应的永恒结合，不但不是幸福的设计，终会酿成更大的麻烦与苦恼。”

原来她要的是一份两情相悦的爱。仅仅只是他爱她，她断然不会只因他爱得诚挚就勉强接受了他。不得不说，她是清醒的，爱的观念是冷静而健康的，爱或不爱，她只要她的心来决断，而不受外在的干扰。

不过，看过胡适写给沈从文的信，她亦有反复思考，同意自己太年轻太无生活经验。于是，她开始和沈从文通信，直面他的深情，直接拒绝他的深情：“一个有伟大前程的人，是不值得为一个不明白爱的蒙昧女子牺牲什么的。”

他再怎么顽固地爱她，她终是顽固地不爱他。在日记中，她说：“恋爱也真奇怪，活像一副机关，碰巧一下子碰上机关，你就被关在恋爱的牢笼里面，你没有碰在机关上，便走进去也会走出来的。”

对于胡适所说“爱情不过是人生的一件事”，她也自有看法：“胡先生说恋爱是人生中的一件事，说恋爱是人生唯一的事乃妄人之言；我却以为恋爱虽非人生唯一的事，却是人生唯一重要的一件事，它能影响到人生其他的事，甚而至于整个人生，所以便有人说这是人生唯一的事。这回，我在这件恋爱事件上窥得到一点我以前所未知道的人生。”

她终是顽固地不爱他，他不是她想要的王子，不是她所期待的英雄。

这个时候的中国公学甚为热闹，人们都在传说张兆和去校长胡适那儿顽固推拒沈从文的事。有不少学生开始不选沈从文先生的课了。当事人张兆和觉得不妥，沈从文又怎会没有苦恼？他是身陷于爱的痴情人，但他更是一名教师呀，爱情求不得，又失了师长尊严，要他如何能安稳？

沈从文致信好友徐志摩，说了自己的处境，并说有辞职的想法。徐志摩回信：“这事不能得到结果，你只看你自己，受不了苦恼时，走了也好。”

走了也好。沈从文再次给张兆和写信，亦是告别：“我害怕我的不能节制的唠叨，以及别人的蜚语，会损害你的心境和平，所以我离开这里，也仍然是我爱你，极力求这爱成为善意的设计。”

她不爱他这件事，他比谁都更感受得真切。

沈从文还说：“我尊重你的‘顽固’，此后再也不会做那使你‘负疚’的事了。……我愿意你的幸福跟在你偏见背后，你的顽固即是你的幸福。”

他从来不曾怨她，无论她如何冷漠，他心依旧火热，一颗火热的心只为她跳动。只是，现在，他不得不离开，去别的地方，开始新的生活，学点经验，给她更好的可使她悦纳的爱。

沈从文向胡适递交辞呈，胡适觉得可惜，他自是不情愿放走一个有才华的人。只是，他可毫不在意沈从文的学历聘其为讲师，但，对于沈从文的苦恋，他无计可施。只好批了沈从文的辞呈，送他远行。

离开上海，经胡适和徐志摩的引荐，沈从文去了国立青岛大学任教。

沈从文的寓所临海，正好，他是爱水的人："水和我的生命不可分，教育不可分，作品倾向不可分。"他还说："我情感流动而不凝固，一派清波给予我的影响实在不小。我幼小时较美丽的生活，大都不能和水分离。我受业的学校，可以说永远设在水边。我学会思索，认识美，理解人生，水对于我有极大关系。"水的性格或可说即是沈从文的性格。

在"天云变幻碧波无际的青岛大海边"，沈从文感慨地说："海边既那么宽广无涯无际，我对于人生远景凝目的机会便多了些……海放大了我的感情和希望，且放大了我的人格。"

当然，辽阔的大海亦是不能止息沈从文对张兆和的爱，只是，到了青岛后，他写给张兆和的信端然静好、温暖庄重起来，再也不是一味地热情奔放、寻死觅活。

有封信中，他提到，希望自己能学做一个男子，爱她却不再来麻烦她，爱她一天总是要认真生活一天，也极力免除她不安的一天。为着这个世界上有自己永远倾心的人在，自己一定要努力切实地做个人。

看，他是如此坚毅又如此自持。这积极的生活态度，亦使得张兆和对他的态度有了微妙变化。张兆和在日记中写道："自己到如此地步，还处处为人着想，我虽不觉得他可爱，但这一片心肠总是可怜可敬的了。”

她仍不爱他，但也不再一味生硬地拒绝他、打击他。或许在某封信中，她曾对沈从文说过相约十年后的话。怎么说的，或可揣测一下：十年后，君若未娶，我也未嫁，两人结百年之好倒也不无可能。她应是这般说过，不然，沈从文不会和朋友说：“三年来因为一个女子，把我变到懒惰不可救药，什么事都做不好，什么事都不想做。人家要我等十年，一句话，我就预备等十年。”

然而，用不了十年了。1932年夏，张兆和大学毕业，回到苏州。趁着暑假，沈从文去苏州寻张兆和。

去人家里，空手而往自是不宜。备点什么礼物呢？金银珠宝、绫罗绸缎，当然也可，只是这难免落俗，况且沈从文并无资金采办。好友巴金建议沈从文不如送张兆和一些书。沈从文卖掉一本书的版权，请巴金代为选购了几本当时颇为难得的精装版英译俄国小说，因为张兆和在中国公学读的是外语专业。同时，还买了一对书夹，是有趣的长嘴鸟造型。

巴金的建议实在太受用了，张兆和很喜欢，但她到底是极有教养的姑娘，觉得这礼物太重，退还给沈从文几本，只收下屠格涅夫的《父与子》和《猎人日记》。此是后话，按下不表。

带着礼物，沈从文前往苏州。去往苏州路上，沈从文会想些什么？无据可考，我也猜不出。不过，我倒有和沈先生类似的一段经历。那是多年前，我前往洛阳寻一个爱也不是，不爱也不是的姑娘。火车上，若听说谁是久居洛阳的，顿时心生亲切，甚想上前探问，那人可曾认识我心爱的姑娘。我是多羡慕那人，可以和她同在洛阳城的太阳下共呼吸。火车穿越树林、山川，一路疾驶，我却觉得慢，想瞬间抵达，早点见着她。又好埋怨火车太快，怕早早到了洛阳，她竟不肯见我，我当如何是好？亲爱的火车，还是缓慢地开好一些吧。

有时会突发奇想，若是生活在古代就好了，我可骑着一匹马儿，想疾行就疾行，想慢走就慢走。一路寻去，或可为每一段路程填一首词，题在歇脚旅馆的墙壁上，又熟记在心，见着她，在洛阳的天空下，诵给她听。有时恍惚，竟也以为自己是赶考的书生，她是轻衣罗衫的女子，家在驿馆边，嗅一枝青梅，只等我遇见，千娇百媚地和我说笑。坐着火车去见她的那一路，又是欢喜又是忧伤，又是快活又是惆怅，所谓百感交集，大抵就是这个意思。沈先生呢？从青岛去苏州，才情横溢的他，应有更多新鲜又深沉的思想。

沈从文敲门，来应门的不是张兆和，她去了图书馆。张家无一人识得沈从文，他进也不是退也不是，只以为张兆和有意避而不见。这时，张家二姐张允和走了出来。多年之后，张允和这样回忆："那是1932年一个夏天的早晨，约莫10点钟，太阳照在苏州九如巷的半边街道上。……来了一个文文绉绉、秀秀气气的身穿灰色长衫的青年人，脸上戴一副近视眼镜。他说姓沈，从青岛来的，要找张兆和。"

报了姓名，张家还有谁不知沈从文呢？他给张兆和写了那么多情书，爱得那般轰烈，张家上下个个都知。

张允和请站在太阳底下的沈从文进屋坐，等张兆和回来。沈从文手足无措了，顽固地不肯进去，放下礼物，又结结巴巴地说给张允和他寄宿旅馆的地址。张允和一听就意识到不妙："三妹怎么会到旅馆里去看他呢？"

或许是见不着张兆和而黯然神伤的沈从文，他低落的神情打动了张允和，张兆和从图书馆一回来，她就上前责怪："明明知道沈从文今天来，你上图书馆，躲他，假装用功！"张兆和不悦："谁知道他这个时候来？我不是天天去图书馆吗！"

争执有何用呢？张允和说："别说了，吃完饭，马上去。他是老师！”并告诉了张兆和，沈从文投宿旅馆的名称和房间号数。

一听闻要去旅馆，张兆和吃了一惊：“旅馆？我不去！”

“老师远道来看学生，学生不去回访，这不对。”张允和说。张兆和只是摇头。

张允和倒也固执，百般劝慰张兆和：“还是要去，大大方方地去。来而不往，非礼也。究竟是远道来的老师呀！”

拗不过二姐，张兆和不得不同意，却也又问，见了沈从文要怎样开口呢？张允和想了想说：“你可以说，我家有好多个小弟弟，很好玩，请到我家去。”

张兆和终是去旅馆见沈从文了。

多亏了张允和的固执，若非她劝说，依张兆和的性子，再依她对沈从文的看法，哪里会去？难怪许多年后，张允和和沈从文叙家常，说到这桩事，沈从文笑了，指着张允和轻轻地说：“你是三姑六婆中的媒婆。”张允和闻言，会心大笑。

生活中有些事，会不会成功，有时并不在于做事的人有没有用尽全力，更重要的是，做事之时，你有没有遇见肯为你锅下加一把柴的人。或者你是一头猛虎，但猛虎并非天下无敌，总会有受挫的时候，此时若遇见一个能使你虎背添翼的人就好了。

张兆和见到沈从文，将二姐张允和嘱咐的话照本宣科地对他讲了。他当然欢欣不已。

两人行到这一步，关系终于明朗起来。“顽固爱着”的沈从文，终于摇动了“顽固不爱”的张兆和的心。

沈从文进了张家，张兆和竟也真的让弟弟们轮流去陪。沈从文一点都不介意，要做张家的姑爷，自然要和张家的每一个人亲热，不如就先从弟弟们那儿开始。沈从文以文扬名，当然善于讲故事，他又是教书先生，将故事讲得妙趣横生当然也不是难事。

张家五弟张寰和最是喜欢听沈从文说故事，这小孩子很大方地从自己每月两元的零用钱中拿出钱来，给沈从文买汽水。甭提沈从文有多感动了，他对张寰和说：“小五，我写些故事给你读。”后来，他果真写了一组故事，结集为《月下小景》，每篇故事后都附有“给张家小五”的字样。

只是一瓶汽水，对，仅仅一瓶汽水，沈从文深深感动了。他觉得受宠若惊，铭刻于心。别人给他一点好，他要还对方千万个好。

或许有人会说，沈从文太过小题大做，为讨张家人喜欢，更为讨好张兆和，不惜使尽全部力气。但愿这只是我一己卑陋之揣想，而其他人，谁都不会如此想如此说。

我是为沈从文先生的感动多少有些心生酸楚了。容易知足，容易感动，这样的人若非心怀大爱便是潜藏自卑。我一直都认为沈先生有着并不浅的自卑心。自卑的人，要么惯于骄傲自负，要么长于沉默微笑。沈先生爱笑，处境多苦多难，人们多丑多恶，他总能付之一笑，那么柔软，那么温润，如水如风如空气。

钱钟书有篇很能含沙射影的小说，叫《猫》，其中有段文字影射的是沈从文：“他在本乡落草做过土匪，后来又吃粮当兵，其作品给读者野蛮的印象；他现在名满天下，总忘不掉小时候没好好进过学校，还觉得那些‘正途出身’者不甚瞧得起自己。”

小学毕业，行伍出身，这特别的经历某种程度上或可说成全了沈从文，亦可说此为沈从文的心病。有人说，沈先生不喜同人谈起自己的当兵生涯。我以为或不为真，他肯在文章中说，自是应不会讳于对人言谈。但，出身不好，生了沈先生的自卑心，这确是事实。并非是他敏感，而是在他周围，总有些人不忘以此为柄，笑他辱他轻他贱他。

在西南联大教书时，清华大学外文系出身的查良铮，也就是那个诗人穆旦，他说：“沈从文这样的人到联大来教书，就是杨振声这样没有眼光的人引荐的。”

著名学者刘文典更是公然轻蔑他，据说在讨论沈从文晋升教授职称的会议上，他勃然大怒：“陈寅恪才是真正的教授，他该拿四百块钱，我该拿四十块钱，朱自清该拿四块钱。可我不给沈从文四毛钱！”还有一次，那是抗战时期，跑警报是家常便饭，话说跑警报时刘文典途遇沈从文，见沈从文也随人流往城外跑，他来了气，骂道：“我跑是为了保存国粹，学生跑是为了保存下一代的希望，可是该死的，你干吗跑！”另有一个版本说，刘文典当时愤然对同行的学生说：“我刘某人是替庄子跑警报，他替谁跑？”

这些轻贱之事还是在沈从文成名之后发生的，成名之后尚且如此，未成名之前，处境可想而知。至于《晨报副镌》编辑聚会上的奚落，那不过是万千诬蔑之一，不提也罢。

长于轻贱他人的人，即使名声赫赫也不过是个寒酸人，德不厚，譬如无皮之物，纵使有无数艳丽华美之毛也无所附存。

行伍出身的沈从文，虽究竟是从社会底层探出了头脸，但仍可想象，当他拜访名门望族张家时，怀着怎样一种忐忑心情。因此，不难理解为何沈从文初次登门得知张兆和不在家的消息时，他第一时间想到的是张兆和故意避而不见，继而黯然神伤。他在文坛的名声不足以消灭他的自卑，他到底是个为柴米生活苦苦挣扎的穷小子，对着名门闺秀张兆和，他难免自觉矮了许多。所以，张允和请他进屋坐坐，他慌忙推辞。若他是富家公子，提了厚礼登门，心爱的姑娘不在家那又何妨，他有足够的底气昂首挺胸走进屋去，从容落座，静候佳人归来。

张家小五的一瓶汽水，在沈从文看来，这不仅仅是一瓶冰凉爽心的汽水，而是一种鼓励，意味着他在张家，至少已受到一个人的欢迎，这欢迎不是礼节客套，而是一个孩子拿出自己珍贵的零用钱买来的。他是深深感动了，哪怕张家其他人都和他找不到可谈的话题，他也不会落寞，至少他可以对小五说：来，小五，我给你讲故事。

这年夏天的苏州行，重要而且愉悦，沈从文终于正式进了张家，并受到热情招待。只是，他未能见到张兆和的父亲张武龄，张父当时身在上海。

1933年初，寒假期间，沈从文再次前往苏州。他和张家的姐妹兄弟已经很熟悉了，每天晚上大家都围炉而坐，听他讲故事。张家四姐张充和回忆说："晚饭后，大家围在炭火盆旁。他不慌不忙，随编随讲。讲怎样猎野猪，讲船只怎样在激流中下滩，谈到鸟，便学各种不同的啼唤，学狼嗥，似乎更拿手。有时站起来转个圈子，手舞足蹈，像戏迷票友在台上不肯下台。"

想想看，那是怎样的温馨场景：冬夜，炭火，聪慧的姑娘，天真的孩子，儒雅俊秀的男子，他们说笑，不知不觉夜深了，无人肯睡。他们一直说笑，直到好几个孩子都在炭火旁不知不觉睡熟了，大人亦困得快睁不开眼睛，挥挥手，相互催促，睡吧睡吧，明个夜晚再围炉欢笑。

这一次来苏州，沈从文还与张兆和专程去上海拜访张武龄。张父对沈从文很有好感，两人谈天，总有说不完的话。

也是这年的春天，张兆和拿了沈从文写来的信给二姐张允和看，信中有婉转地请求二姐，为他向张家父母提亲。还说："如果爸爸同意，就早点让我知道，让我这乡下人喝杯甜酒吧！"

"媒婆"张允和问父亲，父亲说："儿女婚事，他们自理。"果然是教育者的风范，开明智慧，给予儿女婚恋自由。

多欢喜的消息，要发电报告诉沈从文这欢喜事。那时发电报，讲究用文言，不用大白话。电报要字少、意达、省钱。张允和的电报稿是:“山东青岛大学沈从文允”。一个“允”字，一当两用，既表示婚事“允”了，又署了张允和的名字“允”。

张兆和担心沈从文看不明白张允和的话。她发给沈从文的电报，是用白话写的:“沈从文乡下人喝杯甜酒吧”。

这白话文的电报，在当时真是别开生面。兴许是中国第一条白话文电报呢。

就这样,曾“顽固地不爱”沈从文的名门闺秀“黑牡丹”张兆和，要嫁给“乡下人”沈从文了。

沈先生抱得美人归，自然是大欢喜之事。我只是想，张兆和为何终于肯嫁与沈从文？是沈从文软磨硬泡，数年如一日穷追不舍起了作用？或许有，但这应不是主因。

且说说男女为何结婚。英国小说家毛姆是这样说的:“男人的爱抚和生活的安适在女人身上引起的自然反应，大多数女人都把这种反应当作爱情了。这种感情可以叫一个女孩子嫁给任何一个需要她的男人，相信日久天长便会对这个人产生爱情，所以世俗的见解便断定了它的力量。但是说到底，这种感情是什么呢？它只不过是对有保障的生活的满足、对拥有家资的骄傲、对有人需要自己的沾沾自喜，和对建立自己的家庭洋洋得意而已。”

好犀利的一段话，好不让人深思。

其实，许多婚姻往往与爱情无关，至少步入婚姻殿堂的那对人，会有一个不是因爱情而结婚的。另一个或许认为自己因爱而结婚，但也很可能那人所以为的爱情其实是经诸多世俗之幻象包装过的。譬如盲从，譬如对自己的不确定，对他人的同情，或者是无法独自面对生活的无力感，或者是被人需要的渴望，等等。这些汇在一起，恰恰撞中了爱情的穴位，或者如张兆和所说，碰上了爱情的机关，于是以为自己得了爱情，得了幸福，索性就冲进婚姻殿堂。

谁都看得出来，张兆和并未爱过沈从文，所仅有的大抵也只是一种近于同情和怜爱的清淡情感。或许，张兆和肯嫁给沈从文，只因她的家人都已接纳了这位文学天才，她心中起了另一种爱屋及乌的感觉，也随着家人将心思倒向了沈从文。再则，放眼四周，或许没有比沈从文更可心的选择,这个“乡下人”虽尚不富有但声名日隆。人们常说“名利”，为何“名”在前？有名自会来利。

倒也想起张兆和曾写过这样一段话：“允（张允和）以为人间关系不止利用一种，还有一种感情的爱；而我坚持认为人除了利用而外，别无其他关系，甚而至于爱；不过我说的利用只不过是关系，不一定是动机，又是或者动机不在利用他人，而关系却自然而然成为利用了。如孝，如恋爱……”

张兆和一直都是一个清醒到冷漠的人，理性而坚硬。她认为，人和人，除了相互利用而外，别无其他关系。当然，这不能说张兆和是个无情人，她亦是有爱，或许亦是爱好浪漫，那是人之天性，但对着生活，她只会选择务实。她爱人，更爱自己，爱人之前先爱自己；她明白自己要什么，更明白自己不要什么。某些时候，她或会为得到自己想要的，而先承受自己不想要的。

这样一个清醒心硬的人，和沈从文截然不同，沈从文是个诗化的灵魂，有许多孩子气，他就是靠着他的诗性和孩子气游走生活。

两个世界的人，再怎么相处，终究还是两类人。若非其中有一方心怀博大的热爱和宽容，在一起了，也还是要分开，各奔东西各行各路。

生活实在难以捉摸，编织生活的人更是难以捉摸。真真假假，假假真真，譬如水中月，镜中花，那摇曳多姿，那变幻莫测，谁能辨得清清楚楚、明明白白？这生活，这人人事事，实在经不起琢磨，索性装个糊涂，难得糊涂。

1933年夏，沈从文辞去国立青岛大学的教职，去了北京。同年9月9日，在北京中央公园，沈从文和张兆和结婚。没有隆重的仪式，连新房都很寒碜。文人有骨气，行伍出身的文人更有骨气，沈从文除了肯向自己心爱的女人低头，他不向任何人低头，终生如此刚硬。张家富贵，沈从文不求一分，他只要他自己双手辛勤努力得来的，他所有的依靠只是他的才华，他一无所有却又无比富有。

沈从文的好友梁思成、林徽因夫妇，送来一床锦缎百子图罩单，为沈从文和张兆和的婚房添了许多喜气。

不管怎样，这个"乡下人"的日子开始了。无论男人或是女人，他们人生真正的日子其实是从结婚那天开始的，结婚之前，他们各自没有日子，只有时光。时光如火，而日子则是火上架了一口锅，烧火的人是那对男女，锅中煮着只有那对男女才深深体味的生活。

这个"乡下人"，他曾走过许多地方的路，行过许多地方的桥，看过许多次数的云，喝过许多种类的酒，也爱了一个正当最好年龄的人。此后，他要走更多地方的路，行更多地方的桥，看更多次数的云，喝更多种类的酒，和终生热爱那个女人。

沈从文娶了张兆和自然是心满意足，他对张兆和说："有了你，我相信这一生还会写得出许多更好的文章！"

此话不假，新婚最初的甜蜜日子里，沈从文的创作力得到了极大的迸发，其中最不得不说的作品便是《边城》。有了《边城》，这个湘西来的"乡下人"就足可成为"沈从文"了。

《边城》中"在风日里长养着，把皮肤变得黑黑的，触目为青山绿水，一对眸子清明如水晶"的翠翠，是沈从文照着他的新婚妻子张兆和塑造的，张兆和眉清目秀但皮肤黑黑的，读书时候人称"黑牡丹"。

也是在这年，忽然故乡来信，沈母病情加重，要沈从文速回乡。这是1933年深冬，处处兵荒马乱，湘西地方割据武装和接壤的黔军争夺烟土过境税，发生小规模战事。去湘西，公路尚未修通，若走水路来回至少也要一个多月，单独上路比较方便。沈从文一人回乡。为不使妻子担忧，行前，沈从文和她约定，每天写信报告沿途见闻。这些信札便是后来的《湘行书简》,亦是《湘行散记》的母本。

此时的沈从文和张兆和，甜蜜恩爱，当是一生中最美好的岁月。信中，沈从文句句声声唤他的“三三”，一阵儿撒娇“你们为我预备的铺盖，下面太薄了点，上面太硬了点，故我不暖和”，一阵儿抱怨“三三……我不为车子所苦,不为寒冷所苦,不为饮食马虎所苦,可是想你可太苦了”。种种亲近之语，又原始又朦胧的美，入心沁脾，软煞了人。

三三呢？她给他的“二哥”沈从文回信，问：“长沙的风是不是也会这么不怜悯地吼，把我二哥的身子吹成一片冰？”

只可惜，这只是新婚之初的事，这对男女刚刚架好生活的锅灶，他们个个都有信心将锅里的汤肉煮得有滋有味，羡煞世间其他男女。料想不到的是，煮着煮着，锅里食材起了异味。

婚姻比爱情好，因婚姻的脚是踏在实地上，爱情却住在云端；婚姻比爱情恶，因爱情多的是花前月下浪漫，婚姻却是柴米油盐琐碎。爱情有足够的魔力使所有男女变成王子和公主，他们只望见彼此的美；婚姻有足够的法力使所有王子和公主堕入尘埃，他们清晰地看见彼此的丑。

倘若说生活的琐碎是浪漫情怀的毒药，那么，对一个细致的灵魂来说，无法共鸣的隔膜感就像一寸寸插入胸中的一把刀。

新婚的新鲜期过去，柴米油盐酱醋茶、瓶瓶罐罐摊在桌子上，那么抢眼，又那么让人难堪。张兆和出身富贵，到了这时，却也不得不过贫贱生活。沈从文不过是一介清贫文人，当初又断不肯要张家陪送嫁妆，张兆和说他“打肿脸充胖子…不是绅士冒充绅士”。生活本就拮据，沈从文还喜欢收藏古董，这爱好十分烧钱。贫贱夫妻百事哀。有时候，沈从文不得不当掉张兆和的一些首饰，贴补家用。有一次，当了张兆和的玉戒指，疏忽间又把当票放在衣服口袋里，洗衣时不曾察觉，洗掉了。张兆和虽口中不说什么，但心底失落恐是难免。

又能怎样呢？日子仍是要缓慢悠长地过，种种苦种种恼不会少一点。然而，沈从文是孩子心性，或不太会深刻去想生活的沉重，他心底自有诗意世界，无论何时何地，他总能寻得自在。他或以为，他所能想所能做到的，他的妻子亦是轻松可得。男人多是这般，他认为好的，便也以为他的女人理所当然地随他认为好，并感受那份好。张兆和做不到，她对沈从文说：“不许你逼我穿高跟鞋烫头发了，不许你因怕我把一双手弄粗糙为理由而不叫我洗衣服做事了，吃的东西无所谓好坏，穿的用的无所谓讲究不讲究，能够活下去已是造化。”

她从来都是务实的女人。哪怕心底亦是潜藏浪漫情结，但琐碎的生活着实让她浪漫不起。她只想多有一些钱买米下锅。她还想，她的男人不要动不动就流鼻血，那实在不是体面的事。她不爱他的孩子心性，在成人的世界里，孩子气是一种罪，要么多受人害，要么多给人添乱。她不去害谁，亦不要谁来害她；她不喜为人添麻烦，更厌恶谁来麻烦她。但，陪着沈从文，她的男人，她愿或不愿承受的有时候都得承受，这使她苦恼。

更要命的是，张兆和对沈从文，甚至“连他写的故事也不喜欢读”，更甚至，在沈从文名声大噪之后，张兆和还总忍不住去修改沈从文文中的语法。这也难怪，张兆和生在名门望族，大户人家最讲究的就是一个规矩，况且，张兆和受过完整的学校教育，学的又是最看重语法的外文。沈从文不同，他就是一个从乡间跑出来的野小子，他最美的气质就是自由灵动，没了自由灵动，谁还能看见他的光彩？后来，沈从文不敢再让张兆和看他的新作，他的文字不需要任何人来雕琢，哪怕是他最心爱的女人。

在沈从文眼中，张兆和亦是变了的，先前他心中的女神，走下神坛，形同所有被生活扭曲过的世俗女人。这是他不愿看到的。于他来说，生活清贫算不得什么，但万万少不得愉悦自然的诗意精神。可惜，张兆和不陪他诗意驰骋，她觉得饿着肚子，云里雾里飞来飞去飞不起来，即使飞得起来，也十分可笑。

说到底，不过是，沈从文真的不懂张兆和，张兆和也真的不懂沈从文，同一个屋檐下，两人两世界。

1938 年，沈从文离开北京，到昆明西南联大任教。张兆和并未同行，不久前，她刚产下次子沈虎雏，身体虚弱，不能随沈从文同去。产子只是理由之一，张兆和不肯同往，尚有其他理由：孩子需要照顾，离开北京多有不便，沈从文书信太多、稿件太多，需要整理、保护，倘若一家人都跟着他，会拖累他。

这些理由确实可说得过去，且个个都是现实问题。只是，烽火连天的年月，凡事不可料知无法把握，一次离别或许就意味着永不能再见面。一家人无论如何都是要在一起的，有难同当。但，张兆和并不这样认为。

离别的日子，沈从文照旧常常给张兆和写信，张兆和也是回的，不过，他来信很密，她回信稀疏。

这一时期的书信，没有甜蜜，只有牢骚。张兆和总是嘱咐沈从文，不要因自己的孩子气而成为别人的负担。可见，别人崇拜的文豪，在她心目中实在稀松平常。或许她认为，他从来都不是一个能解决问题的男人，他更像一个孩子。沈从文从来都希望张兆和也变成孩子心性，和他一起无忧无虑地爱着；张兆和则希望沈从文可以变成一个真正顶天立地的男人，至少，她要让别人看上去会觉得沈从文是个果断刚硬的男人。她不允许沈从文向人借钱，借了别人钱的人，难免在人前自觉矮了几分，难免自卑。她怕沈从文如在她面前一样在外人面前自卑。她说，到了山穷水尽时，她自会向娘家伸手求援。

张兆和没有错，站在她的角度，她所说所做不过是为了关心沈从文的外在形象。她不要任何人看不起她的男人，虽不富贵但要不卑不亢，谁人都不得轻视。然而，在沈从文那方，他不能接受这样的张兆和，他心底的自卑又一次本能地腾起。她的家常抱怨，他认为是她一直看不起他使然，她嫌弃他，甚或莫非有了外遇？会如此想，倒也并非全因张兆和的抱怨，而是不管沈从文如何请求张兆和来昆明团聚，她总能找出理由来回避。

沈从文说："你爱我，与其说爱我的为人，还不如说爱我写信。"这话说得透彻，一语中的。他的人和他的信，在张兆和心中，应是书信远远美好于人。信中万般缠绵温柔，张兆和喜欢，但她不喜欢人如其字般温柔的沈从文，她认为那不是温柔，而是男人不应有的软弱。如此纠结的感情，流露出来，有挑剔也有漠然，沈从文感受着，痛苦着，不禁会有怀疑，他说："即或是因为北平有个关心你，你也同情他的人，只因为这种事不来，故意留在北平，我也不嫉妒，不生气。"他告诉她，她"永远是一个自由人"。

沈从文的误解很使张兆和愤怒并失望，她回信："来信说那种废话，什么自由不自由的，我不爱听，以后不许你讲。……此后再写那样的话我不回你信了。"

她到底不懂他的心。是他太过在乎她，所以很害怕她嫌弃他离开他。但他又要面子，总觉得倘真有这种事儿，由他道破说出，或是最有风度的。而这一切一切，只源于他的自卑。她永生都不能体会他的自卑，不，在沈从文逝去后，她读懂了他，她说：“真正懂得他的为人，懂得他一生承受的重压，是在整理编选他遗稿的现在。过去不知道的，现在知道了；过去不明白的，现在明白了。他不是完人，却是个稀有的善良的人。”只是，为时晚矣。此是凄凉后话，暂不提吧。

张兆和终于肯带着两个孩子去昆明找沈从文。他都疑心她有外遇了，她不能不去了。但，她依然不与沈从文住在一起，而是带着孩子住到了呈贡，她在一所学校教书。此举颇是令人费解。莫非她是为着分担沈从文的生活压力，所以到呈贡教书？每逢周末，去看妻儿，沈从文就“小火车拖着晃一个钟头，再跨上一匹秀气的云南小马颠十里，才到呈贡县南门”。

女人真是个矛盾的综合体，看不透，说不清。或许，张兆和真的从未爱过沈从文吧。大多数女人内心深处期待的是一种被征服感，然后本能地受到强有力的男人的吸引。但是，女人热爱英雄，却又不希望她的英雄在她面前永远强势。

或许，女人最骄傲的事就是亲手包扎她的英雄的伤口。她的英雄要善于恰到好处地在她面前受伤流血，给她机会去抚慰她所深爱的强者的弱处。这能轻易唤起女人的母性，这种能量一旦激发，就没有女人所承受不了的苦难。冷漠，是与母性最不搭边的姿态，偏偏这是张兆和对待深爱她的沈从文的姿态。这不奇怪，沈从文从未征服张兆和，张兆和肯嫁给他，或许并非是他变得可以接受了，只是，她妥协了。她的妥协是柔中藏刚，她一边自己妥协，一边在妥协中努力改变沈从文，希望他成为她想要的样子。

可惜，张兆和改变不了沈从文，就像沈从文未能征服张兆和，面对彼此，他们都是无力的。

还有一桩事，可谓是沈从文和张兆和婚姻生活中的一道伤口。张兆和不曾红杏出墙，沈从文却真的招蜂惹蝶了。

那是一个叫高韵秀的文学女青年，笔名高青子。

沈从文与高青子初次相遇的具体时间已无从得知了，有人考据称，应是在 1933 年 8 月以后，最迟不晚于 1935 年 8 月。姑且不去计较这时间。

有一次，沈从文去拜访熊希龄。沈从文和熊希龄同为湘西凤凰人，有同乡之谊，熊希龄曾任民国第一任内阁总理，帮助过沈从文。那天，恰逢熊希龄不在家，迎客的是熊家的家庭教师高青子，双方交谈，彼此留下很好的印象。一个月后，他们再次相见，高青子身着“绿地小黄花绸子夹衫，衣角袖口缘了一点紫”，沈从文意识到，这是她有意模仿他的小说《第四》里的女主人公装束，并且这一做法又是效仿他另一篇小说《灯》里的情节。这样的慧心，自然很能触动沈从文。

显然，高青子十分熟悉沈从文的作品，她这样的穿着，无疑是在传达一种无声的信息。这真是一个有着细密心机的女子，或许在她为自己做这身衣服时，已是情有所寄。当沈从文识破了高青子的秘密，而高青子亦察觉自己的秘密被看破时，双方略有尴尬和不安，但随即有所会心，他们开始交往了。

哪个男人不希望被崇拜呢？在张兆和那儿，从来都是沈从文翘首仰望，现如今遇见一个仰望自己的，他自然欢喜，不难想象这能给他带来怎样大的满足感与征服感。

男人追求女人，譬如隔着千万座大山；女人追求男人，如同隔着一层窗户纸。然而，对男人来说，纵有千万座大山，他也甘心一座一座地翻越；女人呢，就算隔着一层窗户纸，她都不愿意戳破，生怕伤了自己的手指！沈从文翻越了千万座山，得到了山那边的女神张兆和，可现实生活中他看不到女神了，甚至更感到压抑，如他的表侄黄永玉所说，他“一看到妻子的目光，总是显得慌张而满心戒备”；就在这个时候，有一个完美的女人，轻轻地戳破了那层窗户纸，不由得沈从文不把眼光从女神身上移开片刻，看一看窗棂后边的人影。

哪个才子不风流呢？和沈从文同时期的作家孙陵这样看他：“沈从文在爱情上不是一个专一的人，他追求过的女人总有几个人，而且，他有他的观点，他一再对我说：‘打猎要打狮子，摘要摘天上的星星，追求要追漂亮的女人。’他又说：‘女子都喜欢虚情假意，不能说真话。’他对于女人有些经验，他对我说的是善意的，我复述也并无恶意，虽然我并不同意。”由此可见，这个湘西来的“乡下人”，他也有一颗风流的心。他自己亦肯承认，他是一个“血液中铁质成分太多，精神里幻想成分太多”的男子，他觉得自己有能量也有能力去爱不止一个姑娘。

沈从文毫不隐瞒他和高青子的事，坦然告诉张兆和他这“横溢的情感”。这是在挑衅，还是只为证明给张兆和看，他不是一个一无是处的男人？听闻此事，张兆和当场的反应已经无从得知了，没几天，她独自回了苏州娘家。

女人回娘家，是欢喜事，但为了丈夫出轨而回娘家，是无论如何都欢喜不起来的。张兆和感到受羞辱了，受打击了。

沈从文不是没觉得痛苦和迷茫，无人能说无人可说，多难承受。这时，沈从文想到了好友林徽因。他向林徽因倾诉，请她帮忙拿个主意。真是找对了人。林徽因在梁思成、徐志摩、金岳霖之间，备受诸多情感考验，她或许能给他许多有益的建议，至少她能懂得为情所困的痛苦。

果然，林徽因是个知音，她回信沈从文：“我的显然萧条颓废消极无用。……我懂得的，我也常常被同种的纠纷弄得左不是右不是，生活掀在波澜里盲目地同危险周旋，累得我既为旁人焦灼，又为自己操心，又同情于自己又很不愿意宽恕放任自己。”

林徽因还写信将沈从文的情感纠葛告诉了她美国的好友费慰梅，她用又是怜惜又是理解的笔墨写道：“他使自己陷入这样一种情感纠葛，像任何一个初出茅庐的小青年一样，对这种事陷入绝望。他的诗人气质造了他的反，使他对生活和其中的冲突茫然不知所措，这使我想起了雪莱，也回想起志摩与他世俗苦痛的拼搏。”

旁人的劝慰仅仅只是劝慰罢了，或可做个参考，最要紧的是，当事人如何想如何做。

沈从文到了西南联大任教后，推荐高青子在联大图书馆任职，联大的教职员名录上记着：“图书馆员高韵秀，到职时间为 1939 年 6 月，离职时间为 1941 年 2 月。”也就是说，他们的往来更为方便并密切了。但是，在此期间，沈从文曾一次次请求远在北京的张兆和前来昆明团聚。莫非后来张兆和到了昆明，却住在呈贡，就是为避开沈从文和高青子之间的是是非非？

男人实在堪称世间最奇怪的动物，只有一颗心，却可在心上放了多个女人，并且还希望，妻子能够容忍他的情人，情人亦能厚待他的妻子。沈从文即是如此，否则他不会坦然告诉张兆和他和高青子的感情纠葛。张兆和的气愤他不太能理解，他不能想象爱高青子同他爱张兆和有什么冲突，当他爱慕和关心某个女性时，他就是这样做了，他可以爱这么多的人和事，他就是那样的人。他真的是孩子心性。

张兆和要怎么办？和沈从文离婚？倘真如此做，分明是告诉所有人，她张兆和败了。她的心性容不得她轻易退阵。要让沈从文回归，只有一个办法，让高青子离开。为达成愿望，张兆和请亲友为高青子介绍对象。其中翻译家罗念生，就是“对象”中的人选之一，但张兆和做媒婆甚不成功，罗念生后来娶了唱青衣的马宛颐。

彩云易散，霁月难逢。短暂的婚外恋情到底敌不过稳定、漫长的家庭生活，高青子选择了退出。不退出又能怎样？她和沈从文是不会有结果的。她终得要结婚，有真正属于自己的稳定的婚姻生活。没几个女子真的肯甘心情愿一辈子做某男人背后默默无闻又不见天日的情人。

到了晚年，张兆和提及此事都还耿耿于怀，不过，她承认，高青子长得很美。

又几年后，那是 1946 年了，沈从文为纪念结婚 13 周年创作了小说《主妇》，回望自己十多年的情感经历，有激情亦有迷茫，有快乐也有痛苦。几番峰回路转，他最终选择了理性回归，重回庸常的生活，并且在庸常中发现“节制的美丽”“忠诚的美丽”“勇气与明智的美丽”，找回了“平衡感与安全感”。姑且将其看作是沈从文对妻子的忏悔书吧。

不过，真巧，他曾是张兆和众多追求者中的“癞蛤蟆第十三号”，他在结婚 13 周年时做了一次情感盘点。13 周年在美国的婚姻纪念习俗中被称为花边婚，意思是说，此时的夫妻二人，他们的关系就像衣服上的花边，美丽而体贴。

沈从文和张兆和的婚姻，美丽吗？体贴吗？

人之一生，烦恼从不消停，这边厢刚按下葫芦，那边厢浮起了瓢。沈从文了断了和高青子的千般纠缠，家的风浪看似平了，另一股惊涛却汹涌来袭。

1948 年，郭沫若撰文《斥反动文艺》，界定沈从文为“桃红色”作家，朱光潜为“蓝色”作家，萧乾则是“黑色”作家。郭沫若文章说:"我们今天打击的主要对象是蓝色的、黑色的、桃红色的作家,这一批作家一直有意识地作为反动派而活着。"矛头更是直指沈从文。"特别是沈从文,他一直有意识地作为反动派而活动着。在抗战初期全民族对日寇争生死存亡的时候,他高唱着'与抗战无关'论;在抗战后期作家们加强团结,争取民主的时候,他又喊出'反对作家从政'。"郭沫若呼吁必须要"毫不容情地举行大反攻"。

灾祸从不单行。同时,有个叫冯乃超的作家写了一篇《略评沈从文的〈熊公馆〉》,冯乃超指责,沈从文称道熊希龄的故居以及他"人格的素朴与单纯,悲悯与博大,远见和深思",是为地主阶级歌功颂德,体现了"中国文学的清客文丐传统"。

这两篇文章,尤其是郭沫若一文对沈从文的阶级定性,犹如一颗重磅炸弹掷向沈从文,炸开了。

有件事或许要说一下,曾经有一次,年轻气盛的沈从文在《论郭沫若》中发表了无所顾忌的评价:"让我们把郭沫若的名字置在英雄上、诗人上、煽动者或任何名分上,加以尊敬和同情。在小说方面,他应该放弃他那地位,因为那不是他发展天才的处所。"在《论中国创作小说》里,沈从文又多处重申,郭沫若可以写诗写杂文,但不适合写小说,因为他"不节制"的文风将使他的小说一无是处。

出来混,总是要还的。当年的一句话,无论你是随口说出或是刻意言之,哪怕当初你并无恶意,听者却入了心,或许在当时或多年之后,总有一天,你要为你曾说过的话付出代价。

郭沫若是在复仇吗?

更客观地说,郭沫若、冯乃超讨伐沈从文,只是左翼批评的登峰造极之作,此前此后,对沈从文的类似批评屡见报端。论者多用阶级斗争理论、典型化理论理解他的作品,责备他不写阶级斗争,没有塑造个性化的人物,对不同阶级人物缺乏爱憎分明的立场。在二十世纪三四十年代，沈从文还因“京派与海派之争”“禁书政策之争”“‘差不多’问题之争”等文艺论战，被左翼批评家批评过；西南联大时期，沈从文在创作方面的新探索，也受到他们的种种非议。

只是这一次，在历史转折的关键时期，这个“桃红色”作家在风头浪尖上立不住了，或可说是遭受了致命一击。

1949年初，北京大学壁报大字全文抄出《斥反动文艺》，校园里又扯出“打倒新月派、现代评论派、第三条路线的沈从文”的标语。要知道，此时沈从文正执教于北大。

同年1月底，中国人民解放军和平解放北京，2月3日，人民解放军举行了盛大的入城仪式。新的政府，新的时代，来了。人民处处载歌载舞，欢欣无限。沈从文想起近年来见于报刊的“清客文丐”“地主阶级的弄臣”“他一直作为反动派而活动着”，这些批判他的从未停止的声音，让向来敏感、脆弱的他害怕，恐惧，觉得似乎有一张网在收紧。

沈从文的次子沈虎雏回忆说：“爸爸心中的频频爆炸，才刚开始，逐渐陷进一种孤立下沉、无可攀缘的绝望境界。”沈从文的确十分恐惧，常常自言自语：“清算的时候来了！”“生命脆弱得很，善良的生命真脆弱……”

他从不反对任何政权，他只是不赞成作家参与政治，作家的本职就是创作文学作品，他提出把文学“从商场和官场解放出来，再度成为学术一部门”。

然而，没有人理解他，即使在家人和朋友中，他亦陷入孤独。他的妻子张兆和在很多年后回忆说：“当时，我们觉得他落后、拖后腿。一家人乱糟糟的。”次子沈虎雏说：“我们觉得他的苦闷没道理。整个社会都在欢天喜地迎接一个翻天覆地的变化，而且你生什么病不好，你得个神经病，神经病就是思想问题。”

沈从文的内心发出这样的呻吟：“我应当休息了。”“给我不太痛苦的休息，不用醒，就好了。我说的全无人明白。没有一个朋友肯明白、敢明白我并不疯。”

既然说的全无人明白，那就不再见任何人。沈从文把自己锁在卧室里，但他总感觉窗前有人影晃过：“有人在监视我。”赶到窗前看，却又人影全无。这种痛苦变得越来越不能承受，有一天，沈从文举起了刀，刺向自己，他割破了手上的血管。刚好张兆和的一个堂弟张中和在沈家做客，路过沈从文的房间，听见呻吟声，撞门进去，沈从文已处于半昏迷状态。

伤愈出院后，受好友梁思成的邀请，沈从文搬到清华园静养。

张兆和没有陪着沈从文去清华园，她为适应新时代新生活，去了华北大学深造。她真是一个冷静的人，在她看来，最要紧的是尽快适应新时代，这远比她丈夫的身体更要紧。她的冷静不能不令人心凉。或许她亦是对的，沈从文的思想太不合时宜，她要选择一个合时宜的姿态，来拯救她的家庭，以防滑向不可控的更深处。沈从文在清华园，她甚至不曾去看望他。两个人，只是书信往来。某封信中，沈从文写道：“你不用来信，我可有可无，凡事都这样，因为明白生命不过如此，一切和我都已游离。”

在清华园疗养一些时日，沈从文被安排进中央革命大学学习。这所学校的成员多是高级知识分子中的民主人士，这些从旧社会过来的知识分子，他们在这儿要通过学习，适应社会和时代已经发生的巨大变化，投入崭新的时代，好好生活。

学完归来，沈从文无事可做，北大早已取消了他的课程，在郑振铎的介绍下，他去了新成立的历史博物馆工作。他停了他的笔，他说：“什么都不写，一定活得合理得多。”他开始沉浸在自己的世界里，听普契尼和威尔第的音乐，研究古代漆器、丝绸、唐宋铜镜和明朝织锦的华美图案，即使提笔，谈论的也都是建筑、装饰、服饰和民间艺术。关于他的湘西世界，他自由灵动的灵魂，再也不见了。

张兆和对此很是不解，她认为沈从文是害怕那些批评家的批评了，“在创作上已信心不大”。她看到的沈从文的一切，尽是他的软弱和自卑。她从来都厌恶他的软弱和自卑。

那些年，沈从文就像死了一样，所有报刊都不见他的踪影，也的确有人传闻，他死了。其实，他只是在历史博物馆里安安静静地对着那些文物，微笑或者喃喃自语都是安安静静的。这样也好，不必再费心思考什么问题，正合他意。有时他甚至觉得，又回到了许多年前，那时他还是军队中的一名小兵，替一位军队首领的私人收藏做编目工作。这样多好，他像那些文物上的尘埃一样存在，不引起任何人的注意。有朋友去历史博物馆看他，见这个小老头总是一脸微笑，低着头走路，和他说话，他的声音小得几乎听不见。

那些年，他唯一可以无所顾忌交谈或写信倾诉的人，只有他的妻子。不管她是否能够理解他，又是怎样轻看他，他还是可以并且愿意向她倾诉一切。

若是能这样安静沉默地老去，倒也不错。不料，又一场风波将沈从文卷了起来，他的家先后被红卫兵抄过八次，另外，他在历史博物馆已经不能再做讲解员了，被派去打扫博物馆的女厕所。1985年，有个女记者采访沈从文，得知他在那场文化革命中干的是打扫女厕所的活计时，女记者拥住沈从文的肩膀：“沈老，您真是受苦受委屈了！”83岁的沈从文紧紧抱着那记者的胳膊，哭得像受了委屈的孩子，什么话都不说，就是鼻涕眼泪满脸地大哭。

他怎么可以哭呢？他的妻子张兆和不仅厌恶他动不动就流鼻血，更厌恶他动不动就哭。

她喜不喜欢，他都还是要哭。眼泪是个好东西，它不是留在白纸上就再也抹不去的黑字，更不是可以被人揪住把柄的话语，它只是一把可能清澈也可能浑浊的液体，风一吹，消失得干干净净。

1969 年冬，在沈从文被下放到湖北前，张家二姐张允和，他的“媒婆”，去看望他。张允和临离开时，沈从文唤住她：“莫走，二姐，你看！”他从鼓鼓囊囊的口袋里掏出一封皱巴巴的信，又像哭又像笑地对张允和说：“这是三姐给我的第一封信。”他把信举起来，面色十分羞涩而温柔。张允和说：“我能看看吗？”他把信放下来，又像给张允和又像不给，到底只是把信放在胸前温一下，并没有给张允和，又把信塞在口袋里，这手抓紧了信再也不出来了。张允和想笑，觉得自己傻气，怎么看人家的情书呢。这时，沈从文又重复着说：“三姐的第一封信——第一封。”接着，沈从文又哭了起来，快 70 岁的老头儿像一个小孩子哭得又伤心又快乐。

张兆和写给他的第一封信？那都是很多年前的东西了，原来他一直都贴身放着。

这个老头，他自己喜欢流泪，他的天真和热爱，他永生葆有的赤子之心，也总能轻易就让人潸然泪下。

张兆和在哪儿呢？她在 1969 年冬就被下放到湖北咸宁了。同年 12 月底，沈从文被下放到湖北咸宁，没过多久，他又被安排去了距咸宁五十多里的双溪，看守菜园子。

几年后，沈从文因心脏供血不足，全身浮肿，终于获准返回北京。又半年后，张兆和也回到了北京。

这对人儿，大多时光分离，另一些岁月相守，就这样磕磕绊绊，他们都老了。

沈从文心中从未停止过对张兆和的热爱，张兆和和沈从文在一起，或许只是一种习惯，不，更确切地说，她只是因为婚姻而不得不和他在一起。她一直努力想要改变他的心性，却一辈子都未成功。

或许张兆和的试图改变是对的，倘若沈从文内心和他的微笑一样柔软，张兆和成功地改变了他，或许后来就没有那么多磨难了。沈从文亦是知道自己随心所欲的孩子气，为自己带来了许多原本可以避免的麻烦。1949 年 4 月，他自杀未遂，住院期间在日记中写道："多少比我坏过十分的人，还可从种种情形下得到新生，我却出于环境上性格上的客观的限制，终必牺牲于时代过程中。二十年写文章得罪人多矣。"

"四人帮"倒台之后，沈从文的生活终于平静了。不，1978 年全国第四次文代会后，沈从文在文坛上的地位重新被确立，沈家长期被冷落的门庭重新热闹起来，各式各样的拜访者接踵而至。有人调侃："沈先生行情正在看涨。"沈从文波澜不惊，轻轻地摆手说："那都是些过时了的东西，不必再提它……我只不过是个出土文物。"

1980 年，沈从文偕夫人张兆和赴美讲学，这是这个"乡下人"第一次踏上异国土地。在为期三个月的讲学中，这个"乡下人"会见了无数的文化名流，而他自己也成为享有世界性声誉的作家，一场波及世界的"沈从文热"渐渐升温，直到把他推上诺贝尔文学奖候选人的位置。

这时的张兆和，她眼中的沈从文，是个英雄吗？应该是吧。

只是，留给张兆和去理解甚至了解一下沈从文的时间不多了。沈从文的身体越发不好了起来。张兆和说："我时时刻刻在他身边。他一时不见我就叫唤，我总飞快地回到他身边。"

一时不见，他就呼唤，她总飞快地回到他身边。这般亲爱，若是从人生初见到以死为别，若是能够从头到尾皆是这般亲爱，该有多好。

再说说沈先生被提名为诺贝尔文学奖候选人的事吧，这是世界对沈先生最好的嘉奖。在一次访谈中，马悦然说：“作为瑞典学院的院士，我必定对时间尚未超过五十年之久的有关事项守口如瓶。但是我对沈从文的钦佩和对他的回忆的深切尊敬，促使我打破了严守秘密的规矩。沈从文曾被多个地区的专家学者提名为这个奖的候选人。……中国大使馆的文化参赞从未听说过沈从文，这位于五四时代就开始写作生涯的老资格作家中的佼佼者，这位卓尔不群的作家的写作生涯从此被中断了。”

那个文化参赞说他从未听说过沈从文，大抵这个参赞是从不读书的吧。又或者，“写文章得罪人多矣”的沈从文，曾得罪过这个参赞吧。

用心研读过沈从文作品的瑞典人马悦然，很为“三十年代的中国就有这样的作家”深深惊讶，对于文化参赞不识沈从文这件事，他说：“作为一个外国的观察者，发现中国人自己不认识自己的天才，自己不知道自己伟大的作品，我觉得哀伤。”

不过，这一切，对早已看淡世情的沈从文来说，不重要。再说，他要和这个世界告别了。1988 年 5 月 10 日下午，沈从文心脏病复发，抢救无效。

临终前，家人问沈从文，还有什么要说。他说：“我对这个世界没有什么好说了。”

沈从文走了，谁爱他或不爱他一点都不重要了，也没谁可以再伤害到他了。张兆和再也看不见那个动不动就流鼻血、掉眼泪，孩子气般又自卑又脆弱的沈从文了。她对二姐张允和说：“我很佩服冰心，她的身体比我坏得多，可是她还在写。我要学她，这以后，我空了，我要写二哥，写他最后的五年，写……”她声音低沉。

拥有之时毫不珍惜，失去之后哭天喊地，这样的人不值得让人喜欢。但是，她究竟是沈从文先生的“乌金墨玉之宝”，无论怎样她都是他的生活支柱，他对她从头到尾饱含深情。

张兆和对沈从文最深最好的理解，是在沈从文逝去后，她倾尽心力整理沈从文和她的来往信件，编成《沈从文家书》。在后记中，她这样写道：

“六十多年过去了，面对书桌上这几组文字，校阅后，我不知道是在梦中还是在翻阅别人的故事。经历荒诞离奇，又极为平实。……太晚了！为什么在他的有生之年，不能发掘他，理解他，从各方面去帮助他，反而有那么多的矛盾得不到解决！悔之晚矣。”

六十多年，倒也不算短，但也真算不得长，何况其间有恁多风风雨雨、跌跌撞撞。六十多年里，张兆和一直活在一个她虚构的写信人带给她的生活里，从来不曾真正走进过沈从文的世界，也从来不许沈从文走进自己的世界。当一切只可从回忆中捞取时，像看别人的故事一样看那个陪着她走过六十多年长路的男人，看懂了，又能怎样？

最好的婚姻生活，需要一对男女各自拿出彼此最大的宽容和理解，而真正的宽容和理解，皆应在有生之年相依相偎之时。

忽然想起沈从文追求张兆和之时，曾说过这样的话：“如果我爱你是你的不幸，你这不幸是同我的生命一样长久的！”冥冥中这句话应验了，而且更甚，不仅是张兆和的不幸，也是沈从文的，的确同他的生命一样长久。他们到底是两个世界的人，她不能懂他，他又何尝懂她？他只知道倾尽所有热爱她，但他从来不懂她心中的挣扎和苦楚。只能说，这个“乡下人”喝的“甜酒”，甜亦甜，却也满是辛辣。

却也又想起，当年张兆和曾说：“如果被爱者不爱这献上爱的人，而只因他爱的诚挚就勉强接受了他……非有两心互应的永恒结合，不但不是幸福的设计，终会酿成更大的麻烦与苦恼。”她说的没错。

其实沈从文当年所说也是没错：“有幸碰到让你甘心做奴隶的女人，你也就不枉来这人世间走一遭。做奴隶算什么，就算是做牛做马，被五马分尸，大卸八块，你也是应该豁出去的！”

他们都没错。或许，爱和婚姻是不能以简单的对错来衡量的。不过，这一切都无所谓了。人生许多人许多事，只有一次机会摩擦，是擦出欢悦的火花还是擦得彼此体无完肤，都只有一次机会，一旦溜出手心，再无重头来过的可能。

1992 年，沈从文的骨灰在家人的护送下魂归故里凤凰。他的骨灰一半撒入沱江之中，一半安葬在听涛山下。他的墓碑是一块天然五彩巨石，碑身正面刻着沈从文的手迹：“照我思索，能理解我；照我思索，可认识人。”背面，是张充和的撰联，联曰：“不折不从，亦慈亦让；星斗其文，赤子其人。”若你用心，每句的最后一字，缀在一起，你能看得出来，张充和是说：从文让人。

沈从文先生行过许多地方的桥，看过许多次数的云，喝过许多种类的酒，终于，他还是回到了故乡。正应了他曾说过的话：“一个士兵要不战死沙场，便是回到故乡。”这句话，沈先生的表侄黄永玉为先生树立墓表，书在其上，沿江临山竖在去沈先生墓地的必经之处。

2003 年 2 月 16 日，张兆和也离开了这世界。

他们的故事结束了。

他们的故事从未结束。

有时忘了我还爱着你

——蒋碧微和徐悲鸿

找了许多蒋碧微的照片来看，她的确是个美人。

也有去看油画《琴课》里的蒋碧微，她温婉，安静，不动声色地明艳着。

可是，我分明感到她含了几分淡淡的愁，仿佛见着暮春午后暖暖的阳光里开得正好的花，春要归，东风渐歇，花离枝头不过是早晚的事，用一种看不见却也挡不住的速度；又似仲秋黄昏，斜阳懒懒地扫下，屋子里还有光，但要不了多久屋子就沉没于黑暗中，要亮起灯或生起炉火，一个人才可看清另一人的脸，触摸到彼此眼中的温暖或冷淡。

有时，望着《琴课》中暖暖的光影，竟就觉得似到了北方冬天一望无际的荒凉原野，凛冽的风百无聊赖地卷过来卷过去，即使欢笑也好不寂寥。

画是能说话的。忽然想起，梵高生前写给弟弟提奥的最后一封信里，有这样一句话："的确，我们只能让画说话。"其实，一切眼睛看到的东西都能说话。

徐悲鸿为蒋碧微画《琴课》时的心情，不需去向谁打探，《琴课》已经说出来了。那时，徐悲鸿若面有笑意也不过是强颜欢笑。那是1924年，他们在巴黎，徐悲鸿留学，蒋碧微陪读，由于当时中国国内政局动荡，使得留学生的官费全部中断，徐悲鸿和蒋碧微的生活陷入困境。饿着肚子，并且不知还要再饿多久，再怎么乐观的人想必都笑不出来。

徐悲鸿应是苦闷满怀。他不能给他的女人衣食无忧的生活，于男人来说，没有比这更难堪的了。还好，徐悲鸿还有画笔有画布，他可以为蒋碧微画画，为捉襟见肘的日子添几道明亮色彩，就像困苦的诗人在破旧窗前为心爱的女人写诗，讨她欢喜。

徐悲鸿的第二任妻子廖静文，在其所著《徐悲鸿的一生》中这样写道："（离婚时）徐悲鸿将油画《琴课》带去送给蒋碧微，那是描绘蒋碧微在巴黎时练习小提琴的油画，他知道蒋碧微很喜爱这幅画像。"

蒋碧微的确很喜欢《琴课》，她去世时卧室的墙上就挂着这幅油画。只有蒋碧微知道，孤单的晚年生活，望着墙上的《琴课》，她想起了什么，或者刻意要忘记什么。

一段感情开始和一段感情结束，其实都是散发着凉意的。开始时，虽有再多新鲜但亦有很多的不确定，眼前人要带你去哪儿，你一点都不知道。好似在清晨上路，看起来应是个好天气，但是，谁能说得准呢，兴许走着走着就下起大雨。如此不确定，心底怎会真的不生一丝凉意？这是去冒险呀。后来，和曾深爱的人真的不在一起了，此时的凉，又岂是一个"凉"字所能说尽？

蒋碧微对着《琴课》，无论她想起什么或刻意忘记什么，凉都是心底的感觉。徐悲鸿呢？他若有回首，想起那些年轻的夜里，那些年轻的白昼，还有那个年轻的姑娘，他又会有何感想？

尘世男女缠绵，大多都是热烈裹着清冽，如山风拂过百合。多少渴望，后来回顾都不见踪影，只有当年那轮明月依旧不言不语沁人肌肤。苍苍郁郁的是过往，亦是一层又一层的甜蜜的热泪。

我想我说得多了，毕竟我尚未和你一起翻阅他们的故事。

且丢开蒋碧微的相片，也掩去《琴课》，让沉睡的故事醒来。

一开始，蒋碧微不叫蒋碧微，她叫蒋棠珍。

光绪二十五年（1899 年）二月二十九日，江苏宜兴世代望族蒋家有个小女孩坠落尘世，正巧蒋家东书房一棵海棠盛放，小女孩的祖父就为她取名棠珍，字书楣。

蒋棠珍 13 岁那年，由父母做主，和苏州查家公子查紫含订下了婚约。一个在宜兴，一个在苏州，两家怎就千里迢迢结下了姻缘？原来查紫含的父亲曾是宜兴知县，查家与蒋家又是世交，两家子女结亲，门当户对，再好不过了。

倘若徐悲鸿不出现，待到出嫁年龄蒋棠珍去查家做少奶奶，从此世间多了一个庭院深深里锦衣玉食养尊处优的富太太，却也少了一个和徐悲鸿一起将一份爱情酿成一段五彩传说的蒋碧微。

1914 年，19 岁的徐悲鸿任教于宜兴女子学校，恰好蒋棠珍的伯父蒋兆兰和姐夫程伯威也在这所学校任教。他们都很欣赏徐悲鸿，常在家中谈说徐的逸闻轶事。

比如说原名徐寿康的徐悲鸿，因家境贫寒，有一次穿了件粗布衫去亲友家吃喜酒，周围穿着绸衣的有钱子弟对他极尽奚落，给他难堪；想进洋学堂读书，但父亲拿不出学费，向他人借钱，受尽白眼也没有借到；他深感世态炎凉，又感慨前途渺茫，不禁悲从中来，犹如鸿雁哀鸣，于是更名为“悲鸿”。

再如他服父丧，白布鞋里却穿红袜子；又说他兼授和桥镇始齐女学的课程，天一亮就由城里步行三十里赶去上课，两校之间辗转，中途过家门而不入等等。

总之，人们谈论中的徐悲鸿是与众不同的，是个会成为大人物的非同凡响的年轻人。

这些谈资落到蒋棠珍耳里，引起了她的好奇心。有一天，徐悲鸿到蒋家拜访蒋棠珍的伯父，在大厅上坐着谈话，蒋棠珍借故走过大厅，偷眼打量徐悲鸿。人生初见，她并未觉得徐悲鸿和其他年轻人有何不同。

想想也是，姑娘十几岁时正为沉溺于各种美妙幻想的年龄，能入得眼的男儿，要么玉树临风风流倜傥，要么年少多金，有着用金银包裹出的华贵气质。那时徐悲鸿虽有千里马之才，但沉没于草莽之间，食不饱，力不足，才美怎外现？圣人总爱教导切勿以貌取人，但这世间可做到不以貌取人的大都可谓是圣人了，而圣人又有几个？多的是眼内有尘的凡夫俗子。

光阴一晃又是一年，蒋棠珍的父亲蒋梅笙被上海复旦大学聘为教授，一家人随着去了上海。徐悲鸿呢？他怎甘心一直待在小镇的学校里做图画教员？他要研究美术，提高画技，宜兴市不是他施展拳脚的舞台，他也去了上海。

上海十里洋场，能够满足所有人对繁华的幻想，那是有志之士和冒险家的乐园。但，要赤手空拳闯出一席之地谈何容易？

徐悲鸿的机会来了。有一天，犹太人、冒险家哈同在报纸上登广告，公开征求仓颉的画像，欲高悬于哈同花园的仓圣明智大学。哈同花园是哈同兴建的当时上海最大的私人花园，仓圣明智大学是哈同设在哈同花园内的一所学校。仓圣是谁？他就是中国传说中创造汉字的仓颉，古籍中说他“龙颜四目，生有睿德”。徐悲鸿很快就画了一幅有四只放射金辉的眼睛、满脸须毛、身披鲜绿树叶的巨人图，拿去应征。

哈同请康有为、王国维、陈三立等人前来鉴定。众人看过，无不赞赏有加。康有为更是器重徐悲鸿的艺术才华，徐悲鸿也受到优待住进了哈同花园。

有大名鼎鼎的康有为的赏识，谁还敢轻看徐悲鸿？

再去蒋家拜访，徐悲鸿自然是受到更为殷勤的招待。据蒋棠珍说，有一天，她的父亲和母亲谈起徐悲鸿，赞不绝口，认为徐的人品才貌都很难得，断定他是个可造之材。蒋母听着，不时点头。最后，蒋父慨叹道："要是我们再有一个女儿就好了。"

为什么要说"我们再有一个女儿"呢？蒋父有两个女儿，其中一个已嫁给程伯威，而小女儿棠珍又和查家定了亲。如果再有一个女儿，很显然，蒋父希望能有徐悲鸿这样一位才貌出众、画艺高超的女婿。

而蒋棠珍对徐悲鸿的看法也有了巨大的改变。她说："徐先生闯进我们的家庭，给我带来了新奇的感觉。我觉得他很有吸引力，不仅在他本身，同时也由于他那些动人的故事，以及他矢志上进的毅力。"

"徐先生闯进我们的家庭"，此话怎讲？她解释说父亲念徐悲鸿独身在外，难免多加照顾。没过多久，徐悲鸿简直变成自己家里的人了，只要学校没有课，徐悲鸿总是待在蒋家。

也就在这时，蒋棠珍的未婚夫查紫含做了一件很使蒋棠珍看不起的事。查紫含在蒋父所授课的大学读书，有一次考试，他请求未来的岳父提前给他一张考试卷子，想走后门，拿个好成绩。蒋棠珍得知后，不禁对他生出鄙夷之心。

哪个姑娘不爱英雄？又有哪个姑娘不希望自己未来的丈夫是英雄？无过人之处，想着投机取巧，这样的查紫含和勤学上进、才艺出众的徐悲鸿比起来，未免太低矮了。

人最怕的就是比较，有比较就会心生不满足。前面有很优秀的人在很努力地生活着，后面的若本不出色却又不思进取，只有被扔出队列的命运了。

此时的徐悲鸿和蒋棠珍应早已都暗自倾心于对方，要不然徐悲鸿为何只要学校没课就总是待在蒋家呢？即使再受蒋父欣赏，若非心有所系也不会常常逗留于蒋家吧。有一天，朱了洲来到蒋家，见蒋父蒋母都不在，他很突然地探问蒋棠珍："假如现在有一个人，想带你到外国，你去不去？"哪个人？蒋棠珍的"脑子里立刻就映出徐先生的影子"。若非早已芳心暗许且浓情蜜意、眉来眼去，她怎会一下子就想到那个人是徐悲鸿？

那个人的确就是徐悲鸿，而朱了洲则是徐悲鸿请来做月老的。徐悲鸿对蒋棠珍一见钟情，他爱这个天生丽质又颇具才情的姑娘。他常常出入于蒋家，只为见她。他怎会不知她早已许配给查紫含？可是，年轻时，若真爱上一个姑娘，哪里还顾得上其他，心中只有一个念头：带她远走高飞。

徐悲鸿猜不准蒋棠珍的心思，就托朱了洲来问。朱了洲是谁？一个名不见经传的普通男子。却也是他，为徐、蒋二人的私奔搭了一座桥。在此以后，朱了洲或许再也没有在徐、蒋的生活中出现过，后来更名为蒋碧微的蒋棠珍写了一本《蒋碧微回忆录》，有关朱了洲的出场也仅此一回。或许，每个人的生命中都曾出现过这样一个人，他就像流星，划过一次再也不会出现了，但就这一次，他改变了你的一生。于蒋棠珍来说，朱了洲的出现，一下子将她从未来的"查太太"扭转成为"徐太太"。

朱了洲问，如果有那么一个人要带你走，你去不去？

这个转折太突然，她有些茫然，还有一种紊乱与无助的感觉。但是，她一向对徐悲鸿有好感并且爱慕着他，她更想逃避查家的即将迎娶，她不要和她看不起的查紫含结婚。更何况，跟随一个人远走高飞，虽前路未卜，但听起来惊险又刺激的私奔，暗潮一样汹涌澎湃，不可遏止，冲撞着她少女浪漫的心。她脱口而出："我去！"

朱了洲很满意，叮嘱她，此事万万不可泄露，否则会有很大的祸事，至于出国的一切准备和手续，徐悲鸿自会妥当办理。是，她是已经订了婚的人，那年月要解除婚约哪有那么容易？只有一条路，秘密出走。

这边厢，徐悲鸿通知他所有的朋友，扬言某月某日将启程去法国。徐悲鸿的朋友果然在某月某日之后，再也没看到徐悲鸿的身影。其实，徐悲鸿并未离开上海，他藏身于辛家花园的康公馆，那是他的老师康有为的寓所。

提倡民主思想、平等观念的康有为，支持他的心爱弟子徐悲鸿，他让徐悲鸿住在康公馆，申请护照，办理出国相关手续，并购置旅途所需日用品。

这是1917年，徐悲鸿计划这年的5月14日清晨，乘日本船“博爱丸”驶往长崎。

5月13日，蒋棠珍接到徐悲鸿的秘密通知，要她当天天黑之后到爱多亚路长发客栈找他。这天，朱了洲故意来蒋家邀请蒋父蒋母出去吃晚饭，饭后再去听戏。暮色四起时，蒋棠珍竭力使自己保持镇静，把早先预备好的一封信，放在母亲摆针线和账本的抽屉里。信中含含混混地写着她深感人生乏味，不知何去何从，诸如此类的萧索话，读起来颇有想要去自杀的意味。

到了长发客栈，徐悲鸿已等候多时，见她如约而至，欢喜不已。

也是在这天夜里，世间从此再无“蒋棠珍”，只有“蒋碧微”。徐悲鸿取出两枚水晶戒指，一枚上面刻“悲鸿”，一枚镌着“碧微”。他将那枚“碧微”戒指，给这个即将随他私奔的姑娘戴上。“碧微”是他为她取的名字。

蒋碧微的父母晚上回家，不见女儿踪影，读罢抽屉里的那封信，心中暗暗叫苦。他们该向查家如何解释呢？

也有人说，蒋家父母其实同意女儿和徐悲鸿结婚，并默许女儿随徐悲鸿去日本。这是康有为的功劳。康有为一次又一次做蒋父的思想工作，决心促成这件美事。蒋父毕竟是开明的大学教授，他也认为徐悲鸿远比查紫含更有前途。哪个父亲不期望自己的女儿嫁个大有可为的男人呢？

5 月 13 日夜，康有为设宴为徐悲鸿和蒋碧微饯行，祝福这对两情相悦的男女前程锦绣恩爱一生。康有为蘸墨挥毫写下“写生入神”四个大字，旁注“悲鸿仁弟，于画天才也，书此送其行”，赠给徐悲鸿。

事已至此，蒋父只好另做打算。他买了一口棺材，设灵三日，说是女儿蒋棠珍患急病去世。为掩人耳目，棺材中装上石头，看起来沉甸甸的样子。他又在《申报》上刊登爱女病逝的讣告，并登载了那封颇有自杀意味的“遗书”。查家见此情形，也无话可说，两家结亲之事就此作罢。

徐悲鸿和蒋碧微到了日本，靠什么生活呢？

才华是一个人行走世界的通行证，若才华被人赏识，又可换来买取一日三餐四季衣裳的钱财，才华是可谋生亦值得骄傲的徽章。那时的徐悲鸿，虽有才气，但他的美术造诣和名气都还远远不够，靠卖画为生行不通。

去日本前，他们只带了两千块钱，这够做什么呢？徐悲鸿大量地买书买画，蒋碧微呢，她不用买衣买鞋吗？她只有十八岁，十八岁的姑娘有谁不爱美衣美衫？再则，住房，吃饭，哪一桩事少得了用钱？

蒋碧微说：“东京居家大不易，再拖下去就得挨饿，于是我们只好在当年十一月间，又从东京黯然地回到了上海。”

这时的蒋碧微，她可有后悔当时毅然决然和徐悲鸿私奔到他国？尘世里听起来足够浪漫的事，倘若真去行动，往往非但不浪漫反而太过辛酸，譬如幻想浪迹天涯的人一旦上了路受那风餐露宿、跋山涉水之苦，方意识到在家千日好，出门万事难。行路难，私奔亦如是。不过，蒋碧微即使偶有抱怨也未曾后悔吧，毕竟她和自己喜欢的人在一起，有爱情滋润她。爱情这东西很神奇，有些时候能给人足够的力量忘却饥寒，有情饮水饱。

东京居家大不易，徐悲鸿带着一大堆书画，带着蒋碧微，黯然离开日本，回到上海。

在日本，蒋碧微曾有写信给父母，请求他们原谅。父母并没有什么责难，只是回信表达关切。而今回到上海，蒋碧微仍不敢贸然回家，找了一家旅馆住下。直到父母寻来，要她带着徐悲鸿回家。蒋碧微的父亲素来看重徐悲鸿，自然不会难为他，就近租了一处房子，要他和蒋碧微住，招呼他们到家里吃饭。

是金子总要闪光的，若还有人照料着不使金子蒙尘，金子自然熠熠生辉。此时，徐悲鸿的人生道路上出现了另一个关键人物，他就是蔡元培。

蔡元培当时是北京大学校长，他主张“思想自由，兼容并包”的办学方针，只要是有才之士都可以去北京大学传道授业。从康有为那儿听说了徐悲鸿之后，这位极力提倡美感教育的大学校长，毫不犹豫地聘请徐悲鸿出任北京大学画法研究会导师。

据《蒋碧微回忆录》记载：“蔡先生也是热心而爱才的人，北大没有艺术系，他便专为徐先生设立了一个画法研究会，聘请徐先生担任导师。北大同学中凡是对艺术有兴趣的，都可以参加研究。”

在徐悲鸿从上海到北京前，康有为给他的大弟子罗瘿公写了封信，要他好生照顾徐悲鸿。罗瘿公是著名剧作家和诗人，在京城和很多名士都有密切往来，京剧大师程砚秋对他以师辈相称，他为程砚秋写剧本，并对程尽心指导，功成名就后的程砚秋曾发出“程有今日，罗当首功”的慨叹。有一次，罗瘿公包下戏院头几排座位，请朋友看梅兰芳的戏，徐悲鸿也在受邀之列，这也是徐悲鸿第一次亲眼目睹梅兰芳的京戏。戏后，徐悲鸿为梅兰芳画了一幅《天女散花图》，罗瘿公题诗：“后人欲识梅郎面，无术灵方可驻颜。不有徐生传妙笔，焉知天女在人间。”梅兰芳对此画十分满意，将其珍藏起来，朋友或外宾来访，往往取出此画展示；后来，无论辗转何方，他都带在身边，唯恐丢失。徐悲鸿和梅兰芳的友谊也自此结下。

又是北京大学画法研究会导师，又有罗瘿公引着结识名士，徐悲鸿一跃跻身于北京名流圈子。当然，蒋碧微也进入了这个圈子，正所谓妻凭夫贵。蒋碧微感受着徐悲鸿的成功，她没有看错人，他的确矢志上进。有才华又矢志上进，这样的人看着就让人欢喜。

1918 年 5 月 14 日下午，徐悲鸿在北京大学画法研究会讲演《中国画改良之方法》，提出“古法之佳者守之，垂绝者继之，不佳者改之，未足者增之，西方画之可采入者融之”。这番高昂的改革呼声，振聋发聩，可以看作是一个 23 岁的年轻导师的美术主张，也可以看作是一个美术青年的留学宣言。因为此时，徐悲鸿正向北洋政府申请官派出国名额。

在蔡元培、傅增湘等人的帮助下，徐悲鸿终于争取到他梦寐以求的公派赴法留学的机会。

1919 年 3 月 20 日，徐悲鸿带着蒋碧微登上海轮，再次远航。这一次，截然不同于上次趁着夜黑秘密出走又趁着晨雾未散登上日本船“博爱丸”；这一次，他们光明正大又风光体面地和亲友挥手告别。

我想，那年那月那时的徐悲鸿，他是意气风发的，他一定是高高地昂起头，带着笑，世界在他眼中，世界在他脚下。他或许心头浮上一句诗来：“仰天大笑出门去，我辈岂是蓬蒿人。”而蒋碧微，她依偎着徐悲鸿，如世间所有温婉的妻子依偎着她伟岸的丈夫，迎面吹来清新的海风，海鸥欢快地叫着漂亮地掠过她眼前的海面，远方是一望无际的大海，海的尽头有什么她来不及想象。但她相信，一切都和幸福有关。

徐悲鸿和蒋碧微，他们的生活真正开始了。

一对男女在一起，最真实的生活无关如何相识亦无关如何相恋，那些风花雪月都是浮在尘上飘于云端的，哪怕为着在一起曾历经千辛万苦，一切不过似一场美丽的梦，为日后围着炉火追忆添一些浪漫谈资。最真实的生活是从他们在一起后，花归花，雾归雾，尘归尘，土归土，玫瑰花和着山盟海誓都一瓣一瓣融于柴米油盐酱醋茶中，琐碎，但真实又生动，含着笑，也含着刺。

在男人或女人眼中，最常看见的，往往不是为了拥抱而缩短彼此间的距离，而是拥抱在一起后他们突然发现，无论如何贴近都还有着合不拢的缝隙。富贵夫妻有富贵夫妻的忧苦，贫贱夫妻即使彼此时常给予对方感动，但感动填不饱肚子，也缝补不了衣衫以遮住或黑或白的手肘，因为捉襟见肘，纵是巧妇也难为这无米可炊无布可缝的尴尬，真的是百事皆哀。

且说徐悲鸿带着蒋碧微离开了祖国，行经伦敦，去参观大英博物馆、英国国家画院以及皇家画会展览会，走走停停，然后抵达巴黎。在这儿，徐悲鸿全身心投入到艺术世界中，结识不少名士、大画家，受了不少能使他画技突飞猛进的点拨，那些都是精神上的，是属于徐悲鸿的。而琐碎的柴米油盐的物质生活，属于徐悲鸿和蒋碧微。

徐悲鸿虽是公费资助留学，但那些费用仅够一人勉强过活，徐悲鸿不是只身一人，他还有蒋碧微。这样的日子，难免窘迫。

1921 年春，巴黎举办规模盛大的美术展览。开幕那天，徐悲鸿一大早就赶到会场，流连一整天，粒米未进，滴水未饮。天黑时从会场走出来，这才发现外面下起了鹅毛大雪。由于衣衫单薄，又一天不曾进食，风雪之夜更难行路，徐悲鸿硬撑着回到家中。他以为用热水洗澡可以驱寒，谁知刚洗了一半，腹部袭来一阵强烈的痛楚，他差点摔倒在地。从此他患上了严重的胃病，此病终身未愈。在他的一幅素描上有这样一行小字："人览吾画，焉知吾之为此，乃痛不可支也。"

人们对着一幅幅画儿，欣赏、赞叹不已，有谁曾去想画画的人一笔笔勾勒时，置身于何等境地，承受着何等痛不可支的生活？

还好，徐悲鸿身边还有蒋碧微。蒋碧微虽出身优裕家庭，但她拿得起放得下，因为爱，她能忍受这食不果腹、捉襟见肘的生活。

在困境中，大多数人坚强得往往会超越他自己的想象。或许曾以为自己再经不起多一分毫的打击，但磨难袭来，他才发现，苦水涨升，他也在往上拔节，总能高于苦水一点点，所以死不了。他远远比自己想象中还要坚强。

再苦再难始终有蒋碧微陪着，徐悲鸿又欣慰又难过。嫁汉嫁汉，穿衣吃饭。女人嫁给男人，不患钱财多寡，最哀伤之时或许仍要笑着说一句，有情饮水饱，是为鼓励男人，也为支撑自己。而男人，他到底无法释然微笑，心底满满的都是痛苦。人的一切痛苦，本质上都是对自己的无能的愤怒。其实男人可以吃苦，吃很多很多苦都可以不在乎，他只容忍不得他的女人陪他一起受累吃苦，那是世界对他生活能力的最大最讽刺的挑衅。

蒋碧微当时不过二十出头，这年龄的女人，有几人不爱打扮？何况，又身处巴黎这处处流光溢彩，处处锦衣霓裳的大都市。有一次，蒋碧微路过一家商场，一眼就看见一件风衣挂在那儿，安安静静，却也似乎衣上满满都是温柔的手，拉她扯她，提醒她，它已等她好久了。一试穿，果然美丽，爱不释手。店员百般赞叹千般怂恿，要蒋碧微买下。她羞赧地脱下衣服，道着歉离开了。后来，她又多次去那家商场，去看那件风衣。风衣一直都在，似乎只为等她来穿，而旁人，旁人是没有资格也穿不出这风情万种的。

徐悲鸿知道后，深感内疚。他辛苦地绘画，只有刻苦用功，他才稍微心安，似乎这样才可感觉到自己正带着妻子往好日子又靠近了一些。有一天，他的一幅画卖了一千元，揣着钱就直奔商场，为蒋碧微买了那件风衣。是的，蒋碧微抱着风衣哭了。

那时候，身上揣一块怀表，对男人来说是一件很时髦又体面的事。徐悲鸿舍不得买。蒋碧微留了心，省下吃饭的钱，买了一块怀表给她的丈夫。徐悲鸿会不感动吗？这或许是他一生中最值得铭记的。许多年后，他和蒋碧微劳燕分飞，不相往来，各自曲折，各自悲喜，但是，他离开这世界的时候，他的口袋里还揣着那块怀表。蒋碧微听闻这消息，禁不住怆然泪下。

男人总是让女人哭，欢喜着哭，悲痛地哭。而女人是男人身上一道又一道永不消退的伤，有些伤口弥漫荣光，有些伤口溢着又冷又热的泪。

到了 1921 年，由于国内政局动荡，徐悲鸿的留学官费经常供应不上，生活愈加艰难。

蒋碧微思来想去，决定硬着头皮到中国驻巴黎的领事家借钱。到了那儿，领事夫人很热情地和她聊天。蒋碧微数次想把借钱的事说出来，每每话到嘴边，她又咽了下去。有生以来，很少开口求人，她担心被拒绝，更害怕自己在被拒绝之后不知如何收场。

最后，她悻悻地从领事家走出来，始终没能说出借钱的事。回家，她扑到徐悲鸿怀里，哽咽不已："对不起，悲鸿，我没有借到钱。"徐悲鸿当然不怪她，他只是抱着她，无语伤心。他们紧紧拥抱。偌大世界，他们所拥有的，不过是彼此。

听说战后德国通货膨胀，马克贬值，同样的法郎在德国可以维持更长时间的生活。徐悲鸿和蒋碧微商议，不如迁居柏林。

1921 年夏，徐悲鸿带蒋碧微前往柏林。在这儿，徐悲鸿认识了柏林美术学院院长康普先生，经常问学于他。徐悲鸿最爱伦勃朗的画，便去博物馆临摹，每天都持续画 10 个小时；此外，柏林动物园中凶猛的狮子亦是徐悲鸿最好的写生对象。他所能做的就是努力，一门心思研究绘画，希望早日艺成，靠绘画改善自己的经济条件。

有些喜欢唱高调的人，动辄就说伟人或大师的所有努力都是为了实现心中崇高的理想。其实，每一个人活着，最先要满足的只是口腹之欲，竭尽自己所能，运用自己所有，为稻粱谋。倘若恰好自己所作所为，可解决最基本的衣食住行之需，又可将所作所为发展成事业，站到更高的地方，发出更亮的光，那是再好不过的了。要知道，饿着肚子的人，谈理想实属奢侈。理想是远方的一道光，可以心中存有，但要抵达远方，总得吃饱饭才可行路。

也是在柏林，张道藩出现了。他就像一把斜斜刺出的剑，冷不防就插入了徐悲鸿和蒋碧微的生活。

张道藩也是学画之人，来拜访徐悲鸿，本意只是想结识这位有才气的艺术上的同道。来而不往非礼也，徐悲鸿携蒋碧微回访张道藩。两次相见，蒋碧微给张道藩留下了深刻的印象。在张道藩的回忆中，那时的蒋碧薇身材修长，一头柔顺的秀发，皮肤吹弹可破。他对蒋碧微一见钟情，他曾对朋友说，蒋碧微真乃天人也。

1923 年春，徐悲鸿携蒋碧微重返巴黎。不久之后张道藩也到了巴黎，在巴黎最高美术学院深造。

在巴黎期间，徐悲鸿和张道藩、谢寿康、邵洵美等人，情投意合，来往密切，索性成立了一个叫“天狗会”的小团体。“天狗会”

这个奇怪的名字，带着几分玩笑，或许也可以看作是对当时国内颇为著名的西画美术组织“天马会”的讽刺。

天马会是刘海粟在上海发起的一个美术团体，提倡美术改革，在美术教学中首次实行人体模特写生。这在当时的美术界引起了轰动。有一次，徐悲鸿和几个朋友在聚会中谈到了天马会。有人提议，我们何不组织一个天狗会？

别开生面的天狗会就这样成立了，徐悲鸿是二哥，张道藩是三弟，蒋碧微则被戏称为“压寨夫人”。

有组织，又成了兄弟，张道藩和徐悲鸿夫妇来往更密切了。

徐悲鸿和蒋碧微的生活，一直很拮据。从小家境富裕的蒋碧微，经常为生活开支窘迫而苦恼。徐悲鸿为了筹钱维持家用，甚至远赴新加坡为人画过像。徐悲鸿不在身边的时候，张道藩的帮助让蒋碧微又感受到曾经的优越生活。

徐悲鸿和蒋碧微的女儿徐静斐回忆说，母亲跟父亲在法国八年，给的那一个人的学费两个人用，根本就买不起衣服，穿的都是很简单的自已缝的衣服。张道藩经常给母亲买漂亮衣服，带她到高级沙龙里面去做客，母亲就高兴得不得了。

随着交往深入，张道藩再也按捺不住自己的感情，在一次单独相处中，他向蒋碧微递上了情书。读过后，蒋碧微就把它烧掉了。这时，她很清醒，她是徐悲鸿的妻子，她要做一个好妻子，不能做有伤夫妻感情的事。

问题出现了，总得找个解决问题的办法吧。

徐静斐说：“我母亲是住在阁楼上面，阁楼便宜。楼底下一楼有一个洗衣店，那个洗衣店老板的一个女儿叫苏珊，长了一头金黄色的头发，蓝眼睛，是一个很漂亮的典型的法国女郎。我母亲就把那个苏珊介绍给了张道藩。希望张道藩去跟苏珊两个人相爱。”

蒋碧微拒绝了张道藩，又为他和苏珊牵拉红线，如此境况，张道藩对蒋碧微的爱应该停歇了吧？即使爱得再深，蒋碧微毕竟是二哥徐悲鸿的妻子，三弟张道藩难道不清醒吗？

人人心中都有许多欲望，是感性地任由欲望如野火一样蔓延燃烧，还是理性地抑制欲望，使这欲望不失礼不逾矩，如何抉择，可见一个人的智慧和品行。

1925 年，国内政局动荡不安，留学生官费停发。徐悲鸿和游历法国的黄孟圭结伴，途经新加坡回国，设法筹措款项，然后再回法国继续学业。

徐悲鸿回国，蒋碧微独居巴黎，张道藩呢？张道藩跑去了意大利。不过，他并没有闲着。1926 年 2 月，他从意大利写信给蒋碧微，向她端出了一颗赤裸裸的爱心，他想要蒋碧微跟他走。

蒋碧微茫然了。她或许想起，1917 年徐悲鸿也是这样问她，愿不愿意我带你远走高飞？那时，她也心生迷茫，毕竟她已和查紫含有了婚约。这一次，她是徐悲鸿的妻子，而张道藩，这个温情脉脉的男子，的确给过她徐悲鸿不曾给的温存。他情思细腻，善于酿造使人陶醉的小情调，坦白说，她很感动也很享受。但是，她是徐悲鸿的妻子，她爱徐悲鸿，也无法忘却当初放弃一切，用了飞蛾扑火的姿态随徐悲鸿私奔去日本。莫非她的一生就是一场接一场的私奔？她不要这样。她和尘世里所有女人一样，想要的不过是一份妥帖的爱，一个温暖的家，丈夫钟爱她。徐悲鸿当然爱她，否则那一年他不会不顾一切地带她走。

一切都摆在眼前了，蒋碧微知道，她这次必须要有一个明确的态度，断绝和张道藩以往保持的那种暧昧之情。暧昧是一块糖，很甜，怕只怕含着含着蜜糖却就成为砒霜。

蒋碧微再次拒绝张道藩，用了比上次要决绝很多的态度，关上了对张道藩的感情闸门。

极度失望的张道藩为了让自己从失恋的阴影中走出来，或者说为了麻木自己，他和法国姑娘苏珊结婚了。有时，一个人要忘记一段感情，最好的法子就是开始一段新的感情。张道藩或许很希望自己能够重新开始，但是，他失望了，因为东西方文化的差异，他和苏珊很难投缘。

蒋碧微在婚姻里纠结着，迷茫着，挣扎着，这一切，徐悲鸿根本没有察觉，他依然沉浸在自己的艺术世界里。1926年，他在上海参加田汉举办的梅花会，展出油画作品40余幅；在上海稍作停留，他回到巴黎。但是，很快他又去了瑞士、米兰、佛罗伦萨和罗马等地，饱览古今艺术名作，汲取绘画营养。或许在徐悲鸿的生活中，艺术是第一，其余则次之。可是，蒋碧微多希望工作太过投入的徐悲鸿能感受到她内心的慌张和伤感。

徐悲鸿没有错，蒋碧微也没有错。错只错在，男女有别。

大多数男人都认为，老婆娶到家，就一劳永逸、万事大吉了，反正那个女人已是他的人，就像上面贴了一个标签："此女为某某所有，私人财产，可远观，不可近距离碰触。"男人不会将太多的目光再放在家中，而是浏览世界，追求事业或者其他相关的能给他带来成就感的东西。男人认为，他是猎人，只要能带回更多的猎物，他的女人就没什么可抱怨的。

女人不这么想。女人想要的家，不只要有男人，有男人扛回的猎物，她更需要的是男人无微不至、极尽温存的宠爱。女人是用耳朵生活的，男人的甜言蜜语供养女人的耳朵，女人希望这甜言蜜语一直不要停歇，像空气包围她，像阳光照耀她。许多时候，女人怕的不是生活清贫，怕的是她一心一意要跟随的男人不知如何疼爱她，不陪她谈心，不陪她去做她认为很温馨很浪漫的简单小事。

只是，徐悲鸿一心沉醉于绘画，他想有更好的绘画技能，画出更好的更令人瞩目的作品，博得人们的掌声和欢呼，赢得更好的生活。他忘了，蒋碧微只是一个女人。

1927年8月，徐悲鸿结束了长达八年的留学生涯，和蒋碧微从法国回到上海。

离家八年，终于回归故土，蒋碧微自然十分欢喜，更欢喜的是，这年12月26日，他们的第一个孩子徐伯阳出生。人逢喜事精神爽，后来蒋碧微回忆起这段日子，笔调欢快："徐先生对伯阳钟爱万分，我更是自己喂奶自己带，把全部精力都放在孩子身上。……如今徐先生是一位声名鹊起的画家，身体健康，精力充沛，正站在他未来康庄大道的起点，用他这支如椽画笔，辟出他的远大前程，我将为他而骄傲。"

是的，异域求学的漂泊和清寒已成往事，锦绣前程徐徐展开。蒋碧微认为，她的人生将从此进入华彩篇章，她终于可以向那些冷眼看笑话的人证明，和徐悲鸿私奔，又随他远赴他国多年，这看似叛逆之举，到底没错，一切都是值得的。

然而，生活犹如一片海洋，风不停。风起处，波浪激荡，从来都是一波尚未停息一波又涌起。1928年1月，徐悲鸿和田汉、欧阳予倩等人组织"南国社"，徐悲鸿负责教授绘画，并和其他人一样是不拿薪水的。这在徐悲鸿看来，本是寻常之事，国难当头，他有责任尽自己所能"培植能与时代共痛痒而又有定见实学的艺术运动人才"，"为饥寒交迫的大众"输送"更粗也更壮烈的艺术"。他心中有大爱，求的是大道，而非仅仅满足一己私欲去赚个钵满盆盈。

蒋碧微不这样想，虽然她从不缺乏勇气和坚强，愿意为追求自己想要的生活一直往前，但她追求的生活不过是丈夫亲爱，孩子聪明，丰衣足食，风光体面，求得一己的安稳幸福。谁能说她不对呢？大多数女人应都是这般心思吧。

在上海定居后，田汉便常来找徐悲鸿商谈筹组南国社的事。徐悲鸿当时在南京国立中央大学任教，半个月在南京，半个月在上海。自从被田汉拉到了南国社，徐悲鸿把他的画具全部搬了过去，从此徐悲鸿就变成了半个月在中大，半个月在南国社。除了回家睡觉，蒋碧微整天看不见他的影子。

丈夫不陪她谈心，或许她已经习惯了，唯一不能习惯也不肯习惯的是，徐悲鸿在南国社倾心付出却不拿薪水。还有一点，徐悲鸿这时已开始创作巨幅油画《田横五百士》，歌颂当时饱受帝国主义压迫的中国人民最可贵的富贵不淫、威武不屈的精神，也鞭挞另一些人媚敌求荣的行为。蒋碧微见了画，抱怨说，画点轻松点的题材有什么不好！

或许蒋碧微认为，这一切都是因南国社而起，有一天，她就趁着徐悲鸿不在，把他的衣服、被子、画具等东西搬出了南国社，甚至很快又把家从上海搬到了南京。她还对徐悲鸿直言相告：要么离开南国社，要么就离婚！

这样的分歧，徐悲鸿完全没有料到。他想不到他的枕边人怎么这样不通情达理，但为了家庭和睦，他选择沉默和忍耐。

1928 年 7 月，时任福建省教育厅长的黄孟圭邀请徐悲鸿去福州游玩，顺便再画几张大幅的油画。徐悲鸿很高兴地答应了，带着蒋碧微和儿子徐伯阳以及一个女佣乘船南下。蒋碧微后来在回忆此事时特别提到：“孟圭先生就在教育厅里为我们准备了两间卧室，还指定了照应侍候的人。”看得出来，蒋碧微十分享受这种隆重的待遇，她一直想要的也正是这种到哪儿都风光体面的生活。谁人不想处处受人重视过风光体面的生活呢！

徐悲鸿在福州作画两个月，福建省教育厅给了他三千元的润资。靠着这笔钱，徐悲鸿把先前积欠的债务都偿清了。

这个时候的徐悲鸿，生活称得上富足，当时他已在南京中央大学担任艺术系教授，每月薪金三百元。在当时的南京，一般家庭月收入三十到五十元，基本就可达到温饱；月薪三百元，这收入相当可观。再则，此时的徐悲鸿声誉日隆，若再卖点画，自是另有不菲的收入。

物质生活条件提高了，徐悲鸿和蒋碧微之间的不和谐也越来越显露出来了。

贫寒可以考验夫妻之爱，富贵更可考验夫妻是否真的琴瑟和鸣。有些夫妻可同甘共苦，有些夫妻可同甘不可共苦，还有一些只可共苦却不能同甘。

徐静斐说："我母亲是非常注意她的打扮，只要是有好的衣料，丝绸缎子的衣料比较讲究的，那她马上就要买。买了以后呢就做，一天换一身衣服，而且都是非常讲究的衣服。"

徐悲鸿却不在意这些，对他来说，衣可蔽体就好，他最在意的是他的绘画，还有"国家兴亡，匹夫有责"的理想。他的生活除了授课，就是躲在画室里作画，或者外出为其他他认为值得的事奔波，和妻子蒋碧微的交流也一如既往地少。

或许他认为，妻子是家人，一家人自然有着同样的心思，步伐整齐地朝着一个方向行走，夫唱妇随理所当然，哪里还用得着沟通？需要沟通的，是家人之外的人和事。其实，大多男人的思维皆是如此。在女人看来，却是另一回事。许多妻子总是抱怨丈夫在外面能说会道，到了家却成了闷葫芦，不苟言笑。她们认为这是丈夫不爱她们了，或者爱得心不在焉。哪里是不爱或不够爱呢，只是男人和女人思维方式不同而已。

思维方式不同没关系，只要夫妻肯交流沟通。

很少相对而坐细细谈心的徐悲鸿和蒋碧微，就像瓷器生了裂痕，不修补，裂痕越来越大。徐悲鸿受不了蒋碧微的控制欲和过于挑剔，蒋碧微则觉得丈夫凡事以自我为中心，有艺术家"但取不予"的自私，性格又偏激，一颗心全部放在他热爱的艺术上，而她"无法分润一丝一毫"。

就在这时，张道藩又出现了。此时的张道藩已弃画从政，效力于国民党政府，在南京市政府任主任秘书。故人重逢，自是要殷勤来往，殷勤叙旧。何况，张道藩和妻子苏珊的生活并不融洽，他也始终未忘记在他心中一直都如天人的蒋碧微。

张道藩成了徐家的常客。三弟来了，二哥徐悲鸿却常常不在，他醉心于绘画，常常外出作画或举办画展。多情温柔的张道藩待蒋碧微温情脉脉，一如既往，这无形中勾起了蒋碧微曾失落过的爱情梦幻。

"对我个人来说，1930 年是一连串不幸的黑色岁月，许多重大的变故都在那一年里发生。4 月间，丹麟弟病势沉重，咳血不止，三个多月后终告不治。到了 11 月初，姑母又一病不起，与世长辞，亲人的离去使我伤心万分。"许多年后，蒋碧微回忆说。

也就在这个时候，本应得到抚慰的蒋碧微接到徐悲鸿的来信，信中催在外料理亲人丧事的蒋碧微回南京。他在信上说，如果蒋碧微再不回去，他可能就要爱上别人了。

这对蒋碧微来说，不啻是又一锤重击。她匆匆赶回南京，徐悲鸿坦白地向她承认，他最近在感情上有波动，因为他喜欢上一位他认为是才华横溢的女学生。那人名叫孙韵君，十八岁，安徽人，暑假投考中央大学文学院，没有考取，现在在他授课的艺术系旁听。

孙韵君就是孙多慈，据蒋碧微说，“多慈”是徐悲鸿为这个女生新取的名。当蒋碧微知晓自己的丈夫又为别的女子取名，会作何感想？当初她叫蒋棠珍，他爱她，为她更名蒋碧微；现今，“孙韵君”成为“孙多慈”，或许只可说明，他深爱这个女生。蒋碧微应是又恼怒又失落吧。

徐悲鸿的确很看重孙多慈。孙多慈入学三个月后，徐悲鸿对她发出了异乎寻常的赞赏：“慈学画三月，智慧绝伦，敏妙之才，吾所罕见。”

后来，徐悲鸿便很少在家，他总是一清早去上课，下午再去画画，晚上还要到艺术系去赶晚班。蒋碧微说：“当丈夫的感情发生了变化时，妻子都会有敏锐的感觉。但为了徐先生的名誉和前程，我不敢将徐先生师生相恋的事告诉任何人，只希望有一天，他会明白自己的身份地位，以及他对妻子儿女的责任，迷途知返。”

1931年夏，孙多慈以图画满分的成绩正式考取了南京中央大学美术系。风言风语由此而起。南京的一些小报记者，捕风捉影，渲染附会，其中甚者，以“画家怜惜才女，图画批以高分”“痴心画家动情取美女考生”等为题，添油加醋，绘声绘色，编成吸引读者眼球的桃色新闻。一时间，徐悲鸿和孙多慈的师生情，再加上蒋碧微，在他们的笔下，真假混杂，演绎成一段说不清道不明的三角恋爱故事。

对于此事，蒋碧微非常生气，和徐悲鸿大吵大闹，有时甚至一吵一整夜。

这个本不和睦的家庭，风起云涌，可谓阴影重重。

1932年底，南京傅厚岗6号的徐悲鸿公馆落成，孙多慈想着，先生要搬新居，做学生的总得送点礼物以贺先生乔迁之喜吧。送什么呢？太过普通的，或许先生看不上；太招摇太显眼的，师母知道了，肯定不会容忍。想来想去，徐公馆刚落成，正是绿化之时，不如送一些枫苗吧。

蒋碧微得知后，大发雷霆。她绝不容许和她丈夫传桃色绯闻的姑娘，将树种植到她的庭院里。蒋碧微吩咐用人把枫苗全部折断，当作柴火烧掉。

此举令徐悲鸿痛心不已。刚好，他原准备为纪念“九一八”事变后沦丧的国土和流离失所的人民，将公馆命名为“危巢”，蒋碧微嫌此名不吉利，不许叫。那好，这公馆就叫“无枫堂”，他的画室为“无枫堂画室”，并刻了“无枫堂”印章一枚作为纪念，钤盖于那一时期的画作上。

在客厅的东墙上，徐悲鸿悬了一副对联：“独持偏见，一意孤行。”横批是“应毋庸议”。画家黄苗子第一次见徐悲鸿就是在傅厚岗徐公馆，他当时也被“这副气魄雄健、出语惊人的大对联镇住了”。这副对联与徐悲鸿所坚持的“一个艺术家要诚实、要自信”“人不可有傲气，但不可无傲骨”“不要为名誉和金钱创作，不要为阿谀时尚创作”等是一致的。《蒋碧微回忆录》曾多次提到这副对联，她对徐悲鸿的这种脾气是比较恼火的。

徐公馆是一座精巧别致的西式两层小楼，客厅、餐厅、卧室、浴室、卫生间齐全。蒋碧微在院子里植上了草皮，点缀了花木，梅竹扶疏，桃柳掩映。房子内部的陈设是法国风格，雍容典雅。院中的草地上还安上了两把大的遮阳伞，伞下放上圆桌和藤椅，可以在草地上乘凉休闲。蒋碧微游历欧洲多年，又是著名画家徐悲鸿的妻子，自是有着较好的艺术修养，经她一手布置的公馆，当然不俗。

在当时的南京，私人公馆很少，徐公馆就成了达官显贵、文人骚客经常聚会的场所，而热心操办这些活动的就是蒋碧微。

蒋碧微所热衷的，徐悲鸿不喜欢。

徐悲鸿生活俭朴，日常生活除了授课、创作外，就是关心时局政事，并经常借作品抒发自己的思想感受。1933 年，徐悲鸿完成油画《徯我后》，该画取材于《尚书·仲虺之诰》：“徯我后，后来其苏。”描写的是夏桀暴虐，在他的统治下，人民痛苦不堪，商汤带兵去讨伐暴君，老百姓殷切地期待英明君主的解救。

这幅画在社会上引起了极大的反响，效命于国民党的张道藩很快找上门来，以关心的口吻告诫老朋友不要自找麻烦，并让蒋碧微好好地劝一劝徐悲鸿。

就算徐悲鸿存心自找麻烦，蒋碧微却不想，她反感徐悲鸿的政治倾向。

生活方式上有分歧，政治理想又有分歧，这对夫妻矛盾越来越大。

为何漂泊欧洲、清贫生活的那些年，两个人可以抱成一团儿，到了今天衣食无忧又声名显赫之时，却就各自变成了刺猬？莫非真的只可共苦不能同甘？莫非其中有一人忘恩负义？不，这无关忘恩负义。“苦”时，为了改变生活状况，他们有共同的生活目标，双方的矛盾被掩盖；苦尽甘来，彼此的性情，彼此的生活态度，差异凸现，摩擦和冲突也就不可避免。何况，他们之间又多了一个剪不断理还乱的孙多慈。

1934 年 10 月，刚刚从国外回来的徐悲鸿，为弥补多月以来对学生授课的欠缺，亲自带队，率领十多名学生，去素有“江南奇山”之称的天目山，进行一个星期的写生。

在天目山山顶，有一棵高大的红豆树，树上密密匝匝结满红豆。孙多慈摘了两颗最红最圆最结实饱满的红豆，送给徐悲鸿。

红豆，此物最相思。

天目山之行，徐悲鸿和孙多慈的感情已不再遮掩。他爱她，她亦爱他。从天目山归来，徐悲鸿定做了两枚戒指，一人一枚，每枚戒指镶嵌一粒红豆，红豆上一个刻了“慈”字，一个刻“悲”。

这事蒋碧微得知后，和徐悲鸿自然又少不了一场大吵大闹。先前徐悲鸿邀孙多慈陪他去台城写生，归来画了一幅《台城月夜》，以及《孙多慈像》，恰被陪着朋友去徐悲鸿画室参观的蒋碧微撞见，她二话没说，请学生帮她带走《台城月夜》和《孙多慈像》。这一次，又来了一对红豆戒指，蒋碧微不堪忍受。她18岁开始陪着这个男人浪迹天涯，到如今，他心中却有了别的女人，要她怎么承受！

偏偏那是兵荒马乱的年代，不愿意遭遇的事一桩桩接踵而至。

1935年春，著名戏曲作家田汉被捕，和田汉有着深厚友谊的徐悲鸿自是不会坐视不理。为了营救田汉，徐悲鸿不避嫌疑，四处奔走。他找到张道藩，希望张能想办法将田汉放出来。张道藩说：“你悲鸿兄求我，那我还能不办吗？”

一些时日过去了，张道藩和徐悲鸿说，要放田汉可以，但是要有两个知名的教授以性命担保，才可放人，而且要保证田汉出狱以后不再进行革命活动。

徐悲鸿毫不犹豫地答应，请了和他同为中央大学教授的宗白华出面担保，田汉被释放了。

蒋碧微恼怒了，她担心一家人会因这事被牵连进去。可徐悲鸿顾不了那么多，他还让出狱后无家可归的田汉，暂时寄住在徐公馆。

徐静斐回忆说：“在这一段时间里我母亲又发火，又吵架。和我父亲又吵架了。她说你就喜欢交这些穷朋友，整天把这些穷朋友，在家里管吃管住你能管得起吗？”

管不起也要管，每个人都有自己的处世原则。在别人看来或许不重要的东西，在他心中却占了极大的分量。他非如此不可，否则于心不安。人活着就是寻个心安。

1935 年夏，孙多慈从中央大学毕业，徐悲鸿想借助庚款出国留学名额，送她去国外继续深造。

什么是庚款留学？1900 年，时值中国庚子年，八国联军攻占北京；次年，《辛丑条约》签订，当时每个中国人头上几乎都背负着 1 两白银的债务，这是中国历史上最屈辱的一页。此后几十年中，中国一直承担着这一沉重债务。1908 年，美国开始向中国返还部分庚子赔款，以支持中国兴办教育，资助中国学生赴美留学，在随后的几十年中，其他当时侵略中国的国家相继效仿美国，返还庚子赔款用于资助中国学生出国留学，这被称为庚款留学。

徐悲鸿为孙多慈留学之事，四处奔波。凭一个女人的敏感和直觉，蒋碧微知道，当一个男人不惜一切代价为一个女人去奔波的时候，他的感情如同赌注，已全部放在这个女人身上了。而现在，这个男人就是自己的丈夫徐悲鸿，而这个女人，却不是她蒋碧微，而是孙多慈。

蒋碧微要怎样做？徐悲鸿在给著名出版家舒新城的信中，愤愤写道："弟月前竭全力为彼谋中比庚款，结果为内子暗中破坏，愤恨无极，而慈之命运益蹇，愿足下主张公道，提拔此才。"是的，因为蒋碧微作梗，孙多慈出国深造之梦就此断送。蒋碧微则毫不掩饰她的快意，晚年回忆起这段往事，她依旧津津津乐道这极为成功的"横插一杠"，并带有三分满足七分炫耀地写道："于是以后孙韵君（多慈）也就未能成行。"

尽管从另一角度来看，蒋碧微不过是不想他人来分享她的丈夫徐悲鸿，她随这个男人吃过那么多苦，而今这男人功成名就，在她看来，这男人应该完完全全属于她一人，怎能与人分享？其实蒋碧微错了。对于她，对于她极力维持的这个家庭，孙多慈出国受阻，并非是件好事。倘若孙多慈真的出国了，送走情敌，兴许也就没有后来徐蒋离婚之事了。

失意的孙多慈决定回老家安庆，离开这个是非旋涡，给自己一个宁静之地，也让徐悲鸿有一段安静生活。她意已决，徐悲鸿纵使不舍，又能如何！

也许孙多慈离开后，徐悲鸿是过了一段相对安静的生活，但这安静很快就又被打破了。

1936 年 5 月，张道藩邀请徐悲鸿为蒋介石画像，以庆贺几个月后的蒋介石 50 岁生日。那时，社会名流或政要，都以能得到徐悲鸿所画的肖像为荣。徐悲鸿拒绝了张道藩，不管张道藩出多少钱，他都不画这张像。

张道藩只好请蒋碧微出面，说服徐悲鸿。没用，徐悲鸿坚决不同意。蒋碧微非常不高兴，和徐悲鸿大吵，为何不为蒋介石画像？反对他，你还有什么好前途呢？为了前途，为了能挣更多的钱，你要识时务，要去画。

吵到最后，他们家中再无温暖可言，两人之间只剩下了冷漠。家已不成家，不如离家。徐悲鸿接受了李宗仁的聘请，出任广西政府顾问。他离开南京，去了广西。

此时留在南京的蒋碧微，仿佛也有了一种解脱，至少用不着两个人针尖对麦芒了。她在徐公馆继续扮演着沙龙夫人的角色，体验并享受上流社会交际的乐趣。当然，她所有的宴会，张道藩都会出现。

到了广西的徐悲鸿，因为“两广事变”，在《广西日报》上公开撰文谴责蒋介石，呼吁南京政府顺从民意，领导抗日。这引起了蒋介石的愤怒，也引起了蒋碧微的不安。她再也坐不住了，奔往桂林，试图说服徐悲鸿回南京。徐悲鸿已全身心地投入了“两广事变”抗日的浪潮里，他说他不能回南京，不能负义。蒋碧微怅然而归。

在十九年前那个深夜，离家出走的蒋碧微找到了徐悲鸿，随他四海漂泊，也找到了幸福，至少他们曾有过一些真真切切的幸福。但是这一次，蒋碧微找到徐悲鸿，却是只身而来只身而返，他们的婚姻走到了尽头。蒋碧微归去，而徐悲鸿再也没回过傅厚岗6号。

回南京的路上，蒋碧微哭了吗？当初不顾一切所追随的男人，今朝如此陌生。是他变了，还是她变了？或许，谁都没变，他们二人，一直都是依着自己的原则去处世，而这迥异的态度在结合之时他们谁都没有认清。或许，怪只怪，那个兵荒马乱的年代，许多事身不由己，总有一股看不见摸不着但十分强大的力量，推着他们，行到岔路口，再推着他们，各走各路。

1937年，七七事变以后，徐悲鸿积极为抗战四处奔走呼号。蒋碧微为躲避日本飞机的轰炸，她应邀搬到有地下室的张道藩的家中。有一天夜晚，她终于投入了张道藩的怀抱。

张道藩说，他对蒋碧微崇拜、爱了十多年，但是“从来不敢有任何希求。一直到人家侮辱了她，虐待了她，几乎要抛弃她的时候，我才诚挚地对她公开了我十多年来心中爱她的秘密，幸而两心相印，才有了这一段神秘不可思议的爱史”。

的确神秘，徐悲鸿竟一直都没看破他“天狗会”的三弟追求他的妻子。或许他也曾感到有一双看不见的手，在拨动他的生活，但他捉不住那双手，他没法子让这旋涡停下来。他只是任由自己被推动着，和那个他当年一心要带她私奔的女人，在两条路上，行行复行行，越离越远。

蒋碧微和张道藩常常靠笔墨倾诉衷肠，即使同处一城，他们也要浪漫地给彼此写信。后来，蒋碧微迁居重庆，她几乎每天都能收到张道藩寄自南京的信，满纸情话缠缠绵绵，挑起她无限眷恋。徐？这对一个女人来说，不，对一个妻子来说，要她颜面何存？
已脱离关系，覆水难收，怎能出尔反尔？那一桶水，岂是想
想收就收的！世间想必并无此等好事。就算有，这等好事也
蒋碧微成全，她不是那种妻从夫纲的女子，她敢私奔敢客居
年，她是自我独立的坚强女人。徐悲鸿，他长于绘画，但他
真的缺乏了解；他长于“独持偏见，一意孤行”，但他不长于
姻。不客气地说，这个男人太自负了，他以为蒋碧微是他的
想穿就穿想脱就脱。

许也可认为，蒋碧微的拒绝是一种报复。她也曾竭尽心力，
望徐悲鸿迷途知返，但他没有。“如今我已对他全部绝望，
勉强我自己忘却那触目惊心的往事，强颜欢笑，和他重归于
蒋碧微说，“早已化为灰烬的感情是不可能重炽的”。
关键的是，还有一个张道藩，他给她退路，即使离了婚，她
处可去。所以，她拒绝得铿锵有力。

年12月1日，徐悲鸿和蒋碧微在重庆沙坪坝重庆大学教
，进行了隆重的签字离婚仪式。夫妻一场，蒋碧微需要一
仪式来为自己的婚姻正名——有离婚，必然有结婚，所以
居”。

微问徐悲鸿要了一百万的赡养费和一百幅画。后来有人议
微此举太过薄情并且极度贪慕钱财。其实，离婚时的财富
正是她想让他从物质上对这段感情进行补偿吗？如果没有
就要很多很多的钱。得不到爱，又得不到财富，先前许多
白过了！这不是蒋碧微的风格。

手续，蒋碧微去朋友家打了一夜牌。这种太太式的发泄，
她缓解伤痛的好办法。

庭走出来，走到大千世界里去，蒋碧微已经逐渐懂得了男

悲鸿，这个曾在她心中极为重要的男人，已退居其次，或者根本就没了位置。在张道藩随国民政府迁都重庆后，蒋张二人的往来更为密切了。蒋碧微将她在重庆的寓所，取名为“宗荫室”。“宗”，这是张道藩给蒋碧微写情书时常用的署名。

1938年，孙多慈一家辗转流徙到长沙，巧遇徐悲鸿。徐悲鸿通过友人，将孙氏全家迁至桂林，还为孙多慈在广西谋得一职。

同年7月31日，徐悲鸿在《广西日报》上刊登了一则启事：鄙人与蒋碧微女士已脱离同居关系，彼在社会上一切事业概由其个人负责，特此声明。

徐悲鸿托一个朋友，拿了这报纸给孙多慈的父亲看，向孙父提亲，希望促成徐、孙这段婚事。孰料，孙父断然拒绝。数日后，孙父携全家离开了桂林。后来，孙父安排孙多慈和时任浙江省教育厅厅长的许绍棣谈婚论嫁。1940年，孙多慈和许绍棣结婚；1947年后出国，后又转赴台湾。

蒋碧微看到徐悲鸿登载的那则启事，怒火中烧。她随他到处流浪，忍饥挨饿，共患难，又为他生儿育女，可是到了今天，他居然登出“脱离同居关系”的启事！就算夫妻关系早已名存实亡，就算要声明“脱离同居关系”，蒋碧微认为也应由她来开口，否则，她心气不平，觉得被深深辜负了，白白耗费了二十多年在这个负心汉身上。

事已至此，徐悲鸿和蒋碧微，他们的情感裂痕已不仅仅是裂痕，已然更加恶化，朝着不可收拾的地步滑去。

1940年12月31日，蒋碧微由重庆飞往成都，她的朋友郭子杰派汽车将她接到郭公馆。好友相聚，交谈甚欢。郭子杰夫妇对蒋碧微盛情款待，陪她逛遍武侯祠、薛涛井等成都名胜，还带她到都江堰、郫县游览。

最难得的是，蒋碧微买到一本宋拓本的《郑文公碑》。1917 年，蒋碧微跟随徐悲鸿旅居日本半年，每天习字，就临的此帖。真具讽刺意味，在这节骨眼儿上买到此帖，恰似去日本旧地重游了一番。不容易遇见的帖子竟也买到了，当初陪在她身边看她临帖习字的那个男人呢？物是人非事事休，未语泪先流。

是不是人生有许多事，拼了力气去做，到头来却只落得两手空空，满怀怅然？

1941 年愚人节前夕，蒋碧微的几个朋友坐着聊天，说到徐悲鸿几年前刊登的那则“脱离同居关系”的启事，便想着趁愚人节开个玩笑。4 月 1 日的一份报纸上，果然登了一条广告——徐悲鸿蒋碧微结婚启事：兹承吴稚晖张道藩两先生之介绍，并征得双方家长同意，谨订于民国三十年四月一日在重庆磁器口结婚，国难方殷，诸事从简，特此敬告亲友。

次日，蒋碧微及时登了个否认启事：昨为西俗万愚节，友人徐仲年先生伪借名义，代登结婚启事一则，以资戏弄，此事既属乌有，诚恐淆乱听闻，特此郑重声明。

那些朋友到底是好意撺掇徐、蒋二人和好，还是仅仅开了个实在不好笑的玩笑？或许这并不重要，重要的是蒋碧微的态度：及时否认。她是为了维护自己的自尊吧？她想证明什么？或者说，她想得到什么？

毋庸置疑，她有她的骄傲。

1942 年，客居新加坡等地长达三年之久的徐悲鸿回到国内。得知消息后，蒋碧微感到十分尴尬。依着法律来说，她仍是徐悲鸿的妻子，也就无法拒绝丈夫返家，但她早已做了张道藩的情妇，或者说，在她心底，丈夫早已易人。她不知如何是好，写信给张道藩，诉说自己的无所适从。张道藩回信提出四条出路供她选择：一、离婚结

婚（双方离婚后再公开结合）；二、逃
向远方）；三、忍痛重圆（忍痛割爱，
自由（与徐悲鸿离婚，暗地做张道藩的
蒋碧微选择了最后一条路。
同年 6 月，徐悲鸿来重庆，寻蒋
甚至泪流满面跪地乞求。蒋碧微正与张
定主意和徐悲鸿离婚，当然不会对徐
的是嫌恶。和好是根本不可能的事。
倘若蒋碧微对徐悲鸿尚存一点爱
情失地的大好时机。先前那么多的苦
头金不换，丈夫要回家，为何拒绝呢
自尊心决不允许她这么做。
也有人说，在徐悲鸿离家出走远
一次话。蒋碧微清清楚楚地说：“假如
你什么时候回来，我随时都准备欢迎
明，万一别人死了，或是嫁了人，等
绝对不能接受。”
倘若真的如此，蒋碧微此番拒绝
守先前自己的诺言。她有她的骄傲。
要不，当年她不会甩开查紫含和徐
后，三番两次针锋相对一路追击，
原则和生活态度。若她肯委曲求全，
良母，一心相夫教子，过她的安稳
蒋碧微吗？
徐悲鸿也并非无错。为了和孙
氏脱离同居关系，试问，成婚二十余

居关系
而今既
泼就泼
轮不着
他国八
对女人
经营婚
衣服，
或许
殷切盼
又怎能
好？”
更
也不是
194
授宿舍
个郑重
不是“
蒋碧
论，蒋
要求，
爱，那
年岂不是
办完
也许正是
从家

人的不可靠。不，不仅仅是男人不可靠，这世上所有人都不可靠，每个人所能依靠的只有自己。恋爱可以谈，但生计还得自己筹划。现在，她已没有后顾之忧，在正式走进张道藩的世界之前，她手中已有了价值不菲的筹码。她已为自己的余生做好了打算——即使哪天和张道藩闹翻，也没关系，她有一百万元，更有一百幅国际著名画家徐悲鸿的画。

从此以后，徐悲鸿，蒋碧微，这一对冤家再没重逢。世界说大不大，说小不小，恰好够两个人金风玉露一相逢，又恰好够失爱的两个人天涯陌路不再擦肩而过。

1953 年 9 月 26 日，徐悲鸿病逝于北京。在他身边陪他走完人生最后一程的，是他的第二任妻子廖静文。

此时，蒋碧微在台湾，张道藩也在，她是张道藩的情人。当她得知徐悲鸿去世，口袋里还揣着当年在巴黎她买给他的怀表，她泪落如珠。徐悲鸿不会知道，在她卧室的墙壁上，一直都挂着他当年为她画的《琴课》。若徐悲鸿知道，又会怎样？或许不怎样，因为他一直都长于绘画，他不擅长勾勒感情。

去中山画堂看画展，在展厅门口，蒋碧微刚签好名字，一抬头，她看见了孙多慈。几十年前她们是情敌，兜兜转转，又在这里相逢，她们都愣住了。世界真小，她们总是相遇。是蒋碧微先开的口，略事寒暄，她将徐悲鸿逝世的消息告诉了孙多慈。她看见孙多慈脸色即刻大变，眼泪夺眶而出。

蒋碧微和孙多慈，一生中的这一次特殊的对话，竟是说着那个她们都曾爱过的男人，说他的逝去。她从来没得到过他，她最后也失去了他，然而恰恰是他，改变了她们的一生。

孙多慈为徐悲鸿戴孝三年。她的丈夫许绍棣到底是爱她的，纵容她三年守孝。或许，许绍棣只是觉得，没必要和一个死去的人争风吃醋。

1978年，蒋碧微在台北去世。

蒋碧微卧室的墙上，挂着徐悲鸿为她画的肖像——《琴课》，而客厅里悬挂的，则是张道藩为她绘制的画像。谁能说这只是无意或巧合？此等安排，或许饱含深意。客厅，是她与张道藩，那是场面上的爱，爱给自己看，也爱给别人看——她要让这个世界知道，高官张道藩是她爱情的俘虏，这无疑是女性魅力的明证，更是建立自信的好途径。而卧室，那是私密之所，藏在那儿的都是最珍贵的，不管嘴上肯不肯承认，那都是最珍贵的。

不过，到最后，什么都不重要了。灰飞烟灭，尘归尘，土归土。从头到尾，一段故事，不过是做了闲人的茶余饭后的谈资，横看成岭侧成峰。

人生何处话悲凉

——萧红和萧军

费了好大工夫，琢磨着他们的故事该从哪儿说起。

怎么琢磨都觉不妥，浑似一滴雨想着落在龟裂大地，在哪儿下脚呢？在哪儿都不合适。又如对着一个苹果，苹果是红的，蛀孔也不少，你说，从哪儿下口呢？

坦白地说，我不甚喜欢萧军，不喜欢他的性格。窃以为他身上武夫习性远远浓于文人气质，粗狂，自负，野蛮。当然，亦可将此理解为身怀侠气，不过，他真不是一个温柔侠客。

说则轶事：1941年5月25日，延安，“中华全国文艺界抗敌协会延安分会”即延安“文抗”，驻会作家每周一次的生活检讨会上，大家轮流发言，各自检讨一周的工作、生活情况，轮到萧军发言，他先说了两件平常事，接着话锋陡转，声音粗硬：“同志们说话要负责任！”因为近来有人散布谣言，说他和一个叫洛男的已婚女子有恋爱关系，而文协党小组信以为真，准备将洛男调离文协，避免洛男夫妻离婚。

萧军说，如果不把这谣言的人和事弄清楚，就不让洛男离开文协一步。如果这发生的谣言没有结果，或再有新的发生，无论是谁，轻者他骂，重者他打，更严重的他就捅人家。

说罢，萧军顺手从皮靴筒里掏出匕首，猛一甩手，“嗖”的一声，刀尖插在桌子上，刀柄系着的红绸带在灯影下剧烈地摇晃着。全场顿然肃静。大家都被这突如其来的场面惊呆了。

倘若萧军活在一个只以拳脚论英雄的时代，他定然是个动辄怒发冲冠、拔剑四向的侠客。事实上，萧军幼年即有侠义思想，期冀长大后“背插单刀一把，闯荡江湖，除暴安良”，为此，他拜江湖艺人为师，舞刀弄枪。这没甚不好，热血男儿一个。和他交朋友，应是最好，他够直爽够侠义。但，女人遇着他，和他做夫妻，生活恐怕要多出许多风波；假若是个个性同他一般强烈的女人，岂不就是两个刺猬拥抱，到头来各自落一身伤。

萧红就是个强女子。

不久前，我有尝试写萧红传记，讲讲这个生来叛逆的女子。她一生追求爱和温暖，偏偏生活最喜同她玩捉迷藏，她不是做游戏的好手，寻来寻去寻不见，却在生活的暗道里，跌了一跤又一跤，跌得困极，她也就走了。其实她不舍生活，临终绝笔：“半生尽遭白眼冷遇…… 身先死，不甘，不甘。”这个传记，我写了万余字，因别的事，搁置下了。

动笔时，写得颇为顺畅，自己当时亦是喜欢。隔了多日再去看，不满意了。怎么可以用那般唯美细腻的笔调来讲萧红？她之一生，悲凉多于温热，哪怕是讲她一生最美好的时光，讲她的童年和给她深爱与温暖的祖父，也并不适合温情柔美。譬如描绘北方深秋的原野和天空，若是怀了江南绵软稠浓心思，如此落笔，看起来当真古怪。

将萧军和萧红放在一起，认真地说，我心难免偏袒萧红。这样不妥，有失公正。其实我只是想，萧红一生多苦多难，你知道的，对着一个湿答答滴苦水的人，到底没法子不生出一些同情心。“同情”这个词端的可恶，摆足了高高在上或救世主姿态。怀着同情心看人的人算不得好。稍有思想的人都不会接受同情，他们要热情更要理解，给不了理解，倒也不在乎谁来误解，只不可以拿同情来敷衍。

萧红是个不稀罕谁来同情的女子，若对她讲同情，她不会给你笑脸，若能踢得到，她会伸脚踢翻随意施舍同情的无知的人。

那么，我且收起我热情到无知的同情，试着保持冷静，说说粗武的萧军，说说他所“拯救”的苍凉女子萧红，说说他们的爱和哀愁。

那是1932年7月10日，《国际协报》副刊主编裴馨园收到一封信，信中说：“难道现今世界还有卖人的吗？有！我就将被卖掉……”

这是一个女子，有孕在身，欠了旅馆食宿费，无力偿还。旅馆老板将她赶到一个堆放杂物的小房间，停止饮食供应，且扬言，再不还钱，就卖她进妓院以抵债。

裴馨园读过信，带着两个编辑直奔东兴顺旅馆，对，这是在哈尔滨。裴馨园等人在东兴顺旅馆二楼南头的一个小房间，找到了那个写信求助的女子。一间阴暗的小屋子，除了床上的被褥、破旧书报、纸张和一个旧柳条箱外，几乎没什么东西了。那个女子呢，“穿着一件褪了色的蓝大衫，赤着脚穿一双皮鞋，白皙的脸上有一双可能因受刺激而失神的眼睛”。她就是萧红，当时她的笔名叫“悄吟”。

萧红是黑龙江省呼兰县人，原名张廼莹。发表小说《生死场》时，她开始使用笔名“萧红”。

裴馨园向旅馆老板出示记者证，警告他，恢复供给萧红的饮食，“一切费用，由我们承担”。

当天晚上，裴馨园和几个文友一起商议营救萧红的办法。有人计划抽自己的薪水为萧红还债，有的思虑萧红脱难后要做什么工作来谋生活。有个叫三郎的，直言不讳：“我只有头上的几月未剪的头发是富余的。如果能够换到钱，我可以连根拔下，毫不吝惜地卖掉它！”那几寸蓬草样的乱发谁肯要？裴馨园要三郎写文章卖。三郎挖苦道："天啦！在哈尔滨写文章卖给鬼吗？何况我又不会写卖钱的文章。"

这个三郎就是萧军。"三郎"是他曾用的笔名，也有说是"酡颜三郎"。"萧军"亦是他的笔名。他本叫刘鸿霖，辽宁省凌海市沈家台镇人。进东北讲武堂学过军事，当过宪兵。在讲武堂临近毕业时，为同学伸张正义，险些用铁锹砍死步兵队长，被讲武堂开除。对此，萧军感慨万分，写诗言志："读书击剑两无成，空把韶华误请缨。但得能为天下雨，白云原自一身轻。"

"九一八"事变后，萧军有感国土沦丧，民族危亡，立志抗日，遂与朋友密谋组织抗日义勇军，失败后逃亡哈尔滨。1932年，他向《国际协报》投稿，并给编辑部写了一封信，说明自己的困苦处境，希望得点稿费维持生活。副刊主编裴馨园采用了他的稿子，寄去稿费五元，并邀他做《国际协报》的编辑。

那时候真好，有困难写封信就可得援助，人人都古道热肠，有任侠气。不像现在，失去了信仰的人们，不，人们皆有信仰，只信仰自己的利益，为一己私利可不择手段、不顾一切地成全自己。有人行尽恶事唯独不肯做丁点好事，有人有做好事的心但恐惧做好事，生怕行好不落好，反惹来无尽麻烦。

萧军和萧红都有好福气，困境里，写一封信就得了援助。裴馨园亦是好有福气，他搭救的这两人，个个都没倒打他一耙，也没对他冷淡相待。

裴馨园去旅馆探望了萧红，次日，萧红给他电话，请他帮着找点书报看，说是待在那小黑屋子里实在无事可做。裴馨园给萧红写了封信，连同书报托萧军带给萧红。

这是萧军和萧红人生初见。

并非所有的遇见都有意义。生活中，某人和某人相遇，大多时候不过是眼神碰撞眼神，碰撞了千万次亦不过是不痛不痒，往深了说也仅得四字：泛泛之交。但，也总有一些人遇见另一些人，一次相见，一生换了走向，譬如烈火烧了干柴，或者宛似洪水冲垮河堤，白纸逢着流淌墨黑汁液的笔，再或者春风吹开了花又远去，花朵萎谢，落红一片。

萧军和萧红相遇，即使许多年后，萧军也掷地有声地说："至少我发现并拯救了一个未来出色的女作家。"

单说那天萧军去见萧红。萧红依着肮脏的旅馆木门，借着天光读完了裴馨园的来信，她指着信中提及的"三郎"的名字，说："我很喜欢这个人，我要同他谈谈。"

"为什么喜欢他？一个鲁莽的流浪汉！"萧军好奇地问。

萧红笑了："我读过他写的《孤雏》，里面有我喜欢的几句话。"

萧军本欲起身告别，又退了回来，定了定神，在萧红斜对面的桌旁坐了下来。他没料到，这个困居旅馆的大肚子女人竟是他的读者，一时间不知要说什么好。萧红借言房间实在太乱，打破尴尬沉默。房间的确很乱，破旧桌子上放着沾满污渍的信封，皱巴巴的报纸，未洗的碗碟，不过，床上有习过的字，再仔细看，还有一篇诗稿。

她竟然还会写诗，萧军吃了一惊。昏暗的屋子似乎忽然明亮起来，萧军觉得，他眼前这个女人比世界上任何一个女人都美丽，因为她的才华。他下了决心，无论如何，花多大的代价，都要拯救这个有才华的女子。

他们开始长谈。谈各自的家庭、经历和不幸。

萧红在初二那年寒假，由六叔做媒，和一个叫汪恩甲的人订了婚。这汪恩甲家中颇是富有，人也看着并不讨厌，萧红对这婚事较为满意。不料，初中尚未毕业时，萧红又认识了一个叫陆哲舜的人，倘若细细算起来，陆哲舜是萧红的远房表哥，虽他早已娶妻，但他对“眼睛很大也很亮”的萧红生出一些非分之想。萧红初中毕业时，他极力劝说萧红随他去北京读书。恰在这时，汪家提出要娶萧红过门。

若非萧红一心求学，再或者她的小学同学陈瑞玉婚姻幸福，或许萧红会同意和汪恩甲结婚。陈瑞玉的丈夫是个纨绔子弟，吃喝嫖赌，抽大烟，陈瑞玉每天要伺候到半夜方得休息。每次萧红去看陈瑞玉，都见她在流泪，她终因抑郁而死。偏偏萧红的未婚夫汪恩甲也抽大烟，这让萧红心生厌恶。她不要自己和陈瑞玉一样活得不明不白，又死得不明不白。唯有一个办法——逃婚。

萧红跟父亲说，她要去北京读书，请求父亲为她退掉婚约。怎么可能？已调任黑龙江省教育厅任职的张父张廷举，感觉丢不起这个脸。亲人纷纷出面，痛骂“小犟种”萧红“不孝”。如何是好？硬对硬必定拗不过。萧红答应结婚，但要求去哈尔滨办些嫁妆。家人欢喜地给了萧红一笔钱。萧红前往哈尔滨，一去不回。辗转取道去了北京，找表哥陆哲舜，在表哥的帮助下，进入女师附中读书。

后来，有研究萧红的人说，萧红爱上了陆哲舜，并和他同居。萧红的确有和陆哲舜同居一个四合院，对陆哲舜亦的确抱有好感，但她清醒，陆哲舜早有妻室，她不会刚出了汪恩甲的虎穴又入陆哲舜的狼窝。陆哲舜对她有无礼之举，她严词拒绝，并将此事说与好友，打抱不平的好友当面痛骂陆哲舜，要他守点规矩。

萧红在北京读书的消息传到家乡，未婚夫汪恩甲家觉得被耍弄了，对张家施压。汪家是有头有脸的大户，一怒之下将张父从黑龙江省教育厅调任到小县城。张父的愤怒可想而知。他向陆哲舜家要人，要陆哲舜速速带萧红回家，否则承担一切后果。陆家惹不起张家，但陆哲舜和萧红远在北京，他们纵有满腔怒火也发不出去，索性断了陆哲舜的经济来源。陆哲舜妥协了，带萧红回了呼兰。

这个男人，他本对萧红有非分之想，但竟未能从萧红身上占得他想要的好处，自是不会再为萧红鞍前马后、遮风挡雨。男人大多如此现实，他对女人好，好得有目的，讨不得便宜达不成目的，他断然不会再傻乎乎地耗下去。

萧红回到呼兰，她的处境是糟糕的。最疼爱她的祖父已离开尘世，她又曾叛逆逃婚，家中人个个不喜欢她。寻了个机会，她终又逃了出来，去了北京。

这一次，未婚夫汪恩甲尾随而至，两人同居。萧红本想继续读书，汪恩甲也有答应施以援手，后来竟未能将事情料理妥当。书读不成，留在北京还有什么意义？萧红只得回家。

姑娘一次次离家出走，在那年月，是天大的丑事。用萧红祖母的话说，“你真给咱家出了名了，怕是祖先上也找不出这丫头”，“把脸丢尽了”。更要命的是，祖母下令，严禁家中的女孩、媳妇和萧红接触，怕受了不良影响。

孤独的萧红寻着机会，再次逃走。据说，萧红这一次出走，惹得父亲暴怒，宣布开除萧红的族籍。萧红和她的家也彻底决裂了，再不肯回去。

流落哈尔滨的萧红，白天在街头漫无目的地流浪，夜晚去友人家借宿。有天去晚了，怎样拍门，都无人来开。那是冬天的夜晚，有风，有雪，萧红一天都没有吃饭了。人间所有的温暖似乎都向她闭紧了门。她想到了马棚里的马，狗窝里的狗，下等妓院的妓女，而她觉得自己连马和狗都不如，那下等妓院的妓女也比她幸福。

没人知道，萧红是怎么又遇到了未婚夫汪恩甲。他们住进了东兴顺旅馆。食宿费赊欠许多，旅馆老板再不肯赊欠了，汪恩甲回老家要钱，却被家人扣下。萧红去汪家要人，被骂了回来，汪家早已不承认这门婚事。可是，萧红怀了汪恩甲的孩子，仅是为了孩子她也不能松开汪恩甲。萧红向法院起诉，状告汪恩甲的哥哥代弟休妻。悲凉的是，萧红没能打赢官司，因为汪恩甲在法庭上承认离婚是自己的主意，和哥哥无关。

她以为深爱她的男人，背叛了她，自此，萧红和汪恩甲断了往来。

她能再去哪儿呢？老家是回不得了。世界如此之大，她无路可走。再回东兴顺旅馆吧，看那旅馆老板的脸色，听他恶语，总胜过幕天席地、寸步难行。

萧军听得萧红这番坎坷的经历，如看了一册最悲情的小说，一颗粗糙的侠义之心由不得钢铁化作绕指柔。他以为他是这世上最苦最难之人，此时方知，苦难是无止境的，无止境的苦难里总有一个人比你更苦更难。譬如，你以为自己没鞋子穿，一转头却看见那没脚的人；你抱怨阳光照不着你，竟又见了一个盲人，虽沐浴阳光但看不见阳光，永生黑暗笼罩。

“你对爱的哲学怎样解释呢？”萧军问萧红。

“谈什么哲学，爱便爱，不爱便丢开。”

“如果丢不开呢？”

“丢不开？便任他丢不开吧！”

这样的畅谈实在太有意思，两个天涯沦落人时而开怀大笑。

那夜告别时，天上挂满了星星。他们依依不舍，握手，且有了一个长长的吻。

次日，萧军又去旅馆找萧红，就在那旅馆里，他们相拥在一起，他们相爱了。他发誓要救她出去。她爱上了他。

假若一个男人穷困潦倒，有个女人拉他出苦海，再怎么感恩，他都不会娶那个女人，除非他别有用心。因为在那女人面前，他是个弱者，弱者的自卑混合男人的尊严足可杀死所有的爱情。但，若落难的是女人，恰又有个男人肯出手施援，女人很容易就爱上男人，在她眼中，这个男人是天底下最有力最完美的英雄，女人仰慕她的英雄，她认为最好的法子就是以身相许。

只是，因仰慕或感恩而结出的爱果，开始或许有甜，到了最后端出来看，却是苦多甜少。

仅仅热恋四天，萧军就开始冷静了。他在散文《烛心》中写道：“我们就是这样结束了吧！……你爱我的诗，也只请你爱我的诗吧！我爱你的诗，也只爱你的诗吧！”

他怎会真的爱上她呢？那时的萧红，挺着大肚子，肚子里的孩子是汪恩甲的。萧军的女儿萧耘回忆她父亲和萧红的这段情，说得更坦白尖锐：“刚开始的那个印象，真是毫无美丽可言，任何一个男人都不会爱上这样一个女人的。”

他对她的爱，多半源于冲动。男人是会这样干的，可能仅因女人的一个笑，或说了一句有趣的话，突然爱上女人，那只是一时昏头，爱不长久，男人清醒后，自是生了悔意，要从一头扎进去的河里爬出来。

更何况，在遇见萧红之前，萧军已在暗恋一个叫李玛丽的女子。

萧军还未来得及把他的孤寂埋在李玛丽的青春里，哈尔滨却被埋在了洪水里。

1932 年 7 月末，哈尔滨连日大雨，松花江水暴涨，8 月 7 日夜，松花江哈尔滨段决堤，滔滔洪水涌入哈尔滨市区，顷刻间，哈尔滨成为一片泽国。

这场洪水对哈尔滨来说，是场重大灾难，但对萧军和萧红来说，是个幸运。萧军、裴馨园他们再也不必为如何筹得萧红的旅馆食宿费而发愁，旅馆老板早忙着逃命去了。萧红住在二楼，洪水尚未漫过，她在旅馆里等她的英雄萧军来救她。萧军没钱，雇不来船前往搭救，到了第三天，他不敢再等下去，骗了个驾船人说是接了人回来再付钱。到了旅馆，却不见萧红。

萧红苦苦等不到萧军，怕再等出意外，随救生船先脱了险，去裴馨园家。

因萧红的缘故，萧军也住进了裴家。

一场洪水将他和她彻底冲到一起。

生活就像个性情古怪的老头，他热衷于搞一些阴差阳错的事，看着这个那个人经他捆绑凑到一起生出是是非非，他却躲一边吹风去了。谁说的，只要肯努力，总可改写事情结果，说得人人都很强悍似的。其实，最强悍的永远是生活，以及看不见摸不着却如影随形的命运。

到了裴家不几天，萧红去了医院，生下了孩子。

她养不起她的孩子，她连自己都养不起。与其看着孩子饿死在她眼前，不如送人。

孩子似乎脱难了，萧红却被困在了医院。刚借着洪水逃掉旅馆的债，又欠了医院的医疗费。没有钱，医生、护士都懒得再搭理这个虚弱的产妇。萧红请萧军带她快快离开医院，因为这医院连苍蝇都在虐待她。萧军劝她再忍耐几天，“这里总是比监牢强得多！可以自由地看见天，还有足够吃的面包、牛奶”。

好多天过去了，医院终于放弃问萧红要医药费的打算，只盼着她赶快离开。萧红离不开，她病了，发高烧，感觉自己快要死了，医生却是不闻不问。

萧军是很会一些功夫的，他警告医生：“如果我的病人死在这里，我要杀了你们全家！”你说医生怕不怕？不给钱，他不怕；丢别人的命，他也不怕；倘若取他的命，要多怕就有多怕。鲁迅先生说，辱骂和恐吓决不是战斗。不，有些时候，恐吓就是战斗，比什么都有用。对付什么人，就要用什么法子。譬如对无赖，能讲得清道理吗？不如捋起袖子，伸出结实的拳头，再能耍弄拳头的无赖都害怕比他更凶猛的拳头。医生害怕了，慌忙安排护士给萧红打针。

病好出院，萧军带着萧红又回到裴家。裴家却越发难以容忍萧红长期住下去，裴妻甚至埋怨萧军领来一个“问题女人”，萧军自是不受她羞辱，和裴妻大吵。

萧军带着萧红离开裴家。裴馨园给了萧军五元钱，权且当作他们的安家费。

当初想着解救萧红的是裴馨园，现今这个落难女子却在他家住不下去了，是裴馨园变坏了吗？没有。大多数人的确生着热心肠，肯帮助他人，但有前提，帮忙不致连累自己。也就是说，他送出的是不会损害到他的，倘若他帮了别人却为难了自己，他是会停止援助的，凡事先紧着成全自己。然而，这也究竟是好的吧，总胜过不肯舍一点好处给人，总胜过谷粮堆满仓，遭老鼠偷吃或烂在仓里，只不肯拿一点出来送给即将饿死的人。

出了裴家，萧军和萧红先是在欧罗巴旅馆住了一阵子，后来萧军去了哈尔滨铁路局王处长家教孩子武术，王家提供一间半地下室，让他们住。当然，房子不能白住，王处长且拿萧军的薪水抵消房租。

有了容身之处，去哪儿寻果腹之物？萧军出去工作，萧红困在房间里，她哪儿也去不了。棉袍早拿去当铺当掉，当回来的一元钱吃不了几天。萧红饿坏了，几次要冲出门去偷，又缩了回来，做贼也是需要勇气的。萧红这个饿得像被“踢打放了气的皮球”，只得在房间里琢磨，“桌子可以吃吗？草褥子可以吃吗？”不能。所能的仅是挨饿。后来，她回忆说，她“只有饥饿，没有青春”。

萧红由不得问自己，这就是读书时向往的美好生活吗？这就是自己的人生吗？连萧军，她意外获得的“爱”，她也起了疑惑。

怎能坐以待毙？萧红尝试着改变生活，仗着读书时美术不错，她应聘做广告副手，画电影广告牌。

1932年底，《国际协报》副刊举办新年征文活动，朋友们都鼓励萧红写，因为此时主编《国际协报》副刊的是萧军的好友方未艾，征文发表不成问题。萧红写了《王阿嫂的死》，自此，她的文学之路开始了。

只消半年努力，萧红已成为东北文坛的一颗明星。虽然卖文也不过是勉强度日，但最艰难的日子已经过去。

1933年10月，萧军、萧红合著的文集《跋涉》出版了。《跋涉》的出版，改善了二萧的经济状况，不过，萧红的烦心事也来了。"潇洒"的萧军令萧红不安，因为总有人对萧军暗送秋波或公然眉来眼去。

早在《跋涉》出版前，哈尔滨铁路局王处长家的小姐就倾慕萧军，萧军向她坦白："我们不能够相爱的，一方面有吟，一方面我们彼此相差得太远……"这话是萧军转述给萧红的，一方面是向萧红表白爱的坚贞，一方面或许会有炫耀。男人被女人示爱，总是要得意的。萧红听在心里，自然不是滋味。或许萧军拒绝王家小姐，只是有自知之明吧，门不当户不对，"彼此相差得太远"，倘若相差得不远，萧军真的会不动心？

再有一个是女中学生陈涓，萧军在舞厅跳舞时和她相识。萧军请陈涓来家里吃饭，萧红观察着，发觉她很漂亮，很素净。过了几天，陈涓又来吃饭，临走萧军送她。在门外，陈涓小声问："有信吗？"

看来，问题严重了。这个中学生，虽也和社会人士萧军"彼此相差得太远"，但男人从来不在乎女人比他低多少，只介意女人比他高多少。对着一个诸方面低于他的女人，男人有足够的底气和她谈情说爱，并享受被仰望的快感。

萧红明显地对陈涓表示出不满，那姑娘倒也机灵，再不去找萧军，过完暑假就离开了哈尔滨堂哥家，回了上海。

再不久，《跋涉》出事了，因为《跋涉》的许多文章，都涉及当时社会的重大问题，其中萧红的《看风筝》，更“是中国现代文学史上第一篇反映共产党为劳苦大众翻身求解放，不屈不挠，英勇斗争的小说”。商店里代卖的《跋涉》全被没收，二萧也上了日伪的黑名单，随时有被捕的危险。

萧军和萧红不得不离开哈尔滨了。

有人一辈子现世安稳，岁月静好，有人初尝了生活的甜头，哪知那甜头是生活虚晃一枪，只为更顺滑地溜向更苦涩处。不过，却也得承认，一生顺风顺水的没几个开得了大船，而总在狂风恶浪处的往往弄得了大潮，领得了风骚。试想，若非风浪殷勤辛酸苦多，萧军和萧红能成为后来的萧军和萧红吗？未必吧。生活亏待了他们，生活也厚待了他们。

1934年6月，二萧乘火车去大连，又从大连乘船去青岛。

在青岛，经友人举荐，萧军做了《青岛晨报》的主编。终于有了颇为可观的稳定收入，终于不必担心饿肚子，生活到底安定下来了，又有青岛的好风日，专心做家庭主妇的萧红，在这一时期，十分快乐。

他们常常和朋友一起聚餐，吃得满足后，又唱着歌一起去“葱郁的大学山，栈桥，海滨公园，中山公园，水族馆”，午后还常常去海水浴场游泳。两个都不会游泳的人，在水中“拖泥带水地瞎冲一阵”，快活异常。到了晚上，萧红赶写早在哈尔滨就开始写了的长篇小说《麦场》，即是后来的《生死场》；萧军埋头创作他的长篇小说《八月的乡村》。

这样夫唱妇随、琴瑟和鸣的日子可以有多久？若能这样一生，那是最好的。在那些欢快的瞬间，他们是有觉得这样就是一生了。曾经享受，总胜过从未拥有。

好日子说来，接二连三地来。二萧给他们素来仰慕的鲁迅先生写信，信寄出去并没抱什么希望，却得了大欢喜。鲁迅竟回了信。不管白天还是黑夜，无论在海滨还是在山头，只要一想起鲁迅，他们就忍不住拿出先生的回信，一个字一个字地读："不必问现在要什么，只要问自己做什么。现在需要的是斗争的文学，如果作者是个斗争者，那么，无论他写什么，写出来的东西一定是斗争的。"

他们的快活心情，怎么形容？就如久久生活于凄风冷雨、阴云层层的季节中，忽然从腾滚的阴云缝隙中间，闪射出一缕金色的阳光，这是生命的源泉！又如航行在茫茫无际夜海上的一叶孤舟，既看不到正确的航向，也没有可以安全停泊的地方，鲁迅先生的信却犹如从什么远远的方向照射过来的一线灯塔的灯光，使他们辨清了应该前进的方向，也鼓励了他们继续奋勇向前划行。

一个人若是活得别人一想起他就很欢喜，他的只言片语，别人捧着，如获至宝，这个人真是好样的，不枉来红尘翻滚一回。鲁迅先生就活出了这境界。

鲁迅的来信是个好消息，紧接着，又来了坏消息：中共地下党的革命据点《青岛晨报》暴露了，所有人员必须撤离，二萧不得不开始新一轮的迁徙。这一回，他们去了上海。

上海是个好地方，却不是所有人的好地方，尤其不宜穷人去。

萧军和萧红本就不多的积蓄很快就花光了，生活对他们又露出了残忍的一面。投出去的稿子，全部杳无音讯。卖不出去稿子，自然得不到稿酬救济生活。他们所有的希望，只有鲁迅先生了。

1934 年 11 月，二萧给鲁迅去信借钱。其中，萧红对鲁迅称她为“夫人”“女士”提出抗议，说这称呼让她感觉有“布尔乔亚”的味道。鲁迅很认真地回了信：“对于女性的称呼更没有适当的，悄女士在提出抗议，但叫我怎么写呢？悄婶子，悄姐姐，悄妹妹，悄侄女——都并不好，所以我想，还是夫人太太，或女士先生吧。”

萧红抗议得俏皮，鲁迅回得幽默。原来鲁迅先生也并非全然严肃，他亦是很能说笑的。这似乎是一封平常信，但在萧红和鲁迅的交往史上，却起着重要作用。先前在二萧和鲁迅的通信中，一直是萧军唱主角，萧红多少被忽略了，从这封信起，鲁迅开始关注萧红。鲁迅先生“教诲者”的身份，开始向亲密的“友人”转换。这也为后人揣测鲁迅和萧红之间的真实情感埋下了伏笔。

同年11月30日，鲁迅和二萧约在内山书店见面。一番畅谈，临分别，鲁迅给了他们一个信封，里面装着借给他们的二十元钱。

12月的一天，鲁迅又邀请二萧去梁园豫菜馆吃饭。收到信后，二萧不敢相信这是真的，萧红哭了，连素来豪气的萧军也哭了。两颗漂泊已久、近乎僵硬的心，被这意外的温情温暖着，感觉就像在做梦一样。

萧军只有一件灰不灰蓝不蓝的破罩衫，萧红认为这样灰头土脸地去赴鲁迅先生的宴，不尊重。她去买了块黑白方格的绒布料，连夜给萧军缝了件新衣服。后来，萧军回忆说：“她几乎是不吃、不喝、不休地在缝制着，只见她美丽的、纤细的手指不停地在上下穿动着……”

世间最温情的事，莫过于妻子为丈夫一针一线缝制新衣。可惜，现今会缝衣服的女子少了，人们多是去服装店买，那一件件皆是从机器生产流水线上涌出来的，看似精致，其实到底少了许多可触得到心跳的温度。这个时代，人们凡事讲究快捷，即使感情，从开始到结束，也可一句狠话下去，各行各路，再无牵连。

"欲寄君衣君不还，不寄君衣君又寒。寄与不寄间，妾身千万难。"此等辗转踌躇的思念和体贴，或许再也无人有幸体验。我们少了许多可以经得起仔细咀嚼的东西。或许，没谁愿意花时间细细咀嚼。人们忙得连抬头看天的工夫都丢了，更不要提在灯下又甜蜜又疲劳地穿针走线了。

缝好新衣，萧红为萧军穿上，果然合身。她又给萧军扎上小皮带，脖子上再围块绸丝巾，萧军立刻像换了个人似的，倒也英俊起来。

二萧赴宴后，为纪念这次宴会和新"礼服"，特意去照相馆照相。我有找到那张相片，萧军看上去虽鲁莽但眉宇间别有英气，拳头紧握，志在千里的样子。他站在萧红背后，萧红坐着，他叼了个烟斗，眼中满满的是当下的幸福和对未来的憧憬。说不清为什么，每每看萧军的照片，我都认为，这厮随时准备好了伸拳捋袖，不宜亲近，恐一不小心冲了他的牛脾气，他要砸下一片天来。难怪有研究人员声称，好的相貌意味着有更高的收入，如果一个人同时拥有聪明的头脑和漂亮的外表，那是最好的结果。有的人杀气凛然，让人见了就忍不住退避三舍，自然会少了许多上升机会。却也又想，若萧红不是在落难之时遇见萧军，在其他相对较安逸环境中，她还会爱上一脸粗蛮的萧军吗?

在鲁迅的推荐下，萧军的文章得以在《文学》上发表。《文学》是当时国内最权威的文学刊物，如果青年作家能在《文学》上发表作品，到其他刊物便可畅通无阻。有了《文学》的助力，萧军算得是越过了上海文坛的"龙门"，成为新晋作家。这不单纯是作家身份认同的问题，同时还标志着经济收入有了大的提升。

萧红却就不同了，她好几个月来只写出了两篇短文，又都未能发表。家庭生活条件的改善，主要靠萧军的工作来实现。这对萧红来说是双重的打击，她看不见自己的价值。

萧军每天写作到深夜，萧红不能熬夜，过了晚上十点，就哈欠连天。等到萧军休息时，被吵醒的她再睡不着了，常常失眠到天明，这使她很痛苦，索性和萧军分了房间居住。有天夜里，萧军听到哭声，拉开灯跑到萧红床边，摸着萧红的前额，以为她病了。萧红推开他的手："去睡你的吧，我什么病也没有。"那为什么哭呢？萧红说："我睡不着，不习惯，觉得我们太遥远。"

是啊，萧军的社会地位和经济地位都提高了，而她，不进步，反而像是堕落了。

丈夫有了好的发展，妻子理应欢喜才是。然而，萧红要强，况她和萧军都是从文的人，看着丈夫在文坛春风得意，再看看堕落的自己，她觉得难过。潜意识中或觉得萧军离她越来越远，或许有一天，萧军要弃她而去。她失眠愈加严重了。致信鲁迅先生，请他鞭策她。鲁迅回信说："我不想用鞭子去打吟太太，文章是打不出来的，从前的塾师，学生背不出书就打手心，但愈打愈背不出，我以为还是不要催促好。"鲁迅当然深知文学创作的规律，谁都有遭遇瓶颈的时候，但，他真的不甚懂女人心，未能知晓萧红的复杂心态。

还好，又过了半年，萧红也有作品在《文学》上刊登了，并接连有其他作品在《文季月刊》上发表，她在上海文坛也崭露头角。

到底还是落后了萧军一步。这时，萧军《八月的乡村》出版了，一时洛阳纸贵，甚至鲁迅都多次写信替朋友向萧军索书。萧军一夜之间跻身上海知名作家行列。该书一年之内，多次再版，连萧军自己都始料未及。

《八月的乡村》的成功，使得萧军和萧红在家庭中的各自地位，发生了更为严重的倾斜。他们的好友胡风，对此看得十分分明。

有一次，胡风夫妇来访，只见萧红一人跪在地上吃力地擦着地板。

胡风问："怎么你一个人？三郎呢？"

萧红说："人家一早到法国公园看书用功去了，等回来你看吧，一定怪我不看书。"停了一会儿，似乎忍不住，萧红又说："你看这地板，烟头、脏脚印，不擦行吗？脏死了，我看不惯。"

那些烟头是谁丢的？脏脚印又是谁踩下的？自然大多是萧军。脏死了，萧红说她看不惯。

不一会儿，萧军容光焕发地回来了，腋下夹了几本书，穿一件短大衣，戴着时兴的无檐法国式便帽。他热情地和胡风夫妇打招呼，谈他看的书。说着说着，果然用一种带夸耀又带谴责的口吻说萧红："你就是不用功，不肯多读点书，你看我，一早晨一大本。"说着还得意地用手拍了拍书。

原来，并非仅是萧红心眼狭小，多愁善感又好强。成名后的萧军和成名前果然判若两人，他的大男子主义彻底暴露了，又不知不觉间多了几分颐指气使。萧红怎会忍受他的颐指气使？她并非传统的温柔贤惠、忍辱负重的女子，她是个叛逆者，有独立思想和远大志向，受人任意驱使那是奴隶才做的事，她不是奴隶，更不肯为谁去做奴隶。

萧红冷冷地回他："人家一早去公园用功，我们可得擦地板，还好意思说呢！"萧军哈哈哈一阵大笑。他认为，萧红这个家庭妇女，做一些擦地板之类的事理所当然，不必挂在心上。

自古以来，男耕女织，男主外，女主内。男人多半善于炫耀自己耕作后的收获，并计较耕作的苦，却不去想女人在家从不闲着，繁琐沉重的家务甚或比外出耕作更辛苦，男人只认为女人在家再忙碌都属应当，其功劳远远比不得男人。那都是旧时代的事。细算起来，现在女人更为辛苦了，要生儿育女，操持家务，又要外出工作，挣钱买米面油，和男人一起还各种贷款。男人并不领情，只还认为他是家中顶梁柱，理应衣来伸手、饭来张口，端坐太师椅摆足老爷架势，女人有个做不到的，男人就大发脾气。看，女人争男女平等，争到头，不过是为自己多揽一些重担，虽体现了个人价值，但这价值证明得好不疲累。

萧军《八月的乡村》出版，大获成功，萧红也想将她的《麦场》出版。鲁迅写信请胡风看看《麦场》，胡风读后，深受震撼，不吝赞词，并根据小说中“在乡村，人和动物一起忙着生，忙着死”这句话，将《麦场》更名为《生死场》，又写了序。萧红却来了孩子气，鲁迅为《八月的乡村》作了序，她一定要求鲁迅也为《生死场》写序。

鲁迅连夜校完了《生死场》的末校稿，又写了序言。他致信萧红：“这位太太，到上海以后，好像体格高了一点，两条辫子也长了一点，然而孩子气不改，真是无可奈何。”看得出，鲁迅嘴上说对萧红的孩子气“无可奈何”，内心却是喜欢，在信的末尾，他说希望他们常来家里玩。

鲁迅对萧红向来有求必应，不遗余力帮助，到底是因为萧红的才华，还是为着其他，后人多有揣测，竟还有人说，鲁迅是恋爱萧红的。我倒以为未必。鲁迅欣赏萧红，或为她的才华，或为她的孩子气，更多的或是为孩子气。一个人无论多严肃而不苟言笑，其内里定是有着童心的，也渴望能有个人或得个途径，来解放他的童心，给他无所顾忌的欢乐。其他人见着鲁迅，无不毕恭毕敬，仿佛拜神，只萧红，她总是那般孩子气，和鲁迅直心眼儿说笑，可谓是将鲁迅请下神坛。鲁迅究竟是有着七情六欲的凡人，自然也喜欢做回快活自在人，而不是整天板了脸端了姿态说教。一直端着，太累，恰好萧红能使他不端着，又不曾因不端着而有觉出丝毫不妥，他怎会不格外地宠萧红？

《生死场》一出版，了不得，仅仅两个月后就再版了，为萧红赢得巨大声誉。在《生死场》出版前，萧军的名声远在萧红之上；《生死场》一出，人们在谈论二萧时，重心开始倾向萧红。

“非常骄傲专横的萧军”虽不得不承认他比不上萧红，但并不忘记提醒，萧红少不了他的帮助，而萧红，她听见这话“多半很委屈地撇撇嘴”。

这时的二人俨然不像夫妻了。他们是对手，要分个你高我低。文学成就上，萧军不及萧红，但他不会认为自己是弱者。在他和萧红的生活里，他始终是强者，至少他这样认为，他是那个施予拯救力量的人。

拯救——在二萧的关系中，这是个关键词。最初，萧军就是以拯救者的面目出场。萧红遭遇困境，独居陋室，身怀六甲，又欠了许多债，他解救了她，他以此为傲。在他心底，应是始终有着“伟丈夫”情结。

萧军曾这样形容他与萧红的关系：健牛和病驴。如果是共同拉一辆车，在行程中，总要有所牺牲的，不是拖垮了病驴，就是要累死健牛！很难两全，若不然，就是牛走牛的路，驴走驴的路。

因为身体的强健，萧军认为，自己完全可以去从事文学以外的更大的事业。然而，命运提供给他的选择是，从事写作。更难堪的是，原本全靠丈夫养活的没有收入的家庭妇女萧红，一个转身，竟站在了比萧军更高的位置上，她的知名度决定了她比萧军能赚来更丰厚的稿费。家庭中原有的男上女下、男尊女卑的关系打破了，丈夫的权威性和自尊心受到了挑战，家庭矛盾，宛如强压在水里的木块，一旦释放压力，它必然会浮上来。

萧军还会在清晨去公园读书后，志得意满地回来，拍拍腋下的书训斥萧红吗？不会了。他已没有资本。这是一件多让他泄气又难堪的事。

去鲁迅家，渐渐也只是萧红一个人去了，不是萧军不肯去，是鲁迅不肯。鲁迅几次因为萧军对萧红的态度之坏而不满，便不许萧军陪萧红来。

先前是鲁迅家的常客，现今却被拒之门外，不难想象，这对萧军来说是莫大打击。他虽是有了名气的作家，但在鲁迅面前他丝毫没有傲气的资本。更多时候，他仍得努力去亲近鲁迅，或为证明自我价值，或为借鲁迅之力提高自我身份。要知道，并非人人都可做鲁迅的朋友，更不是人人都有运气吃到鲁迅的宴酒。也不难想象，被鲁迅训斥后，性格专横的萧军会将怨气尽数撒到萧红身上。

萧红的身体坏了起来。鲁迅的夫人许广平回忆说，那段时期，萧红“烦闷，失望，哀愁笼罩了她整个生命力”，她不能写作，只是帮萧军抄抄文稿。这样苦闷又孤独的萧红，自是需要朋友，她没有其他的朋友，便整日“耽搁”在鲁迅的寓所。那时鲁迅也在病中，一人在二楼卧床休养，不宜打扰，萧红来了，许广平就陪她在一楼客厅说话。这样也好,萧红总算有个去处。这样不好,许广平不满了，抱怨说，一次因为陪萧红说话时间长了，楼上鲁迅卧室的窗子没关，鲁迅因此“受凉，发热，害了一场病”。

许广平抱怨也是有理，旁人扰她生活，她既付出清静又付出时间，这事儿放在大多人身上，多是会生厌心的。但她忘了，萧红肯去叨扰他们，是萧红心底以他们为爱和温暖的源处。偌大上海，萧红只有鲁迅先生可依可靠，除了他，别无去所。

当一个人对另一个人生出抱怨，无论再怎么长于装笑脸都还是会有些许淡漠藏不住。敏感的萧红当真察觉不到？不甚可能。但她还是去鲁迅先生家，在客厅里郁然久坐，或和年幼的海婴一起搭积木。除了这儿，还能去哪儿呢？

许广平的抱怨，莫非真如后人所猜测，是她不满鲁迅先生对萧红的宠爱，醋意弥生？或许有，或许不是。怪只怪萧红不懂，每个人所能依靠的只有自己。即使苦闷，也要掩住口舌，不去和人说。自己且做自己的心理医生，和自己对话谈心，缝合所有血流不止的伤口。去和人说，一次、两次或许皆不打紧，再多了，是要遭人嫌的。人人都有自己的苦酸，你去和人说，人去和谁说？和你说吗？兴许那人以为你不值得被用来倾诉衷肠。即使那人毫无苦酸，但又怎能容忍来客打扰清静，更不能容忍来客的坏心情骚扰自家的好心情。

每个人都要有一种能力，使自己走出门去，在人前，是欢欢喜喜的，即便做不来世间好事尽被你一人占了的欢天喜地样儿，至少也要保持微笑。人人不喜见那愁眉苦脸的。你若不想讨人嫌，别吝啬你的欢笑，哪怕你人前装欢人后拭泪。你的苦或疼，掩了门自己细嚼慢咽就是，莫拿出来，没人肯愿同你分享。

萧红是怎么了？前不久不还正沉浸于《生死场》带来的欢乐中吗？怎就忽然间情绪波动如此之大，连写作都中断了？仅是因为素来坏的身体又更坏了？

原来萧军有了情人，萧军为情人写诗，就像他曾为萧红写诗一样，甚或写给情人的诗比写给萧红的更热情火辣。

男人有了新欢，多会看旧爱不顺眼，这也不是，那也不好，哭闹是错，静默是错，连她呼吸都是错，怎样看都是大累赘，甚或眼中钉。和眼中钉争吵，随时都能发生。这眼中钉是耳鬓厮磨、百般缠绵过的，明知哪里是她软肋。争吵时，只朝着她的软肋出击，要她痛不欲生，倒下去。他看着，快活难当，陶醉于能轻易让女人笑又能让女人痛哭的征服快感。

萧军和新的情人相会，是在公园。先前，他喜欢早晨去公园读书，现在，他喜欢黄昏时在公园读情人的红唇。他说他爱“鸟儿似的姑娘”，萧红不是。萧红性格和他一般强硬，她不是小鸟依人状，她没有红唇，只有“从厨房带来油污的衣裳”。她为他擦地板，为他煮米熬汤，而他容光焕发地“独自去享受黄昏时公园里美丽的时光”。

她“没有家”，连家乡都没有，更失去朋友，只有一个他，而今他又对她“取着这般态度”。

萧军“新的情人”是谁呢？有人猜测，是那个“生得很美，又能歌舞”的李玛丽，当时她到了上海。也有人猜测，是那个曾经的女中学生陈涓，现在她带着孩子来上海省亲。

那个“新的情人”到底是谁并不重要，重要的是，萧军和萧红，他们之间隔了鸿沟。当初他爱她，爱惜她的才华；当初她爱他，更多则因他是她的英雄，拯救她于困苦中。这样的爱，本就畸形，结了今日苦果算不得奇怪。只是，毕竟深爱一回，毕竟风风雨雨相互搀扶共度那么多时日，而今吞着苦果，想不流泪也是难的。

记得徐悲鸿和蒋碧微吗？徐悲鸿初识蒋碧微，他虽才华横溢但默默无闻，蒋碧微随他私奔东瀛，又随他留学法国多年，吃了不少苦。一起吃苦时，他爱她，她亦爱他，他们就像一条船上的两个水手，齐心协力，划桨开船。后来，法国归来，想要的功名有了，家境也是富有，两人却争吵不断，各自觅了新欢。萧军和萧红亦是如此，一路艰苦相携，朝着文学功名，朝着好日子前行，生活虽艰难，但相看两不厌，好不容易熬到各自光耀文坛，裂隙出现了。

莫非真是共患难的夫妻不能有福同享？或许，这要看那对夫妻当初是为何结合，他们各自脾性如何，多年生活有无将两人的脾性都打磨圆润。倘若仍是各有各的价值观，相争相斗在所难免。譬如两个人合伙开店，最初都奔着客似云来携手奋斗，到了生意红火时，既定目标达成，放松精神，彼此的真性情就凸显了。不能再统一前行目标，一个要往东，一个要朝西，或者，一个想完全当家做主，另一个不肯拱手让权，矛盾重重，散伙是早晚的事。

人的一生，峰回路转，说白了就是性格发展史。有怎样的性格，就决定了会有怎样的生活。婚姻也一样，是否幸福不在于二人爱之深浅，只看双方性格能否水乳交融。一个是针尖，一个是麦芒，针尖要压过麦芒，麦芒亦想占上风，互不相让，婚姻千疮百孔。婚姻里容不下两个强者，也住不下两个都正确的人，总得有一个人情愿低了几分，扮傻装糊涂，随着另一个的脚步深深浅浅地去走，方能落得琴瑟和鸣。

朋友黄源的妻子许粤华在日本东京学习日语，黄源建议萧红去日本。

那时日本的出版业非常发达，西方的名著多有日文译本，黄源说，若是学好日文，可以阅读许多世界名著，这对萧红写作有好处。况且，东京的生活消费并不比上海贵多少，以萧红的稿费完全可以应付。

萧红动心了。若是两个人在一起日日没有好脸色，不如分开一段时间，各自冷静，或许距离产生美，短暂相别后，他们之间的爱和温暖又能回来。况且，当时萧红的弟弟张秀珂在东京读大学，离家多年的萧红想见见弟弟。

和萧军商议，他并不反对，最后决定，萧红去东京，萧军去青岛。

1936 年 7 月，萧红登上轮船，去往异国。

到了东京不久，许粤华却因黄源的父亲病重，于同年 8 月中旬返国。萧红更寂寞了，陌生的城市，陌生的人，语言又不通，东京再热闹，和她无关，她说这情形“就像充军西伯利亚一样”，不晓得这样的日子如何一天天熬下去。

在东京，萧红最开心的事，是上海文化生活出版社出版了她的文集《商市街》和《桥》。萧军写信告诉她，这两本书销量甚好，萧红十分高兴。

悲伤的是，国内传来消息，鲁迅先生同年 10 月 19 日凌晨与世长辞。

鲁迅的死，于萧红来说，是一个无比沉重的打击。1937 年，萧红和好友李洁吾聊天，说到鲁迅，李洁吾说："鲁迅先生待你们，真像慈父一般哪！"萧红回他："不对！应该说像祖父一样。没有那么好的父亲！"熟悉萧红的人都知道，萧红从祖父那里知道了人生除掉冰冷和憎恶以外，还有温暖和爱。在她短促而悲剧的一生中，祖父是其情感的巨大慰藉与支撑，亦是其情感世界里最为重要的男人。

而鲁迅先生在她心中，是另一个"祖父"。可以说，萧红一生，幼年和祖父在一起，成年与鲁迅的交往，是少有的两段幸福时光，如果说祖父给了她"温暖"，那么鲁迅给了她"尊严"。某种意义上说，祖父和鲁迅，是他们让萧红真切感受到了人世间的温暖与尊严。而她那"常常为着贪婪而失掉了人性"的父亲，还有汪恩甲、萧军以及后来的丈夫端木蕻良，这一干男人，有的抚养了她，有的爱她、拯救她、接纳她，但同时，他们也狠狠地伤害了她。

不说那些男人了，单说"像祖父一样"待萧红的鲁迅，后来有人揣测鲁迅和萧红情感暧昧，他们应当闭口，莫玷污尘世纯粹美好的感情。依着他们的逻辑，男人和女人在一起，往来密切一些，不是夫妻便是情人了，真是心思卑污。

1939 年 10 月，萧红抱病完成纪念鲁迅系列文字，并结集为《回忆鲁迅先生》，次年 7 月由重庆妇女生活出版社出版。鲁迅逝后，对这位文化巨匠的回忆文字可谓汗牛充栋，但大多出于仰视和崇拜，也就忽视了鲁迅作为普通人的细节。一个缺少细节的形象，自然无法生动。萧红的《回忆鲁迅先生》却不一样，正如陈丹青先生感慨："我常会嫉妒那些真正的和鲁迅认识的人，同时又讨厌他们，因为他们的回忆文字很少描述关于鲁迅的细节，或者描述得一点都不好——除了极稀罕的几篇，譬如萧红女士的回忆。"

再说回鲁迅先生去世后，国内许多杂志都向远在东京的萧红约稿，请她写回忆鲁迅的文章，但她写不出来，她的心被悲痛淹没了。心情很坏，身体又不好，写作暂时停了下来。

和萧军，是常有书信来往的。萧红总不忘嘱咐萧军，吃鸡蛋，买条毛毯，换个枕头，晚上不要吃东西，等等，事无巨细。这对女人来说，是爱的心意，但对早已生了厌倦情绪的萧军来说，他不开心。

也是在萧红旅日期间，萧军又有了新的恋爱。他在青岛待了两个月，返回上海，寄住在好友 H 家中。H 夫人是一位美丽温柔的女性，她对萧军照料周到，也很赞赏萧军的男子气概。天长日久，他们产生了爱情。据写过《萧红传》的季红真考证，这个 H 就是黄源，H 夫人就是从日本回国的许粤华。

俗话说，朋友妻，不可欺。况且是寄宿在朋友家中，承蒙朋友照顾，萧军竟还能和朋友的妻子眉来眼去，不得不说，他实在是个疯狂角色。

还好，萧军还能清楚他和许粤华没有结合的可能，他和许粤华都同意促使萧红由日本马上回来，结束这种无结果的恋爱。

萧红心情如何？"什么最痛苦？说不出的痛苦最痛苦。"

1937 年 1 月，萧红离开东京，回上海。上海是座伤心城。萧红回到上海，萧军和许粤华结束了无结果的恋爱吗？或许结束了，但藕断丝连。

有一天，萧红去黄源家中，在门外，她听到萧军、黄源和许粤华在说话，当她一进屋，谈话马上停止了。萧红向躺在床上的许粤华说："这时候到公园去走走多好呀！"见窗子在开着，萧红关心地取了大衣要给许粤华披上，黄源拦住："请你不要管。"萧红从他们三个人僵持的脸色上发觉了他们的不愉快，悻悻地退了出去。

显然，黄源知道了萧军和许粤华见不得天日的情感，他们三人在一起，兴许就是要有个了断。而萧红，因为她是萧军的妻子，黄源亦是觉得烦厌她了。

萧红多尴尬！

还有一次，几个朋友去咖啡馆聚会，大家都看到萧红眼睛青紫了一大块，便关心询问萧红怎么回事。萧红吞吞吐吐地说，是自己不小心碰到了硬东西上。从咖啡馆出来，走在大街上，同行的人又提起萧红眼睛上的伤，叮嘱萧红以后要小心，萧红一再点头答应。走在旁边的萧军忍不住了，说是他打的，萧红不用替他隐瞒。萧红淡淡一笑："别听他的，不是他故意打的，他喝醉了酒，我在劝他，他一举手把我一推，就打到眼睛上了。"萧军不依不饶："不要为我辩护！"

是啊，为什么要替他辩护？他毫不介意朋友知道他是个打女人的男人！

种种事情的发生，让萧红对眼前的这个男人越来越陌生，越来越失望，越来越难以忍受。她想离开了。

见报纸上有一家私立画院招生，萧红拨电话过去询问，是否招寄宿生，是否还有床位，得到肯定回复后，萧红又犹豫了，没有报名。当天晚上，她在卧室休息，萧军和几个朋友在客厅聊天。他们谈到了萧红的作品，萧军鄙夷地说："她的散文有什么好呢？"朋友也是墙头草，附和他说："结构却也不坚实。"萧红听在耳里，无比悲怆："每天我家庭主妇一样操劳，而你却到了吃饭的时候一坐，有时还悠悠然地喝两杯酒。在背后……鄙薄我呀！真是笑话。"她起身，出现在客厅，那几个男人尴尬地僵住了。

那天夜里，萧红和萧军分床而眠。她默默地收拾好行李，黎明时分，离开了家。

几天后，萧军的朋友在私立画院找到了萧红，劝她回去。画院的负责人很是惊讶："你原来有丈夫呀！那么你丈夫不允许，我们是不收的。"萧红像俘虏一样被带了回去。

回去又能怎样？萧红忧郁着，头痛，胃痛，失眠，这个"病驴"哪还有精力写作？

同年 4 月，萧红提出要去北京。为什么要去北京呢？后来，萧军回忆说，萧红很怀念这地方，也想再住一住。这男人真会说话。他怎就不诚实点，承认上海的家，还有他，很使萧红失望呢！

萧红去了北京，借宿在好友李洁吾家中。谈天时，提起萧军，萧红感慨："他为人很好，我也很尊敬他，很爱他。只是他当过兵，脾气太暴躁，有时真受不了。"

5 月 3 日夜，萧红做了个噩梦，梦中她生起了"死"的念头，梦中想必见着了萧军吧。她说："什么能救了我呀！上帝，什么能救了我呀！我一定要用那只曾经把我建设起来的手把自己来打碎吗？"

要打碎，所有扼住了喉咙的阻碍呼吸的手，都要勇敢地用力掰开，还生命和生活一个顺畅。人生苦短，不必哀痛度日。那些给你哀痛的人，即使你心充满热爱，也要让自己决然离开。爱，不能成为忍受伤害的借口。所有流着泪流着血的爱，都是徒有爱之虚名，是幻影，要打碎，丢弃。不破碎，不成全。

萧军也开始思考他和萧红的感情。他曾在日记中写："我不适于做一个丈夫，却应该永久做个情人。"

此话太过可笑。

大多数男人婚后，都有一些瞬间会认为，自己不适于做一个丈夫，不适合和一个女人天长日久朝夕相对，还是单身自由。若不能洒脱地恢复单身，就要承担起责任，做丈夫当做的事。结婚后，男人多会吃大了肚子，但婚姻要的是大度包容，而不是一个装满诸般无聊念头的大肚子。若自认不适于做一个丈夫，又肯回到单身，那就不要再去招惹女人。招惹她们干吗？莫非又想招惹无尽烦恼？

后来，萧军和鲁迅的夫人许广平聊天。许广平谈起萧红的事情，她说："吟看你很苦恼，怕你又犯原先那样病，所以她也很苦恼！"

"只有她是这世界上最爱我和了解我的人！"萧军承认，"我们过去的历史太复杂了"。萧军约略把他和萧红的过去向许广平说了说，之后，萧军感慨："我从不想把这些事向谁说，这只能获得嘲笑和不了解。"

或许和许广平交谈之后，萧军的心起了些许变化，他写信给萧红，谎称自己身体不好，要萧红回上海。萧红很听话地回了。

是因为小别胜新婚吗？萧军和萧红的关系一度得到缓和，不过，萧军说得明白，这貌似缓和的关系，"如今是建筑在工作关系上了。她是秀明的，而不是伟大的，无论人或文。我应该尽可能使她按照她的长处长成，尽可能消灭她的缺点"。

看，他仍然坚持，萧红的"文"不是伟大的，他仍以拯救者自居，要帮助萧红"长成"，"消灭她的缺点"。

短暂的缓和很快就被新一轮的风波冲散尽了。很快，二萧发生激烈争吵。从萧军的日记记载看，争吵的原因还是因为许粤华。萧军嫌萧红不够大度，没有爱自己的"情敌"，总是心胸"狭小"地吃醋，他还发狠说："这次决心分开了！"

后经朋友努力劝解，他们又决定和好。不过，萧军对萧红说，许粤华并不是她的情敌，即使是，萧红也应该忍受一段时间，不要这样伤害许粤华。

要一个女人对自己的情敌好，真不是件容易事。旧时候，男人三妻四妾，同一个家庭中，妻和妾也还是难得相互热爱的，总要争个我得宠你靠边。更何况去热爱一个入侵家庭、粉碎幸福的情敌？

“八一三”事变爆发后，上海涌现出了许多抗日杂志。胡风也想办一个新刊物，于是邀请萧红、萧军、艾青、端木蕻良等人一起商议。

端木蕻良出场了。这是萧红第一次见到端木蕻良。不过，端木却说，他在 1936 年夏就见过萧红，那天二萧还有黄源等人在公园散步，当时他还默默无名，而二萧却早已名扬上海，所以他只是远远地注视着他们走过，没勇气上前搭讪。

胡风他们新创的刊物名为《七月》，萧红、萧军等人是主要撰稿人。萧军在日记中明确地记载了，这时期他和萧红的感情，不过是“为工作生活着了”。两人时有争吵，无非是萧红“如今很少能不带醋味地说话了，为了吃醋，她可以毁灭了一切的同情”。萧军说：“她乐意存在这里就存在，乐意走就走。”

他们都厌倦了，仍将他们捆绑在一起的不过是“工作”。至此，二萧的分手，已成必然，只是时间早晚的问题了。

1937 年 9 月上旬，胡风将《七月》编辑部迁往武汉，二萧随之离开上海，去了武汉。

在武汉，二萧住在友人蒋锡金那儿。过了不久，端木蕻良也来了，因为蒋锡金的住处较为宽敞，端木就托二萧和蒋锡金商量，希望也能住进来。

蒋锡金和端木蕻良在书房住，二萧在另外的房间住。

没过多久，又来了一位女画家梁白波。梁白波和蒋锡金是旧识，蒋锡金就介绍梁白波和二萧、端木蕻良相识，几人交谈甚是投机。梁白波说她也想搬来同住，蒋锡金为难了，只有两个房间，二萧一间，他和端木蕻良一间，梁白波来了住哪儿呢？

最后决定，端木蕻良和二萧同住，蒋锡金和梁白波同住。萧军并不反对这安排，因为端木蕻良和萧军、萧红都是东北人，端木初来武汉那晚，就曾和二萧同住一张大床，现在搬来和二萧一起住也可以理解。

据胡风的夫人梅志回忆，二萧那时的生活，多少有些貌合神离了。

不过，梅志也观察到，二萧和端木蕻良在一起后，萧红有了变化。那时，萧红很活泼，如果和萧军发生争吵，端木蕻良就以义士自居，出来维护她。萧红的身体也比过去结实多了，脸色不再是青白的，而是白里透出红润。她也肯昂起头了，眼睛也发亮了，精神飒爽，且带着自信和豪迈。梅志心想，“这才是真正的萧红”。

后来，二萧搬离了那儿，原来的房间端木蕻良一人居住。

有一次，萧红一个人去看端木蕻良，见桌子上有毛笔、墨和纸，萧红便铺开纸画了起来。端木也学过画，两个人谈起对画的看法。聊天到很晚，萧红邀请端木外出吃饭。那天月色极好，回去的路上，行经一座小桥，萧红拉着端木看了一会儿月亮，还吟了句诗：桥头载明月，同观桥下水。

又有一次，端木外出回来，见桌上铺着纸，上面题了几句诗：“君知妾有夫，赠妾双明珠。感君明珠双泪垂，恨不相逢未嫁时。”最后一句重复写了好几行。端木认得，这是萧红的字。

又是“同观桥下水”，又是“恨不相逢未嫁时”，萧红和端木蕻良怎么了？莫非一个郎有情，一个妾有意？看得出来，这郎情妾意中，萧红是主动的。

萧军察觉不到萧红的变化吗？

有一次，二萧还有胡风去端木蕻良那儿说话。萧军提起笔来，在报纸上挥挥洒洒地练字，一边练，一边将所写之字读出了声："瓜前不纳履，李下不整冠，叔嫂不亲授，君子防未然。"

这敲山震虎的话，他念给谁听？

萧红笑着说："你写的啥呀？你的字太不美了，没一点文人气！"萧军瞪了她一眼："我并不觉得文人气有什么好！"这时，胡风喊他们去外屋说话，二萧和端木走了出去。偏偏，萧红挨着端木坐了下来。萧军倚在门口，歪着脑袋打量他们。

1938 年初，经端木蕻良介绍，萧红、萧军、艾青、聂绀弩、田间等人去了山西一所大学任教。

遗憾的是，没过多久，日寇攻陷太原，兵分两路向临汾进攻，学校决定向乡宁撤退。招聘来的教师，愿意继续任教的可以一同前往乡宁，不愿意的则可以随当时任西北战地服务团团长的丁玲一起去西安。

在去留的问题上，萧红和萧军意见不一。萧红只想有个安静的环境，继续写作，她要随丁玲去西安，而萧军则想去五台山打游击，实现他从军的梦想。

为着将去哪儿，二萧再次发生激烈争吵。

萧红说萧军总是不听劝告，太固执，简直是"英雄主义"、"逞强主义"。萧红还说："你简直……忘了'各尽所能'这宝贵的言语，也忘了自己的岗位，简直是胡来！"

萧军反驳："我什么全没忘。我们还是各自走自己要走的路吧，万一我死不了——我想我不会死的——我们再见，那时候也还是乐意在一起就在一起，不然就永远地分开。”

话已至此，多说枉然。萧红答他：“好的。”

其实，萧红有哀求萧军放弃固执：“三郎，我知道我的生命不会太久了，我不愿生活上再使自己吃苦，再忍受各种折磨了。”她想以肺腑之言感动他，使他改变主意，并继续他们破碎不堪的感情，但，萧军不为所动。

次日，萧军去车站为萧红送行。他把好友聂绀弩叫到一旁，让聂绀弩帮着照顾萧红，还说：“我说过，我爱她，就是说我可以迁就。不过还是痛苦的，她也会痛苦，但是如果她不先说和我分手，我们还永远是夫妻，我决不先抛弃她！”

萧红若是听到这番话，会怎样？泪水涟涟地感动？撕心裂肺地悲伤？或许都会有吧。他到底是爱她的，只不过，这爱实在艰难，就像一池搅浑了的水，水中有什么，全然看不见，但水中一定是有着什么在游动的。要跳进水中吗？水太脏了，不忍跳。要远离吗？挪动脚步也真不容易。

萧军放不下“在处世方面，简直什么也不懂”的萧红，担心她吃亏上当。萧红也放心不下鲁莽的萧军，临走前，她突然提出让端木蕻良也陪着萧军去打游击。萧红实在幼稚，她怎就有信心，她让端木和萧军一起走，端木就定然会同意？她怎么可以安排别人的人生？莫非她认为，她的话端木肯定会听从？

端木还没来得及表态，萧军一口回绝：“我谁也不用陪，我身体这么棒，到哪儿也不怕！”萧红十分气愤：“这么说，你决定一意孤行了？”萧军回击：“你管不着！”说着，萧军转身走开。聂绀弩拉起萧红，劝慰着往车上走去。

火车要开动了，萧红倚在车厢的窗口，萧军在站台上买了两个梨送上来。萧红一下子就哭了起来，她抓紧萧军的手，急切地说：“我要和你进城去！死活在一起吧！……留你一个人在这里我不放心，我懂得你的脾气。”

萧军开始还勉强地笑着，渐渐笑不出来了，鼻子被一种强烈的酸痛刺激着。不过，他仍坚持不和她一起走，也不要她留下来。

最后，萧红说：“随你的便吧……你总没有一次好好听过我的话。”

丢开萧红，萧军又去找丁玲，还未开口，丁玲已知道他要说什么，她请他放心，会帮他照顾好萧红。萧军兀自不放心，又叮咛许多。

他是决心要和他曾经患难的爱人分开了，所以再三嘱咐他的朋友，代他照顾好他的爱人？若是真心相爱，为何执意要分开？若决意分开，怎又牵牵绊绊丢不下？

爱，到底是个什么东西？让人哭也不是笑也不是，骂也不是赞也不是。明明看见碎了一地，又要努力拼接缝合。明明并未完全破碎，偏又硬了心肠摔了又摔。这就是爱吗？陷入爱的人，一半天使一半魔鬼，一半火焰一半海水，一半明媚一半阴暗。

在西安，和聂绀弩闲聊，萧红坦陈她和萧军分手的原因：“我爱萧军，今天还爱……可是做他的妻子却太痛苦了！我不知道你们男人为什么那么大的脾气，为什么要拿自己的妻子做出气包，为什么要对自己的妻子不忠实！我忍受屈辱已经太久了。”

由此看来，临汾一别，非但萧军打定了主意，要从此各自走自己要走的路，萧红亦是心底明知，这场别离意味着什么。难怪分别之时那般纠结。聂绀弩也终于明白，为何萧军对他千叮咛万嘱咐。

虽有不舍，虽各自都做不到忽地一转身恩断义绝，但到底还是各自散了。多像一场宴会，赴宴的两个人起初不曾料到会有此相遇，竟在席上见了，一个人因体弱吃不到菜，另一个人心生怜悯，为她添菜，又带她离开这糟糕的宴席。出了设宴之所，天上地下风横雨狂，一个人行路是难的，索性同撑了一把伞。初行路，彼此都觉到爱和温暖，行着行着，这个嫌伞撑得高了，那个怨脚走得急了，怎么都不和谐，索性分别。合撑过的那把伞，谁都不要了，各自去风里雨里。

“结得鸳鸯眠便好，何关梦里路天涯。”这是萧军曾写给萧红的情诗。当年决意在一起时，他是个穷汉子，她是个弱女子，穷汉子无有金银首饰送弱女子以表爱意，便提笔写诗相赠，倒也浪漫。不过到头来，一场鸳鸯眠，无尽苦楚，各行各的天涯路。

和萧军临汾别后，萧红情感的依恋逐渐倾向了端木蕻良。

萧红选择端木蕻良，并非端木比萧军完美许多，相反，萧红认为端木是“胆小鬼、势利鬼、马屁鬼，一天到晚都在那里装腔作势”，但，有一点不容忽视，在和端木的关系中，萧红占有主动权，她是高高在上者。端木那时虽也有文名，但比起萧军，差远了，更不要提萧红了。可以说，端木是萧红的仰慕者。仅此一点，或许让萧红感到从未有过的满足。先前对男人，她是仰视且投靠，一直处于弱势，这一次，她是强者。再则，端木看起来文质彬彬，其人也颇为懦弱，这样的男人，自是不会像萧军那样粗鲁，至少他不会对萧红愤怒地咆哮，或者动起拳脚。一个人，在这处得不到的，会去另一处寻找。和萧军性格迥异的端木，他一定程度上成全了萧红对另一种男人的追求。

或也可说，当一个女人疯狂地爱上一个男子时，连对方的缺点都爱。至少此时的端木在萧红眼中是可爱的，远远强过萧军，值得她亲近。

1938 年 3 月，丁玲去延安，邀萧红同行，萧红拒绝了，她知道萧军到了延安。糟糕的是，也是在这时，萧红发现自己怀孕了，是萧军的孩子。端木调侃着说："不愿意丢掉的那一点，现在丢了；不愿意多的那一点，现在多了。"

半个月后，丁玲从延安回来，令萧红意外的是，萧军也跟着来了。

那一天，萧红和端木看见萧军，彼此都愣住了。端木神色极不自然地上前和萧军拥抱。

事已至此，萧红向萧军摊牌。端木在干吗？他看见刚从延安回来的聂绀弩进屋，便拿起刷子为聂绀弩刷衣服上的尘土，低着头小声说："辛苦了！如果闹什么事，你要帮帮忙！"他担心拳脚厉害的萧军对他动粗，他肯定不敌，便请聂绀弩做个和事佬。萧红运气真够坏，刚送走一个暴躁的男人，又迎来一个懦弱的。

萧红如何向萧军摊牌？据萧军回忆，他们当时都非常平静，他正洗涤着头脸上沾满的尘土，萧红在一边微笑着对他说："三郎——我们永远分开吧！""好。"他一面擦洗着头脸，一面平静地回答着她说。他们的永远的"诀别"就是这样平凡，并没有任何废话和纠纷地确定了下来。

他曾说："如果她不先说和我分手，我们还永远是夫妻，我决不先抛弃她！"现在，他终于等到了她说"永远分开"，也算得是如愿以偿吧。

对两性之间的关系，萧军的原则一向是，不管哪一个人还爱着对方，而对方不再爱着自己或不再需要自己，那么就应该请对方爱其所要爱的去。

那么，他和萧红，是他还爱她，而她不再爱他，或不需要他了；还是，他不爱她了，不需要她了？抑或，他们彼此都不再爱，彼此都不再需要对方了？

终于清清楚楚、明明白白地有了了断，萧军唯一牵挂的是萧红怀着他的孩子，他建议萧红生下孩子后再离婚，萧红不接受他的建议，也不愿意把孩子给他。

同年 4 月，萧军去了新疆，萧红和端木去了武汉。

两个人，两条路，自此永别，再不相见。

1938 年 5 月，萧红怀着萧军的孩子，嫁给了端木蕻良。

这个女人，她的生命，譬如绕圈跑，一次次轮回。当初她怀着未婚夫汪恩甲的孩子与萧军交往，如今怀着萧军的孩子嫁给端木蕻良。离开一个懦弱寡情的汪恩甲，遇见一个性情暴躁的萧军，后又嫁给同样懦弱、同样寡情的端木蕻良。她一次次把自己逼入绝境，用了要强的姿态，其实她何时曾真的要强过？她的一生不过是悲剧一出。

她和萧军的孩子出生后，据她的好友白朗回忆，是一个白白胖胖的男孩，前几天去看的时候，孩子还好好的，过了几天再去看，孩子死了。白朗急着去问医生孩子的死因，医生、护士也很吃惊，要追查死因，但萧红冷冷地说："死就死了吧！这么小的孩子，要养大也不容易。"

另据白朗的女儿金玉良说，在孩子死前的一天，萧红对白朗说自己牙痛，要吃止痛片。白朗为她送去德国产的一种止痛药，那是比阿司匹林厉害得多的镇痛药。次日一早，白朗照旧去医院，萧红告诉她孩子夜里死了。

其实，在萧红和端木蕻良结婚之前，她就曾有过堕胎的想法，因没钱去医院，只好作罢。

胡风的夫人梅志对此颇有感慨："就这样，她结束了做母亲的责任和对孩子的爱……难道一个女作家还不能养活一个孩子吗？我无法理解。不过我对她在'爱'的这方面更看出了她的一些弱点。"

倘若工作上有一些弱点，至多是个不称职的工作者，但，一个人性格上的弱点足可搞砸自己的一生。

萧红一生遭遇凄惨，虽值得为之落泪，却也多有她自身的原因。和端木蕻良结婚时，她说："我只想过正常的老百姓式的夫妻生活。没有争吵，没有打闹，没有不忠，没有讥笑，有的只是互相谅解、爱护、体贴。"但，她丝毫不具备拥有此种静好生活的能力。她是文学奇才，也一直都是生活弱者，她不会生活。

当年为去北京读书，逃婚，离家出走，和对她心怀不轨的陆哲舜交往。就算爱她的人都信她和陆哲舜关系清白，但落在世俗眼中，她是一个不清白的姑娘，况且，那是在封建残余思想尚还浓厚的旧中国。一个姑娘，怎可如此不顾惜自己的名声？开朗，大方，又有点叛逆心，是好的，朝气蓬勃的青年当这般，可这并非意味着凡事不拘小节。一个太过不拘小节的姑娘赢不来美好的爱。

和未婚夫汪恩甲，先是逃婚，然而，重逢汪恩甲之后，只因他肯为她提供暂时的住处，并答应陪她去北京读书，她便和他同居，还有了他的孩子。后来，薄情寡义的纨绔子弟汪恩甲果然抛弃了她。行至此步，由不得人不对萧红的爱情态度产生怀疑。她根本不会爱，她只停留在生存阶段，做所有事都只为了生存。

的确，必得先生存下去，才可去谈活出有意义的人生。譬如树要结果子，就得先扎根泥土，无根，树不生不长。可是，扎根亦有道，怎能为了有碗饭吃、有张床睡就献身他人？曾听朋友讲过一个类似笑话的事，说某姑娘为了一包方便面，跟了某男人；男人提起那姑娘，得意不已，处处炫耀自己的能耐，更不忘鄙夷那姑娘。很多时候，你为着什么同某人交往，在某人心中你的价值也就等同于此了。轻易得手的，没谁会去珍惜。你不珍重自己，别人更不拿你当宝贝，看轻你，看贱你，毫不顾惜地抛弃你，都是寻常事。

被汪恩甲抛弃后的萧红，与萧军的爱情也很奇怪。他搭救了她，甚至，他只是说了要将她救出去的话，还未来得及救她脱难，她就急着交付了自己的身体。毫无疑问，萧红和萧军在一起，爱是有一些的，更多却是为着让自己生存下去。这样的感情，一开始就是卑微的，不平等的，需要她时时仰视。也就难怪萧军待她不尊重，有时还会动粗。

还好，萧军远比陆哲舜、汪恩甲之辈有情义，他成功地让萧红活了下来，也是通过他，萧红踏上了文学之路，并有缘认识“像祖父一样”的鲁迅先生。

和端木蕻良的婚姻，最让人费解。所有朋友都说端木蕻良不适合她，胡风夫妇说得更直接：“这能是真正的爱情吗？也许仅是想转换一下生活对象罢了，她这任性的反拨，走向了另一极端，做得似乎是太冒险了。”萧红自己也明知端木蕻良的人格弱点，却还是嫁给了他。

一个明知山有虎偏向虎山行的人，你只能眼睁睁看着她落入虎口，粉身碎骨。她自己情愿，谁有什么法子？这样一个女人，她惯会玩火自焚。要命的是，她不认为烈火会毁掉她，只以为凤凰浴火得个涅槃重生。她如此呆笨，谁有什么法子？

一个女人，哪怕粗丑、贫穷，这都没关系，最要紧的是，得会生活。生活绝不仅是有饭吃、有衣穿、有床睡地活下去，没那么简单，会生活的人时刻都清醒，自己要什么又不要什么，要爱谁又不要爱谁，以及如何要如何爱。若是没这些功夫，等着命运给你悲惨生活吧。

1942 年 1 月 22 日，萧红病逝香港，时年 31 岁。这一年，萧军和他的夫人王德芬孩子都已有了。

萧红临终前，曾感叹：“如果这时候我给三郎发电报，不知道他是否还会像当初那样奋力把我从水中救起。”可惜，她和萧军已多年不见。她生命中最后的日子，陪伴她的是刚认识不久的骆宾基，她的丈夫端木蕻良不知去向。有人说，那时端木在外面奔波着为萧红张罗医药费，并寻找安全的地方。谁知道他到底干什么去了呢？

耐人寻味的是，萧红的著作版权遗嘱，将《商市街》归弟弟张秀珂，《生死场》归萧军，《呼兰河传》归骆宾基。她的丈夫端木蕻良一无所有。

骆宾基还存着一张萧红写的小纸条：“我恨端木。”

恨？恨迟了吧？将要闭上眼睛，才唏嘘错过了和风丽日，又懊悔浑浑噩噩、遇人不淑，晚了，并且永无修正机会。生活不似写文章，某些字句或某些篇章不妥，还可删除，重新创作。生活不是这样，生活是最温情又最冷峻的，它给你发现美好的机会，但能否握住美好著写华章，只看你自己有怎样的思想，看你聪不聪明。生活不会帮你，有时竟还会故意捣乱。

许多年后，萧军重新注释了萧红书简，成书两册。从萧军后来的回忆文字来看，他对萧红深深怀念。斯人已去，怀念何用？尘世间最廉价的就是怀念，最值得颂扬的是怜取眼前人，用力爱，好好爱。

萧军和萧红的悲剧，源自他们的性格，萧军自己说得很透彻：“在我的主导思想是喜爱‘恃强’，她的主导思想是过度‘自尊’。”当然，二萧不是没有共同的东西，他们都有着流浪汉式叛逆的性格，萧军在回忆中写道：“不管天，不管地，不担心明天的生活；蔑视一切，傲视一切……这种‘流浪汉’式的性格，我们也是共有的。”

真糟糕，人们总是醒悟太晚。更糟糕的是，明明看清了锋利的刀子埋藏在哪儿，硬要不管不顾地撞上去，如同飞蛾扑火。

人生多的是悲凉。

“满天星光，满屋月亮，人生何如，为什么这么悲凉？”没人回答萧红。

每个人的疑问皆得自己寻觅答案，有人轻松答出，有人穷尽一生无所得，怅然而去。